老舍文学经典新论

谢昭新 著

时代出版传媒股份有限公司
安徽教育出版社

图书在版编目（CIP）数据

老舍文学经典新论 / 谢昭新著. —合肥：安徽教育出版社，2021.8
ISBN 978-7-5336-9438-8

Ⅰ.①老… Ⅱ.①谢… Ⅲ.老舍(1899-1966)—文学研究 Ⅳ.①I206.6

中国版本图书馆 CIP 数据核字（2021）第 141283 号

老舍文学经典新论
LAOSHE WENXUE JINGDIAN XINLUN

出 版 人：费世平
责任编辑：尤梦婷　文　乾
装帧设计：何宇清
责任印制：李松伦

出版发行：时代出版传媒股份有限公司　安徽教育出版社
地　　址：合肥市经开区繁华大道西路 398 号　邮编：230601
网　　址：http://www.ahep.com.cn
营销电话：(0551)63683012，63683013
排　　版：安徽时代华印出版服务有限责任公司
印　　刷：合肥市宏基印刷有限公司

开　　本：787×1092　1/32
印　　张：9
字　　数：300 千字
版　　次：2021 年 8 月第 1 版　2021 年 8 月第 1 次印刷
定　　价：46.00 元

（如发现印装质量问题，影响阅读，请与本社营销部联系调换）

目 录

第一编 思想情感新论

第一章 老舍与"五四"新文化运动/2
  第一节 对"五四"运动的历史意义的认识/2
  第二节 对"五四"新文化运动的多维审视与自省/6
  第三节 对"五四"文学革命和语言革命的继承与发展/10

第二章 20世纪50年代老舍的思想转变与创作价值取向/16
  第一节 50年代初的思想转变/16
  第二节 文学创作的价值取向：突出"歌颂"主题/20
  第三节 文学创作的价值取向：忏悔旧意识/24
  第四节 政治思想价值与艺术美学价值的双向追求/27

第三章　走近老舍的情感世界/32
　　第一节　老舍的爱情/32
　　第二节　老舍的家庭情感/40
　　第三节　老舍的国家情感、民族情感/44
　　第四节　老舍的生命观/47

第二编　文学经典新论

第四章　老舍文学经典的生成及其当代意义/52
　　第一节　经典作家老舍的经典化历程/52
　　第二节　老舍文学经典的生成及其类型、特征/57
　　第三节　老舍文学经典的当代意义/65

第五章　论老舍小说《骆驼祥子》戏剧影视传播的隐性要素/70
　　第一节　虚实相映的时空背景/70
　　第二节　故事叙述的传奇性/74
　　第三节　人物描写的戏剧化特征/77
　　第四节　北京风俗的生动描绘/81

第六章　《骆驼祥子》讽刺与幽默艺术初探/84
　　第一节　《骆驼祥子》讽刺艺术特色/85
　　第二节　《骆驼祥子》幽默艺术特色/90

第七章　关于《骆驼祥子》版本与年代的考证/95

第八章　论《火葬》的战争文化心理/99
　第一节　《火葬》描写战争的时代价值/99
　第二节　《火葬》展示各色人物的战争文化心理/103
　第三节　《火葬》在老舍小说创作中的独特性/109

第九章　论老舍《四世同堂》的战争叙事与战争反思/114
　第一节　战争时空叙事的独特性/114
　第二节　战争反思的全面性、深刻性/118
　第三节　在纵向和横向的比较中，凸显其思想艺术的创新性/125

第十章　老舍散文中的抗战文化心理透视/130
　第一节　战时生命价值的实现/130
　第二节　从事抗战文艺运动和抗战文艺创作/137
　第三节　家国情怀，对民族复兴"梦"的追寻/142

第十一章　老舍对布莱希特的接受与创新——兼及《茶馆》与《四川好人》之比较/148
　第一节　老舍接受布莱希特的影响/150
　第二节　《茶馆》与《四川好人》比较/152
　第三节　《茶馆》和《四川好人》的先锋戏剧传播/159

第十二章 老舍的《茶馆》与郭沫若的《屈原》之戏剧美学比较论析/165
  第一节 历史与现实性/165
  第二节 情感与人物/170
  第三节 结构与冲突/177

第三编 艺术人生新论

第十三章 论老舍的京剧创作/184
  第一节 抗战京剧的鲜明的时代精神/184
  第二节 历史题材京剧的思想教育主题/187
  第三节 老舍京剧创作独特的审美艺术/192

第十四章 老舍的京剧人生/199
  第一节 老舍京剧情缘的生成/199
  第二节 老舍唱京剧/201
  第三节 老舍与京剧名家的交往/203
  第四节 老舍评京剧/205
  第五节 老舍致力于戏曲(京剧)改革/209
  第六节 老舍写京剧/213
  第七节 老舍小说中的京剧/214

第十五章　老舍与青岛 /219
　第一节　青岛的小楼产生了北平的祥子 /219
　第二节　从《文学概论讲义》到《老牛破车》/222
　第三节　丰富多彩的文学讲演 /223

第十六章　老舍与内蒙古 /226

第十七章　老舍与黄山 /229
　第一节　老舍与黄山的亲情 /229
　第二节　老舍与黄山人民的情谊 /232
　第三节　老舍黄山行的心理透视 /235

第四编　"老舍学"展示

第十八章　日本汉学家伊藤敬一的"老舍学" /238
　第一节　伊藤敬一"老舍学"的历史演进 /238
　第二节　伊藤敬一"老舍学"的内涵特色 /241

第十九章　海外传播视域下的世界"老舍热" /255
　第一节　20世纪三四十年代：走进英美世界 /255
　第二节　20世纪50年代至70年代：在日本、苏联形成热潮 /256
　第三节　20世纪80年代至世纪末：广泛传播　大放异彩 /257
　第四节　21世纪以来：戏剧演出带火老舍作品 /258

第二十章 运用传统学术方法 创作与研究老舍传记——以徐德明著述老舍传记为例/260
　第一节 老舍对20世纪30年代"自传热"的反应/260
　第二节 《老舍自传》/261
　第三节 《图本老舍传》/263
　第四节 《老舍自述：注疏本》/265
　第五节 徐德明著述老舍传记的方法论的启示/270

附录：人民心中的老舍——为老舍逝世50周年而作/273

后记/277

第一编
思想情感新论

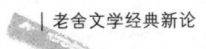

第一章 老舍与"五四"新文化运动

"五四"运动既是以学生为主体的反帝反封建的爱国运动,标志着中国新民主主义革命的开端,又是以"民主"与"科学"为主导的思想启蒙的新文化运动,也是反对旧文学、提倡新文学,反对文言文、提倡白话文的文学革命的新文学运动。"五四"运动使老舍认识了反帝反封建的爱国主义的时代意义与具体表现,并形成了他的文学创作的基本思想与情感,但他对"五四"时期的学生运动持质疑态度,并在文学创作中做了深刻的反思;他对"五四"时期以"民主"与"科学"为引导的思想启蒙、文化革新的新文化运动则较为亲近与认同,并且在作品中做了多维审视与自省;他也对"五四"新文学运动的文学革命和语言革命做了多样的继承与发展。

第一节 对"五四"运动的历史意义的认识

"五四"运动爆发前夕,老舍从北京师范学校毕业,还未满20岁,即被任命为京师公立第十七高等小学校长。他上任后,整天忙于学校教育,改革教学教材,因而无意顾及社会活动。及至"五四"运动爆发,他也没有直接参加这场以学生为主体的爱国运动。正如他自己所说:"我看见了五四运动,而没在这个运动里面,我已作了事。是的,我差不多老没和教育事业断缘,可是到底对于这个大运动是个旁观者。"① 虽然他说自己对于"五四"运动来说是一个"旁观者",但作为

---

① 老舍:《我怎样写〈赵子曰〉》,《老舍文集》第 15 卷,人民文学出版社 1990 年版,第 170 页。

身处这个大运动中心的知识青年,他不可能将"五四"运动置于心理情感、精神世界之外,而是在由自发到自觉的状态中受到了"五四"精神的浸染。

反帝反封建的"五四"精神在老舍的思想情感世界扎下根,是以"五四"作为分界点的。在"五四"之前,青少年时代的老舍反帝反封建意识基本上处在自发阶段。庚子年(1900年),老舍父亲为保卫皇城而死于外国侵略者的弹火中,老舍从小常听母亲讲那些比青面獠牙的恶魔还要恶毒的"洋鬼子"烧杀抢掠的事,那时他幼小的心灵里就滋生了痛恨"洋鬼子"的朴素的爱国情感。到老舍上小学读书的时候,就知道了"国耻"。"可是,直到'五四',我才知道一些国耻是怎么来的,而且知道了应该反抗谁和反抗什么"①,才真正懂得了"天下兴亡,匹夫有责"的道理。后来,老舍在《我们在世界上抬起了头》一文中,也写出了他的反帝反封建的爱国意识由自发到自觉的心路历程。他说,在小学读书的时候,"我已经会说'爱国'两个字",可那时国旗上画着一条张牙舞爪的龙,国旗上的"龙"与皇帝本是一体的,那时候的"爱国"前面还有"忠君"二字,所以那时候会说"爱国"两个字,就"有些不大自然",不懂得"龙"和皇帝为什么代表中国。到了民国时期,五色旗代替了龙旗,"爱国"前面已不必加"忠君",感到轻松些了,"爱国心也就更大了"。可是军阀混战,各处都有土皇帝,"使我莫名其妙,不知道到底哪里才是中国"。蒋介石当权后,"我几乎没法子爱国了,因为爱国就有罪"。老舍到过欧美各国,"一出国,我才真明白了中国为什么可爱"。尽管在国外明白了"中国与中国人的伟大","我却抬不起头来",无论在纽约、伦敦,还是罗马,"我都得低着头走路",因为人家看不起中国人。新中国成立后,不一样了,"到哪里都可抬着头走路了",他怀着满腔的爱国热情,呼吁"爱我们的国家吧,

---

① 老舍:《"五四"给了我什么》,《解放军报》1957年5月4日。

这国家值得爱!"①所以反帝反封建的爱国主义是老舍思想情感的主线,而这一思想情感的主线是"五四"运动教给他的,他在《"五四"给了我什么》一文中说"五四"运动给了他"一双新眼睛",让他认识到了反帝反封建的爱国主义的具体表现:"这运动使我看见了爱国主义的具体表现,明白了一些救亡图存的初步办法。反封建使我体会到人的尊严,人不该作礼教的奴隶;反帝国主义使我感到中国人的尊严,中国人不该再作洋奴。这两种认识就是我后来写作的基本思想与情感。"②"五四"运动后,老舍的文学创作就一直贯穿着反帝反封建的爱国主义的"基本思想与情感"。

"五四"运动使老舍认识了反帝反封建的爱国主义的具体表现,并形成了他的文学创作的"基本思想与情感",但他对"五四"时期的学生运动持怀疑批判的态度,并在文学创作中做了深刻的反思。《赵子曰》正是老舍对"五四"时期的学生运动产生怀疑并进行反思的力作。小说写于 1926 年,它描写了一群大学生的生活及其精神状貌。小说依托于他 1920 年担任京师郊外北区劝学员之后,"在京城翊教寺公寓居住期间对大学生们的观察,也有他平日从其他方面对这类人物得来的认识"③。"极同情于学生们的热烈与活动,可是我不能完全把自己当作个学生,于是我在解放与自由的声浪中,在严重而混乱的场面中,找到了笑料,看出了缝子。"④老舍看出的"缝子"即他所描写的"天台公寓"里的大学生赵子曰们,他们打着"解放与自由"的"新人物"旗号,却荒废学业,不思进取,整天在吃喝玩乐、浑浑噩噩中度日。小说特意描绘了名正大学的学生们"闹学潮"的情景:他们罢课、

---

① 老舍:《我们在世界上抬起了头》,《人民日报》1951 年 3 月 13 日。
② 老舍:《"五四"给了我什么》,《解放军报》1957 年 5 月 4 日。
③ 关纪新:《老舍评传》(增补本),北京出版社 2019 年版,第 128 页。
④ 老舍:《我怎样写〈赵子曰〉》,《老舍文集》第 15 卷,人民文学出版社 1990 年版,第 171 页。

罢考,贴大字报,谩骂攻击校长,捣毁校长室,砸碎仪器室,烧公文,抢图书,捆校长,打教员……小说的主要人物赵子曰在"学潮"中充当"英雄",他笑着把那天捆校长的情景像过电影似的复现出来,还洋洋自得地觉得自己"并不是为自己,是为学校,为社会,为国家,或者为全世界!"其实他们全都是为自己,比如武端和莫大年讲"乘着罢课的机会",他们可以好好地"玩一玩"。赵子曰说是不为自己,其实是为满足图虚荣、出风头充当"学潮"中的"志士""英雄"的心理需求。周少濂写信称赞他是"何等的光荣啊!"他感到特别兴奋;他被学校开除了,许多同学朋友都伸出大拇指称他是"志士""英雄",他飘飘然了,他得意于融入了"不打校长教员,也算不了有志气的青年"的"新潮流"①中了。这次风潮后,他又受欧阳天风唆使去参与打倒张教授夺回王女士的活动,他还把所谓"新潮"人物的"生命的真意带回来了":"酒与妇女便是维持生活的两大要素","有工夫再出些锋头,闹些风潮,挣些名誉。对!内而酒与妇人,外而风潮与名誉,一部人生哲学!"②小说描写的名正大学学生"闹学潮"以及赵子曰们的精神状态虽有些夸张,但在历史事实上正好与"五四"之后学生中出现的一些负面影响相吻合。"五四"之后,有的学生以"功臣"自居,甚至印发名片炫耀自己;有些学生无视学校法规,动辄掀起学生运动,对哪位教师不满,便以罢课相威胁。查毓瑛在给胡适的信中提到,北京大学的学生热衷于开会,每年大小会不下千次,而关系学术的恐怕不能占百分之一。

赵子曰在"学潮"中充当"志士""英雄",他的"内而酒与妇人,外而风潮与名誉"的"人生哲学",全被李景纯否定。李景纯没有参加学校的"学潮"运动,他是这场"学潮"运动中的真正的清醒者。李景纯

---

① 老舍:《赵子曰》,《老舍文集》第1卷,人民文学出版社1980年版,第260页。
② 老舍:《赵子曰》,《老舍文集》第1卷,人民文学出版社1980年版,第252页。

是务实的,他在"学潮"之前就教导赵子曰:一是在学校要好好读书,死啃一门功课;二是回家一半读书,一半做农田实验,做有益于农民的事;三是为社会做些好事。"学潮"之后,他用实业救国的革命理论教导赵子曰,他给赵子曰讲各行各业都要有充分的知识,人人都把知识学好了,职业做好了,"然后才有真革命出现。各人走的路不同,而目的是一样,是改善社会,是教导国民;国民觉悟了,便是革命成功的那一天"①。针对赵子曰的旧友武端欲把天坛卖给洋人的企图,他用国家观念、爱国精神教导赵子曰,要赵不忘国耻,树立民族自尊心。他以事实为依据,用王女士的信,揭露欧阳天风唆使赵子曰打倒张教授的阴险用心,让赵子曰幡然省悟。最后他用自己的英雄行为,激励赵子曰们走上反封建、爱国救民之道。很显然,李景纯是"五四"时期学生运动中的觉醒者、启蒙者,赵子曰是被启蒙者、受教育者,是在李景纯的教育下的幡然省悟者。老舍用这两个人物形象,完成了对"五四"时期学生运动的反思:有对赵子曰们"闹学潮"的盲动激烈的"英雄"志气的嘲讽、批判,有对赵子曰们在反帝、反封建思想教育下的思想转变的肯定,更有对李景纯务实进取、实业救国、反封建、教导国民、爱国主义精神的张扬。

第二节 对"五四"新文化运动的多维审视与自省

如果说老舍对"五四"以学生运动为主体而发展起来的社会政治革命运动的态度是疏离与反思的话,那么他对"五四"以"民主"与"科学"为引导的思想启蒙、文化革新的新文化运动则多为亲近与认同,并且在作品中做了多维审视与自省。最先树起"民主"与"科学"旗帜的是创办于1915年的《青年杂志》(从第二卷起更名为《新青年》)。《新青年》掀起的以思想启蒙为主体的文化革命运动,以"民主"与"科

---

①老舍:《赵子曰》,《老舍文集》第1卷,人民文学出版社1980年版,第306页。

学"精神,冲击着封建的旧思想、旧礼教的污泥浊水,唤起被禁锢在封建社会"铁屋子"里的千百万民众的思想觉醒。"五四"新文化运动的时代浪潮,影响了一代知识青年,老舍便是其中的一个。《新青年》创办时老舍才十六七岁,他当时没有发表过对《新青年》精神认识的文字材料,只是在1957年5月4日纪念"五四"的文章《"五四"给了我什么》中,表达了他对"五四"新文化运动反封建的思想启蒙主义的认识。他说:"'五四'运动是反封建的。这样,以前我以为对的,变成了不对。我幼年入私塾,第一天就先给孔圣人的木牌行三跪九叩的大礼;后来,每天上学下学都要向那牌位作揖。到了'五四',孔圣人的地位大为动摇。既可以否定孔圣人,那么还有什么不可否定的呢?他是大成至圣先师啊!这一下子就打乱了二千年来的老规矩。这可真不简单!我还是我,可是我的心灵变了,变得敢于怀疑孔圣人了!"他又指出,"反封建使我体会到人的尊严,人不该作礼教的奴隶"①。老舍在这里突出了"五四"新文化运动思想启蒙主义的两大特点:一是重估一切价值,具有反传统、反孔教的精神;二是张扬人权、人的价值、人的尊严、个性解放的观念。

"五四"新文化运动的反传统,对中国传统文化的批判、否定,以及反孔教甚至提出"打倒孔家店"的口号,的确存在着偏执的激进主义思想。但是联系辛亥革命后的社会文化背景,袁世凯复辟帝制,大力提倡尊孔读经,复古逆流甚嚣尘上,那时如果没有反传统、反孔教的激进的批判态度和破旧立新的革命精神,是很难掀起划时代的新文化运动浪潮的。其实,新文化运动的先贤们反传统、反孔教,反对的是中国传统文化中的劣质的东西,反对的是历代反动统治者利用儒家思想禁锢人们的思想、奴役人们的行为,而不是全盘否定以孔子为代表的儒家思想和行为规范,这在胡适、鲁迅那里都有着明显的体

---

① 老舍:《"五四"给了我什么》,《解放军报》1957年5月4日。

现。胡适一边批判中国传统文化的糟粕,一边又去"整理国故",他在对《红楼梦》《水经注》等的研究方面,都有较高的学术建树。鲁迅一面批判中国传统文化痼疾,暴露国民精神弱点,一面又在追寻理想的国民性,探讨"改造国民性"问题。他在反传统的同时,又积极地致力于传统文化的整理研究,一生几乎一半的时间在从事古籍整理工作。他所奠定的古典文学研究方法至今仍称典范。老舍在对待中国传统文化的态度上,多接近胡适的温情的改良主义,对孔教采取"怀疑主义"态度,而在对中国传统文化的审视和文学创作上,则直接继承了鲁迅开创的"改造国民性"思想主题。我曾在《论老舍小说"改造国民性"思想的生命力》一文中说,将鲁迅"改造国民性"思想继承得忠实而富有独创性、系统性的是老舍,"暴露和批判国民性弱点,肯定和发扬国民性的某些优点,'教导国民'、'改善社会',以期国民精神振兴、民族解放,这是老舍小说具有历时性和共时性思想生命力的重要所在"①。《老张的哲学》在"古代文明"与"现代文明"的对比中,既批判了老张的封建买卖婚姻观念,又暴露了蓝小山以"西洋文明"镶边而骨子里则将女人视为"玩物","玩耍腻了一个,再去谄媚别个"的卑劣行为,同时还奚落了赵姑母恪守旧礼教、阻碍男女自由恋爱、包办侄女婚姻的思想行为。《赵子曰》展示了"五四"一代青年学生身上的国民劣根性。赵子曰昏庸糊涂,不思进取,贪图玩乐,追逐女色,考试成绩名落榜末,还沾沾自喜;周少濂是个"古老的青年",学哲学而作新诗,他的新诗其实是套用古代诗人的诗句,没什么诗情诗味;莫大年和武端有着"官本位"思想,一个想靠搜集别人的"秘密"向上爬,一个计划将天坛拆了卖给洋人以显示其做官的能力。《二马》在新旧对比、中西对比中表现"改造国民性"思想的主题。在新旧对比中,小说

---

① 谢昭新:《论老舍小说"改造国民性"思想的生命力》,《安徽师大学报》(哲学社会科学版)1986 年第 4 期。

既展示了"出窝老"的老一代国民老马的思想弱点:愚昧麻木,顽固守旧,自私慵懒,爱面子,图虚荣,而且,他还丧失人格国格参演滋长洋人志气的电影,而导致古玩店被砸;又张扬了年轻一代的中国国民小马思想开放、崇尚科学、敏感要强、务实进取的精神,从而让人感到"出窝老"的老一代国民思想改造的迫切性。在中国人与英国人的对比中,英国人以强者自居,看不起中国人,而中国人(主要指老马之类)则自暴自弃,走起路来也觉得低人一等;在恋爱方面,二马的追求与温都母女的嫌弃,一切都显得不平等,而在不平等中显示出中国国民精神弱点。

以上所说的老舍初期创作的三部长篇小说批判了国民劣根性,表现了"改造国民性"的思想主题。这种思想主题在老舍以后的作品中一直延续发展下来,如 30 年代创作的《猫城记》暴露了猫人的奴性,他们自私、自大、愚昧、敷衍、糊涂,"上下糊涂,一齐糊涂,这就是猫国的致命伤"①。《离婚》通过对中下层市民知识分子"灰色"人生的描绘,讥讽了张大哥安分守己、调和中庸、息事宁人的"好人"性格。《牛天赐传》剖露了在"官与钱"教育下的牛天赐畸形性格形成的过程。40 年代创作的《大地龙蛇》《四世同堂》,则全面深刻地审视了中国传统文化,既有对中国传统文化弊端、国民精神弱点的展露,又有对中国优秀传统文化中的爱国主义、民族精神的颂扬,还有对太平世界、和谐统一的美好未来的展望与期待。

如果说老舍对"五四"新文化运动的启蒙主义和"改造国民性"的文化思想是认同、继承与发展的,那么他对"五四"新文化运动所倡导的以及在新文学作品中所表现的"个性解放"的思想,则有着一定程度的质疑、反思,并做了多维审视和自省。从整体上说,他对个性解放、人权平等、婚姻自主、恋爱自由等是认同和追求的,在年轻时就以

---

① 老舍:《猫城记》,《老舍文集》第 7 卷,人民文学出版社 1984 年版,第 460 页。

坚决的态度拒绝了母亲替他包办的婚姻,也曾暗恋宗月大师(刘寿绵)的女儿,但最终没有得到爱情的结果。《老张的哲学》中王德与李静的恋爱一样无果,老张的买卖婚姻和赵姑母的包办婚姻,最终酿成了王德另娶、李静自杀的悲剧。对个性解放、恋爱自由的追求被社会和传统文化痼疾给消解了。《老张的哲学》中青年男女个性解放、恋爱自由、婚姻自主的消解形态,在老舍以后的小说中延续着。《月牙儿》中的女儿"我"在胖校长侄儿的引诱下,也想在个性解放、自由恋爱中获得自主能力,却在失身痛苦中一步步走上卖淫的道路。《鼓书艺人》也以女性被骗失身,显示个性解放的消解。在老舍看来,"五四"新文化运动中的个性解放的春风,并没有在社会中形成气候,所以那时的青年男女的个性解放、婚姻自由的追求,并没有得到美好的结果,而那些像祁瑞宣和韵梅那样的并不是通过个性解放、自由恋爱组成的婚姻家庭,却显得比较"和谐"。

第三节 对"五四"文学革命和语言革命的继承与发展

"五四"新文化运动以"民主"和"科学"为主导的启蒙主义思想,引发了"五四"文学革命,兴起了"五四"新文学运动的浪潮。1917年1月胡适在《新青年》上发表《文学改良刍议》,倡导文学改良的"八不主义",主张以白话文代替文言文作为新文学的工具,确立白话文的正宗地位。同年2月陈独秀发表《文学革命论》,高张文学革命的"三大主义"旗帜:"曰,推倒雕琢的阿谀的贵族文学,建设平易的抒情的国民文学;曰,推倒陈腐的铺张的古典文学,建设新鲜的立诚的写实文学;曰,推倒迂晦的艰涩的山林文学,建设明了的通俗的社会文学。"①胡适的文学改良,着眼于文学形式,即语言革命,创造白话新文学;而陈独秀的文学革命则着眼于文学的思想革命,依然具有启蒙现

---

① 陈独秀:《文学革命论》,《新青年》1917年第2卷第6号。

代性特点,其反对旧文学、提倡新文学的情感激烈,态度坚决。在陈独秀文学革命和胡适的语言革命的理论召唤下,鲁迅则用《狂人日记》等小说创作,显示了文学革命的实绩,从此,"五四"新文学创作也就雨后春笋般发展起来。老舍不仅从总体上评价了"五四"新文学运动的理论态度和创作趋向,指出,"从一发芽,中国新文艺的态度与趋向,据我看,是没有什么可羞愧的地方"①,而且明确肯定了"五四"新文学运动的文学革命和语言革命的重要价值、历史意义。老舍认为文学革命给了他"新思想""新感情",即反帝反封建的爱国主义的"基本思想与情感"。他更赞赏语言革命,认为新的文学语言即白话,给了他"新的心灵",促使他走上文学创作道路。"'五四'给了我一个新的心灵,也给了我一个新的文学语言","白话已成为文学的工具。这就打断了文人腕上的锁铐——文言",有了白话的工具,才"叫我变成了作家,虽然不是怎么了不起的作家"②。

首先考察老舍对"五四"文学革命的继承与发展。在"五四"新文学运动中,无论是在文学革命理论的倡导还是在文学创作的实践上,人们多尊崇现实主义创作方法。当然,除了现实主义,"五四"新文学中还有浪漫主义、现代主义。鲁迅的《狂人日记》即运用了现实主义和象征主义相融合的创作方法,他的作品还有浪漫主义、表现主义等现代主义的色彩。不过在"五四"新文学后来的发展中,现实主义成为主潮,浪漫主义、现代主义逐渐弱化。在这种情况下,老舍的小说理论和小说创作,既以现实主义创作方法为主导,同时又兼顾象征主义、现代主义等创作方法,显示其对"五四"新文学的继承和发展。不仅如此,老舍还在小说的体式上对"五四"新小说做了突破性的发展。

---

① 老舍:《敬悼许地山先生》,《老舍文集》第 14 卷,人民文学出版社 1989 年版,第 187 页。

② 老舍:《"五四"给了我什么》,《解放军报》1957 年 5 月 4 日。

"五四"新小说以短篇为主,较缺乏精致的长篇,而老舍一登上文坛,就以独具风格的长篇小说创作为主,并取得了长篇小说创作的重要成就,尤其贡献了像《猫城记》《离婚》《骆驼祥子》《四世同堂》等长篇经典作品。

在"五四"文学革命的声浪中,西方各种各样的思潮理论涌进文学创作中,而对老舍的文学创作产生影响的主要是人道主义。从老舍的文学创作与"五四"新文学中的人道主义的对应关系上看,老舍比较接近周作人所倡导的"人的文学""平民的文学"中的人道主义思想。周作人的"人的文学"是用"人道主义"思想做主导,去描写"人的平常生活,或非人的生活"。周作人说:"我所说的人道主义,并非世间所谓'悲天悯人'或'博施济众'的慈善主义,乃是一种个人主义的人间本位主义。""我所说的人道主义,是从个人做起。要讲人道,爱人类,便须先使自己有人的资格,占得人的位置。"① 老舍的小说也贯穿着从西方接受的人道主义的思想和情感。不过,老舍的"人道主义"并不是周作人的从个人做起的"个人主义的人间本位主义",不是对世间所有的"人"讲人道、爱人类的人道主义,而是贴近市民心理情感的对"坏人"不必讲人道的人道主义,就像《赵子曰》中的李景纯对军阀的"不必讲人道","我根本不承认军阀们是'人',所以不必讲人道!""救民才是人道,那么杀军阀便是救民!"② 这是一种为民除害、除暴安良的人道主义。他的人道主义是对"好人"、对受迫害的下层平民施以人文关怀的人道主义,像《老张的哲学》中的李静、《月牙儿》中的女性"我"、《鼓书艺人》中的方秀莲等女性的悲剧,都留下了老舍人道主义的怜悯、同情。他在《老张的哲学》中对李静的死写下了一段含有人道主义的抒情文字:"花谢花开,花丛中彼此不知道谁开谁谢!

---

① 周作人:《人的文学》,《新青年》1918年第5卷第6号。
② 老舍:《赵子曰》,《老舍文集》第1卷,人民文学出版社1980年版,第381页。

风,雨,花,鸟,还鼓动着世界的灿烂之梦,谁知道又少了一朵鲜美的花! 她死了!"

至于周作人说的"平民",是与"贵族"相对而言的"平民","五四"新文学中的"平民"大都以小资产阶级知识分子为主,而不是老舍所表现的市民社会底层的贫民。沈雁冰曾对1921年4月、5月、6月的小说创作做了阶段性批评,他从题材上归类,认为描写男女恋爱的创作最多,而描写城市劳动者生活的最少。① "五四"新文学以知识分子题材为主调,缺少描写城市劳动者生活的作品,尤其缺少描写城市底层贫民生活的作品。老舍打破了这一局面,开创了描写城市底层贫民生活的领域,创作了小说经典《骆驼祥子》,塑造了"五四"以来从未有过的洋车夫典型——祥子;揭开了《月牙儿》中的母女及《骆驼祥子》中的小福子等底层市民出卖肉体的悲惨遭际;又别开生面地描写了旧巡警"我这一辈子"的痛苦、悲伤、愤怒、不平、反抗(《我这一辈子》)。老舍以老北京底层贫民生活及精神状态为主色,绘制了一幅幅色彩纷呈、人性各异的市井生活图景,为"五四"新文学做出了突破性贡献。

其次考察老舍对"五四"新文学运动中的语言革命即白话文运动的继承与发展。老舍不仅认同、赞赏白话为文学表现的工具,以白话为文学的正宗,而且把自己写小说看成是"贩卖大白话"。宁恩承曾说:"在伦敦时老舍每叹一无所长。'贩卖大白话'或者是一条出路。他说'你们各有专业,各有所长,我拿什么呢?'所以立志写小说,贩卖大白话为生。"② 老舍讲的"贩卖"其实是对"大白话"的运用、改革与发展。他认为"五四"新文学作品还不够民间化、通俗化,所以他在运用"大白话"进行创作时,力避欧化语言,力求民间化、通俗化。以小说

---
① 郎损(沈雁冰):《评四五六月的创作》,《小说月报》1921年第12卷第8号。
② [美]宁恩承:《老舍在英国》,香港《明报月刊》1970年5月、6月号。

为例,有些"五四"新小说在描写上比较通俗化,但在叙述上往往又带上知识分子腔调。与此不同,老舍的小说无论是描写还是叙述都是民间化、通俗化的。老舍的民间化、通俗化的"大白话"语言是从创作心理中自然而然地流露出来的,而无丝毫雕琢的痕迹。他写小说有一个习惯,总是先找个朋友朗读几段,请他们听听在语言文字上还有什么毛病。他写完第一部长篇小说《老张的哲学》后,念了两段给许地山听,许听后"只顾笑",感到很有趣。这部小说已经显示出他用大白话写北京的人、北京的事、北京的风物的特点了,幽默诙谐、生动有趣,但他对其中"往往把文言与白话夹裹在一处"感到不满。于是在写《赵子曰》时,老舍做了改进,在文字上"很挺拔利落",结构上"比'老张'显着紧凑了许多"[1]。例如小说中,赵子曰为女权发展会唱戏募捐,为演好《王佐断臂》,他在摔完"抢背"后,手里拿着割下来的那只臂(其实是一根木棍),向着镜子摇头耸鼻地哆嗦一阵,一边哆嗦,嘴里一边念:"呛,呛,呛,吧嗒呛。"他还挂上黑胡子,穿上高靴,向着镜子朝天地扭。"呛!一摸胡子。哒!一甩袖。呛哒!一拐腿腕向前扭一步。这样从锣鼓中把古人的一举一动形容得唯妙唯肖。"[2]这样的描写真够京腔京味"挺拔利落"的。写《二马》的时候,他写几段,"便对朋友们去朗读",检查句子是否顺当,字眼是否妥当。如此在白话语言上的苦苦追寻,才使小说达到了像英国人烹调的大菜那样,不加任何佐料,"把白话的真正香味烧出来"[3]。《小坡的生日》则"用最

---

[1] 老舍:《我怎样写〈赵子曰〉》,《老舍文集》第15卷,人民文学出版社1990年版,第172页。

[2] 老舍:《赵子曰》,《老舍文集》第1卷,人民文学出版社1980年版,第323页。

[3] 老舍:《我怎样写〈二马〉》,《老舍文集》第15卷,人民文学出版社1990年版,第193页。

简单的话,几乎是儿童的话,描写一切了"①。到了 20 世纪 30 年代,老舍创作了《骆驼祥子》,"全作近 11 万字,只用了 2400 多个汉字。出现频率最高的都是常用字,认识 621 个字,相当于小学高年级学生水平的读者,就可以通读这部杰出的文学名著"②。俗与白的亲切、新鲜、活泼味儿达到了炉火纯青的地步。再到后来,创作于 40 年代的《四世同堂》的语言幽默风趣,北京味儿更浓,像小贩们卖果儿用"儿化韵"喊唱的"果赞":"'一大碟,好大的杏儿喽!'这个呼声,每每教小儿女们口中馋出酸水,而老人们只好摸一摸已经活动了的牙齿,惨笑一下。""红李,玉李,花红和虎拉车,相继而来。人们可以在一个担子上看到青的红的,带霜的发光的,好几种果品,而小贩得以充分地施展他的喉音,一口气吆喝出一大串儿来——'买李子耶,冰糖味儿的水果来耶;喝了水儿的,大蜜桃呀耶;脆又甜的大沙果子来耶……'"③ 多么富有音乐美啊!创作于 50 年代的《龙须沟》《茶馆》语言的口语化、性格化、动作性、幽默含蓄,以及潜台词的运用,增强了话剧语言艺术的魅力。总之,老舍在对"大白话"的运用、改革与发展中,不断地进行文学语言的变革、创新,创造了简洁朴实、自然明快、亲切生动、新鲜恰当、京腔京韵、幽默风趣的语言风格,彰显了作为一代语言艺术大师的独特风貌!

[原载《学术界》2019 年第 5 期]

---

① 老舍:《我怎样写〈小坡的生日〉》,《老舍文集》第 15 卷,人民文学出版社 1990 年版,第 200 页。
② 王行之:《老舍语言艺术初探》,《当代》1981 年第 5 期。
③ 老舍:《四世同堂·偷生》,《老舍文集》第 5 卷,人民文学出版社 1983 年版,第 88 页。

第二章　20世纪50年代老舍的思想转变与创作价值取向

　　所谓"思想"是客观存在反映在人的意识中经过思维活动而产生的结果,思想的内容为社会制度的性质和人们的物质生活条件所决定,因而随着时代的变迁、社会制度的转变、物质条件和生活环境的改变,人的思想也会发生变化。老舍也认为"思想"不是固化的,"思想是比习惯容易变动的"①,他的思想和创作价值取向,是紧随时代的政治文化、社会的变革演进而发生变化的。20世纪二三十年代老舍以伦理文化思想为主导从事创作,其政治思想则"是一种模糊的自由主义"。抗战时期其政治思想上的自由主义为国家民族至上的爱国主义所代替,思想上的政治革命观念、国家民族意识不断增强。真正促使老舍思想发生根本性转变的是他在新的时代、新的社会学习了新的革命理论,尤其是学习了毛泽东文艺思想后,才走上了一个新的文艺生命的时代。50年代初的思想转变促使老舍在文学创作上一方面突出"歌颂"新中国、新社会的主题,另一方面认真做思想改造,对过去的作品进行自我反省。在自我反省中,影现出两个老舍形象:一个是显在的满怀政治热情的老舍,一个是潜在的追求艺术个性的老舍。其话剧创作即沿着两个方向向前发展,一是"赶任务"突出政治思想的价值,一是不忘初心追求艺术美学的价值。

　　第一节　50年代初的思想转变

　　老舍的父亲与八国联军巷战而阵亡的事件,使幼小的老舍产生

---

①老舍:《习惯》,《老舍文集》第14卷,人民文学出版社1989年版,第489页。

了痛恨外敌、保家卫国的朴素的爱国情感。后来在学校所受的"修身、齐家、治国、平天下"的儒家文化精神的教育,使他的家国观念增添了忧国忧民、救国救民的民族忧患意识和民族复兴精神。尤其是"五四"运动使他"看见了爱国主义的具体表现,明白了一些救亡图存的初步办法。"老舍说:"反封建使我体会到人的尊严,人不该作礼教的奴隶;反帝国主义使我感到中国人的尊严,中国人不该再作洋奴。这两种认识就是我后来写作的基本思想与情感。"①1922 年 23 岁的老舍接受基督教会的洗礼,从《圣经》中汲取思想营养,形成平等、博爱、为民牺牲的"舍予"式的基督教精神。1924 年,老舍到英国教学并"开始写小说","多少写出点反帝反封建的意思来。我说'意思',那就是说我并没能下功夫有系统的研读革命理论的书籍,也不明白革命的实际方法"②。30 年代,老舍回国后,对于兴起的普罗文学,他认为"它们的方针是对的,而内容与技巧都未尽满人意",但他又以小说《黑白李》为例,"拿它来说明我怎么受了革命文学理论的影响"③。他只是受了革命文学理论的影响,并没有进入革命文学阵营,疏于革命理论学习,认为搞文艺的应与政治保持一定的距离。据他后来所说,他那时的政治思想"是一种模糊的自由主义"④。在他全面投入抗日斗争的巨大洪流后,其政治思想的自由主义即为国家民族至上的爱国主义所代替,他思想上的政治革命观念、国家民族意识不断增强。再后来,他的小说《鼓书艺人》(写于 1948 年至 1949 年),不仅描写了

---

① 老舍:《"五四"给了我什么》,《解放军报》1957 年 5 月 4 日。
② 老舍:《〈老舍选集〉自序》,《老舍文集》第 16 卷,人民文学出版社 1991 年版,第 222 页。
③ 老舍:《〈老舍选集〉自序》,《老舍文集》第 16 卷,人民文学出版社 1991 年版,第 223 页。
④ 老舍:《感谢共产党和毛主席》,《老舍全集》第 14 卷,人民文学出版社 2013 年版,第 461 页。

艺人们遭受的人生苦难,也表现了艺人们的觉醒与反抗,尤其是作为革命作家的孟良,已摆脱了老舍前期小说中的"革命者"形象的模糊性、游移性,而显示出革命者的革命思想的若干亮色。小说深入描写了孟良给予艺人们的思想教育和行为影响,揭示了革命者对于艺人们的思想进步所起到的积极作用。作品最后,方宝庆唱起"长江后浪推前浪,一代新人换旧人"的鼓词,更预示了未来的光明和艺人们的新生。《鼓书艺人》可以说是老舍在新中国成立后的思想发生质的转变的前奏。

其实,真正促使老舍思想发生根本性转变的是他在新的时代、新的社会学习了新的革命理论,尤其是学习了毛泽东文艺思想后,才步入了一个新的文艺生命的时代。老舍说:"毛主席给了我新的文艺生命。""一九四九年年尾,由国外回来,我首先找到了一部《毛泽东选集》。头一篇我读的是毛主席《在延安文艺座谈会上的讲话》。""读了这篇伟大的文章,我不禁狂喜。在我以前所看过的文艺理论里,没有一篇这么明确地告诉过我:文艺是为谁服务的,和怎么去服务的。"①他深刻领会毛主席确立的文艺工农兵方向,确立了"文艺须为工农兵大众去服务"②的宗旨。在1950年至1952年这三年间,老舍的文论、散文谈及较多的话题,比如文艺与生活的关系问题,文艺与政治的关系问题,文艺的普及与提高的问题,作家向工农学习、思想改造问题,等等,均与毛泽东文艺思想尤其是《在延安文艺座谈会上的讲话》的精神相吻合。在文艺与生活的关系上,他谈大众文艺的写作,强调大众文艺必须为人民大众服务,必须有充实的内容,要到"大众的生活

---

① 老舍:《毛主席给了我新的文艺生命》,《人民日报》1952年5月21日。
② 老舍:《在中国人民政治协商会议第一届全国委员会第二次会议上的发言》,《老舍全集》第14卷,人民文学出版社2013年版,第419页。

中搜集材料"①,然后再进行写作,在艺术形式上要学习大众的语言,求语言之美。而语言要从生活中来,"没有生活,就没有语言","从生活中找语言,语言就有了根"②。他谈相声的改编、写作也要深入生活,"必须到活图书馆——民间——去观察,去搜集资料"③。他常表示要向工农兵学习,深入生活,"去接触新的社会生活","歌颂这新社会的新事物"④。他与李伯钊、濮思温等人一起到龙须沟实地采访,为创作话剧《龙须沟》收集素材。没有他们对龙须沟一带市民们的社会生活和精神面貌的深入了解,也就没有《龙须沟》的创作,因为文学创作来源于生活。在文艺与政治的关系上,他领会了毛主席提出的"文艺服从于政治的道理",检讨了自己以前抱着文艺与政治分家的态度,而现在认识到了"文艺应当服从政治",并表示自己的创作要"把政治思想放在第一位"⑤。巴金称赞老舍:"他是用艺术为政治服务的最有成绩的作家。"⑥在作家的思想改造上,老舍在《认真检查自己的思想》一文中强调作家要进行思想改造,还表示越是老作家,"才越须改造"⑦。他认为要在学习革命理论中,在向工农兵的学习中改造思想,"党的思想教育也教我懂得了批评,特别是自我批评"⑧。在文艺

---

① 老舍:《大众文艺怎样写》,《老舍文集》第 16 卷,人民文学出版社 1991 年版,第 191 页。
② 老舍:《我怎样学习语言》,《老舍文集》第 16 卷,人民文学出版社 1991 年版,第 287 页。
③ 老舍:《谈相声的改造》,《老舍文集》第 16 卷,人民文学出版社 1991 年版,第 172 页。
④ 老舍:《毛主席给了我新的文艺生命》,《人民日报》1952 年 5 月 21 日。
⑤ 老舍:《毛主席给了我新的文艺生命》,《人民日报》1952 年 5 月 21 日。
⑥ 巴金:《怀念老舍同志》,香港《大公报》1979 年 12 月 25 日、26 日。
⑦ 老舍:《认真检查自己的思想》,《老舍全集》第 14 卷,人民文学出版社 2013 年版,第 474 页。
⑧ 老舍:《感谢共产党和毛主席》,《老舍全集》第 14 卷,人民文学出版社 2013 年版,第 461 页。

的普及与提高的关系上,他认为在新中国成立初期,人民最需要"普及",于是他就去创作曲艺,给民众送去精神食粮,然后在普及的基础上再去做提高的工作。他还在关于艺人问题和旧文艺的改造问题上,提出了"改革旧文艺,推陈出新,是当前的一件极重要的工作"①的理念。以上这些理论观念,足以证明老舍的政治思想、文艺思想实现了向着为人民服务的方向、社会主义方向的转型。

第二节 文学创作的价值取向:突出"歌颂"主题

老舍在50年代初的思想转变促进了他文学创作的价值转变。他在1952年发表的《毛主席给了我新的文艺生命》一文中,将近两年来的创作与之前的创作相比较,老舍写道:"在学习毛主席《在延安文艺座谈会上的讲话》以前,我不可能写出像最近二年来我所写的东西。这二年来我所写的东西虽然并不怎么好,可是和我的解放前的作品比较起来,本质上是大不相同了。"②这种"本质上大不相同"的表现即是以满腔的政治热情,突出歌颂新中国、新社会、新制度的主题。新中国成立初期,在新的时代潮流、新的社会制度的感召下,从旧社会过来的作家们,无不欢欣鼓舞,感受到新社会的温暖幸福,他们大都满怀激情地歌颂新社会、新制度,形成了以"歌颂"为主题的文学主潮。老舍在"歌颂"的文学主潮中,又显得格外真诚、有激情。当老舍从美国回来刚踏上新中国国土时,他感叹道:"离开华北已是十四年,忽然看到冰雪,与河岸上的黄土地,我的热泪就不能不在眼中吐转了。"他说崭新的祖国在中国共产党领导下必能"走向光明、和平、自

---

① 老舍:《在中国人民政治协商会议第一届全国委员会第二次会议上的发言》,《老舍全集》第14卷,人民文学出版社2013年版,第420页。
② 老舍:《毛主席给了我新的文艺生命》,《人民日报》1952年5月21日。

由、与幸福的路途上去"①。当他沐浴着新社会的阳光,处处感受社会主义制度的优越性后,他要"拼命的歌颂"②新社会、新制度。

老舍热情地歌颂新北京,以《我热爱新北京》《住在北京》《北京》《顶可爱的北京》《要热爱你的胡同》等篇章,从清洁卫生、环境整治、市政建设、人心变化等方面,彰显北京面貌、北京精神的巨大变化,歌颂了新北京一天比一天更美丽、更繁荣、更可爱,而且把歌颂新北京与歌颂共产党、歌颂毛主席的英明领导联系在一起,让人看到北京为什么"顶可爱":"自从毛主席住在这里,北京就顶可爱了。"③

为表现"歌颂"的主题,老舍又善于从各类人的心理变化、幸福感受等方面,歌颂新社会、新制度。老舍说他作为一个作家,在旧社会没有人生自由,处处受到压迫、恐惧和威胁,而到了新社会,得到了尊敬与重视。他说:"共产党使我又恢复了作家的尊严。"④他歌颂妇女们在新社会获得平等地位,连老婆婆们的心也变了,"她们认识了一些从前向来未有认识过的道理"⑤。他为"六一"儿童节献词,羡慕儿童们在党的阳光雨露下幸福成长,教导他们要热爱党和毛主席,报答祖国的恩惠。⑥他把新中国的青年看成"民族的花朵",召唤他们要感恩共产党、毛主席,"毛主席给了你们新的教育,使你们成为前进的、光荣的青年!"⑦他还通过北京市政府办盲艺人讲习班这件事,歌颂新

---

①老舍:《由三藩市到天津》,《老舍全集》第14卷,人民文学出版社2013年版,第415页。
②老舍:《挑起新担子》,《老舍全集》第14卷,人民文学出版社2013年版,第472页。
③老舍:《顶可爱的北京》,《老舍全集》第14卷,人民文学出版社2013年版,第559页。
④老舍:《感谢共产党和毛主席》,《老舍全集》第14卷,人民文学出版社2013年版,第461页。
⑤老舍:《老姐姐们》,《老舍全集》第14卷,人民文学出版社2013年版,第418页。
⑥老舍:《我羡慕你们》,《老舍全集》第14卷,人民文学出版社2013年版,第459页。
⑦老舍:《前进吧,中国的青年们》,《老舍全集》第14卷,人民文学出版社2013年版,第467页。

中国的"万象更新",因为"政府好,艺人才能出头"①。

老舍还常以新旧对比的方式,表达"歌颂"的主题。以《鼓书艺人》与《方珍珠》为例,前者以写"旧",暴露旧社会的黑暗及艺人们的苦难为主,以艺人在革命者教育启迪下的觉醒与反抗,作为老舍在新中国成立后思想发生质的转变的一个过渡。而后者也暴露了旧社会的黑暗,写了艺人们的苦难,但"暴露"的目的是歌颂"光明",歌颂艺人们在新社会、新制度下的"新生":方珍珠与方大凤业余时间入学念书,眼界大开,意识到自己不再是方母的摇钱树,而是一个真正为民众歌唱的艺人。破风筝热情投入社会各项活动,并组织民间艺术社,团结旧艺人,为人民演出。对于新中国成立后艺人们发生的巨大变化和取得的巨大进步,文艺作家王力做了总结:"我们已经由卖唱儿的改成了艺术家……由封建的变成民主的。然后,我们的业务解放了,由受压迫剥削变成了公议和团结。现在,我们的责任也解放了,由养家吃饭改为去给群众服务。"②创作《龙须沟》时,老舍的"歌颂"主题有了更鲜明的思想表达和情感追求。他在谈剧本的写作经过时说,他生长在北京,热爱北京,熟悉北京,他亲眼看到北京城和北京人在新中国成立后的进步与发展,特别是修龙须沟这件事,使他激动万分。"在建设新北京的许多事项里,这是件特别值得歌颂的。因为第一,政府经济上并不宽裕,可是还决心为人民除污去害。第二,政府不像先前反动统治者那么只给达官贵人修路盖楼房,也不那么只管修整通衢大路,粉饰太平,而是先找最迫切的事件作。尽管龙须沟是在偏僻的地方,政府并不因它偏僻而忽视它。"③老舍由此看清了人民

---

① 老舍:《万象更新》,《老舍全集》第14卷,人民文学出版社2013年版,第451页。
② 老舍:《方珍珠》,晨光出版公司1950年版,第146页。
③ 老舍:《〈龙须沟〉写作经过》,《老舍文集》第16卷,人民文学出版社1991年版,第238页。

政府真正为人民服务的性质,情不自禁地要把这件事写出来,以歌颂人民政府。《龙须沟》发表、演出后,产生了轰动效应,剧组进怀仁堂演出,老舍受到毛主席、周总理的接见。以戏剧《龙须沟》为代表作品,老舍获"人民艺术家"的荣誉奖状,奖状原文写道:"老舍先生的名著《龙须沟》生动地表现了市政建设为全体人民,特别是劳动人民服务的方针和对劳动人民实际生活的深刻关系;对教育广大人民和政府干部,有光辉的贡献。特授予老舍先生以人民艺术家的荣誉奖状。"[1]

如果说老舍亲眼看到北京城和北京人在新中国成立后的进步与发展,特别是修龙须沟这件事,使他激动万分而创作《龙须沟》表现"歌颂"主题,那么1952年创作的《春华秋实》,则是为了宣传、反映"五反"运动,"赶任务"而"赶"出来的剧本。剧中既有对工业资本家本性的暴露,也有关于工人与资本家斗争的描写,还有代表中国共产党的正确领导的检查组负责人形象。剧本最后以歌颂"五反"运动取得全面胜利而告终,让人看到"五反"运动的胜利使工人们的积极性空前高涨。戏剧即将结束时,剧中梁师傅高兴地说:"我敢说,做了三十多年的工人,我老头子没有象今天这么高兴过!"林辉:"梁师傅,你今天高兴,明天会比今天更高兴。""明天更美丽!"应该说,此剧的"歌颂"比《方珍珠》《龙须沟》更显政治化、政策化,剧中的人物和人物的生活都不是老舍所熟悉的,他说"自己的生活既欠丰富,而又急切地要交代政策",结果做了"政策的尾巴"[2]。

综上所述,老舍50年代初期的作品,均突出了"歌颂"的主题,他

---

[1] 参见舒济、郝长海、吴怀斌编撰《老舍年谱》,载《老舍全集》第19卷,人民文学出版社2013年版,第607页。
[2] 老舍:《我怎么写的〈春华秋实〉剧本》,《老舍文集》第16卷,人民文学出版社1991年版,第328页。

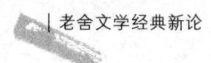

的"歌颂"的情感特别热烈、真诚,且有着向政治化方面的强化倾向。他以政治文化型的作家身态,成为巴金称赞的"热烈歌颂新中国的最大的'歌德派'"①。曹禺曾在纪念老舍的文章中回忆老舍的原话:"我(老舍)无党无派,但我有一派,就是'歌德派',歌共产党之德的派。"②

第三节 文学创作的价值取向:忏悔旧意识

在文学创作上,老舍一方面突出"歌颂"的主题,另一方面做思想改造、自我反省。歌颂新社会、忏悔旧意识,成为他50年代初期文学创作的价值取向。老舍常在文章中检查自己的思想,强调要做认真的思想改造,对过去的作品做深入反思。1950年8月,他借着出版《老舍选集》(收小说《黑白李》《断魂枪》《上任》《月牙儿》《骆驼祥子》)的机会,在《〈老舍选集〉自序》中,为自己以往缺乏政治理论思想,对革命运动有隔膜而做自我批评,检讨自己描写了受压迫的人,"却没给《月牙儿》中的女人,或《上任》中的'英雄'们,找到出路",在《骆驼祥子》中,也没给祥子"出路",只是同情他的遭遇而没写出他的反抗。所以作品发表后,"就有工人质问我:'祥子若是那样的死去,我们还有什么希望呢?'我无言对答"。他还为自己未能参加革命,在30年代写出了《猫城记》那样的作品,"不仅讽刺了当时的军阀,政客与统治者,也讽刺了前进的人物"而感到"后悔"③。他在1951年10月发表的《挑起新担子》一文中,说他养成了"要强"的心,"这个要强的心只能使我洁身自好,爱惜羽毛,社会革命的大道理反倒放在一边"。"在我的作品里,我描写了我所同情的穷人,可是不能描写穷人造

---

① 巴金:《怀念老舍同志》,香港《大公报》1979年12月25日、26日。
② 曹禺:《我们尊敬的老舍先生——纪念老舍先生八十诞辰》,《人民日报》1979年2月9日。
③ 老舍:《〈老舍选集〉自序》,《老舍文集》第16卷,人民文学出版社1991年版,第224页。

反。""有时候,我凭着我的想像,以为革命是多事,而且把我想像中的革命者嘲笑上几句。这使我在今天心中最难过!"①老舍这里说的让他心中感到最难过的作品即《猫城记》。在1952年5月发表的《毛主席给了我新的文艺生命》中,他又对自己在1949年前的创作进行反省:"我有小资产阶级的正义感",因而"不敢革命",于是笔下的被压迫的人也"不敢革命","我只写出我对他们的同情,而不敢也不能给他们指出一条出路",只写了"悲惨的景象",而"没有斗争,也就没有希望与光明"②。在1955年6月发表的《好好学习》一文中,老舍表示在听了中国文联在北京市举办的"辩证唯物主义与历史唯物主义"讲座后,要好好学习此文,并检查自己1949年以前的作品,他认为它们"都很肤浅,甚至于有错误"③。老舍三番五次地做自我反省,而且是过度的"反省",比如抗战时期,他的创作思想有了很大的进步,他明明创作了那么多抗战文艺,包括诸多京剧鼓词之类的通俗文艺,这些均发挥了宣传抗战、激励人心、鼓舞民气的作用。可他却检讨自己写这类东西是为了显示自己是个"全能的文艺作家","通俗也好,典雅也好,我都能写","至于文艺的思想性和战斗任务,我向来不关心"④。其实,抗战时期,他是很关心文艺的思想性和战斗性的,他视抗战文艺为"怒吼"的文艺。

老舍在做自我反省的同时,也对自己的作品进行修订。最突出的就是对《骆驼祥子》的修订。1950年5月晨光出版公司出版了《骆驼祥子》校正本,书前附有老舍写的序,此版保持了旧版原貌。1954年9月,老舍对这本书做了较大的修改,删去了旧版第二十三章后半

---

① 老舍:《挑起新担子》,《老舍全集》第14卷,人民文学出版社2013年版,第471页。
② 老舍:《毛主席给了我新的文艺生命》,《人民日报》1952年5月21日。
③ 老舍:《好好学习》,《老舍全集》第14卷,人民文学出版社2013年版,第571页。
④ 老舍:《毛主席给了我新的文艺生命》,《人民日报》1952年5月21日。

部分与第二十四章的全部内容。1955年1月,人民文学出版社出版《骆驼祥子》修订本,老舍在后记中说修订本"删去些不大洁净的语言和枝冗的叙述",其实他删去的是祥子彻底堕落的叙述和描写。老舍在后记中再次做自我反省:"在书里,虽然我同情劳苦人民,敬爱他们的好品质,我可是没有给他们找到出路;他们痛苦地活着,委屈地死去。这是因为我只看见了当时社会的黑暗的一面,而没看到革命的光明,不认识革命的真理。"他不仅做自我反省,还特别说明出版此书的现实意义:让人们读了作品"不忘旧社会的阴森可怕,才更能感到今日的幸福光明的可贵"①。

老舍所做的深刻的自我反省,既是时代的产物,又是作家们共同的思想追求和情感趋向。50年代前期的政治文化环境和有关知识分子思想改造的政策要求,促使广大文艺工作者进行思想改造和自我反省。其实,毛泽东早在1942年的《在延安文艺座谈会上的讲话》中,就提出了知识分子以及文艺工作者的思想改造和向劳动人民学习的问题。到了1951年10月,毛泽东在中国人民政治协商会议第一届全国委员会第三次会议的开幕词中指出,"思想改造,首先是各种知识分子的思想改造,是我国在各方面彻底实现民主改革和逐步实行工业化的重要条件之一"②,他从国家战略发展的高度,发出了全国知识分子思想改造的动员令。1951年11月3日,北京市文学艺术工作者联合会举行秋季第二次晚会,老舍在讲话中传达了全国政协一届三次会议主要精神,号召全市文艺工作者抓紧时间学习毛泽东思想,进行思想改造。同年11月24日,北京文艺界举行整风学习动

---

① 老舍:《〈骆驼祥子〉后记》,《老舍文集》第16卷,人民文学出版社1991年版,第369页。
② 参见光明日报社编印《思想改造文选》(第一集),光明日报社1951年版,第1页《前言》。

员大会,会上,胡乔木、周扬和丁玲分别做了题为《文艺工作者为什么要改造思想》《整顿文艺思想,改进领导工作》和《为提高我们刊物的思想性、战斗性而斗争》的报告,老舍做了《认真检查自己的思想》的报告。所以老舍此间所做的自我反省,是他对党的知识分子政策尤其是思想改造政策的具体响应。那时,不单是老舍,全国的文艺工作者,都在学习毛泽东思想,进行思想改造、自我反省,尤其是来自国统区的作家们,更加留心于自我反省,检讨文艺思想上的错误。像茅盾在谈《蚀》的创作经过时说,自己"对于当时革命形势的观察和分析是有错误的,对于革命前途的估计是悲观的"①。冯至检讨时表示,自己1941年写的27首"十四行诗","受西方资产阶级文艺影响很深,内容与形式都矫揉造作"②。曹禺检讨自己的"幼稚"和"谬误":"没有历史唯物论的基础,不明了祖国的革命动力,不分析社会的阶级性质,而贸然以所谓的'正义感'当作自己的思想支柱。"③就连来自延安解放区的作家们,也多自觉地做了自我反省的工作,比如丁玲,在50年代初创作的一些文章中,也都涉及思想改造问题,成了知识分子思想改造的典型。由此可见,老舍的自我反省、思想改造,带有一个时代的知识分子和文艺工作者思想感情的"共趋""共情"特点,具有鲜明的时代价值。一个时代有一个时代的思想,一个时代的思想又必然体现一个时代的特点。

第四节 政治思想价值与艺术美学价值的双向追求

老舍不仅对过去时代(新中国成立以前)的思想、创作进行"检讨"、自我反省,而且对50年代的现实中的创作进行总结、反思。从

---

① 茅盾:《〈茅盾选集〉自序》,《茅盾选集》,开明书店1952年版,第1页。
② 冯至:《〈冯至诗文选集〉序》,《冯至诗文选集》,人民文学出版社1955年版,第1页。
③ 曹禺:《我对今后创作的初步认识》,《文艺报》1950年第3卷第1期。

他对《方珍珠》和《龙须沟》的创作经验的总结反思中,可以看到两个老舍形象:一个是显在的满怀政治热情的老舍,一个是潜在的追求艺术个性的老舍。在《暑中写剧记》中,他谈了在《方珍珠》与《龙须沟》写作过程中的矛盾心理,他说按照当时的文艺政策和要求,"理应写工农兵的生活",但他对工农兵的生活"毫无所知","依我的经验来看,不是我极熟习的人与事,便很难描写得好"。从熟悉的人与事出发,老舍决定写一个以北京曲艺界艺人翻身为内容的剧本。他说:"因为我跟某些艺人交过十年以上的朋友,我知道些他们的生活。"剧本原拟写四幕,前三幕写新中国成立以前,末一幕写新中国成立以后,可是友人们提建议:"应当写五幕,为是多写点解放后的光明。"戏剧界的朋友提意见说剧中的"思想领导不明确","建议者的意思大概是剧中应添一个党员,或与曲艺界有关的行政人员"。老舍虽然没有完全按照戏剧界朋友的意见去"添一个党员",但是,他在"对话中增加了点关于思想领导的,与艺人们感激领导的字句"①。老舍创作的动机,心理构思的过程和他多方听取意见建议的做法,完全符合主流意识形态的规约要求,体现了一个政治文化型的老舍形象。可是,剧本写成了五幕后,他又有些后悔自己没有坚持将戏剧主角方珍珠贯穿到底,从而造成了戏剧结构不够完整统一。"前三幕整齐,后二幕散碎",前三幕以主角方珍珠为中心,后二幕抛开了主角而"去谈另一些问题",即艺人的思想教育、办民间曲艺社等问题。老舍表示,"这些问题的提出,是对北京的艺人有教育价值的",可这样一味地为了"宣传思想"却导致"失去艺术效果"。如果全剧"始终看守住方珍珠这个角色,在最后两幕,教她见到光明,成为典型的人物","集中力量,力写解放后艺人们的狂喜;这么一来,或者全剧既显着完整,而效

---

① 老舍:《暑中写剧记》,《老舍文集》第 16 卷,人民文学出版社 1991 年版,第 215 页。

果亦佳。我很后悔没有维持原来计划"①。老舍的后悔,正是源于他维持艺术本真的初心,这又体现了一个追求艺术个性的老舍形象。

如果说《方珍珠》中,老舍显在的政治热情大于其潜在的艺术个性,为剧本后两幕留下了"缺点",那么在《龙须沟》中,"政治"的老舍则与"艺术"的老舍相统一,使剧作的思想艺术进入佳境。老舍创作《龙须沟》的目的是"歌颂"新社会、好政府,他说:"歌颂人民的好政府是我的责任。"但是如何通过龙须沟由旧到新的变化,实现这一"歌颂"的主题,他做了一番精心的构思:既然以"龙须沟"为名,那"我必须写那条沟",但写戏剧要舞台,不能把"沟"搬上舞台,于是由"沟"想到"人","假若我能写出几个人来,他们都与沟有关,像沟的一些小支流,不就由人物的口中与行动中把沟烘托出来了么?"又由人想到了这些人应该住在"小杂院"里,于是"我心中看到一个小杂院,紧挨着臭沟的一个小杂院。人住在这小院里,事情发生在这小院里,好,这个小院就是臭沟上的一块碑,说明臭沟的一切"②。老舍紧紧扣住"沟"与"人"的关系,用"人"的变化、人心的变化,彰显"沟"的变化,从而展现整个社会的变化。老舍这里谈《龙须沟》的构思过程,和他以前谈《骆驼祥子》的构思过程,简直如出一辙。他有了这样的精心构思,然后去写小杂院,写小杂院里的各色人物,便得心应手了。老舍既确定了鲜明的"歌颂"主题,又有了缜密的艺术构思,再加上他运用了小说家描写人物的艺术手法,刻画了程疯子、王大妈、丁四、赵老头等富有个性的各色人物,从而成就了经典的《龙须沟》,也成就了"人民艺术家"老舍。

创作完《龙须沟》之后,老舍话剧创作的价值取向沿着两个方向

---

① 老舍:《谈〈方珍珠〉剧本》,《老舍文集》第16卷,人民文学出版社1991年版,第232页。

② 老舍:《暑中写剧记》,《老舍文集》第16卷,人民文学出版社1991年版,第217页。

发展:一是"赶任务"突出政治思想的价值,一是不忘初心追求艺术美学的价值。为"赶任务"反映"五反运动",老舍于1952年创作了话剧《春华秋实》。为歌颂在第一个五年计划高潮中积极献身祖国建设事业的工人,他在1955年创作了话剧《青年突击队》,但老舍说这个戏是他"最失败的戏"①。1955年,我国破获一起李万铭诈骗案,公安部部长罗瑞卿在全国人民代表大会上提出:希望能有作家把李万铭以及被李万铭欺骗的麻痹分子搬到舞台上来,以教育公安工作者和全体人民。老舍响应号召,半年即创作出《西望长安》。此剧虽然是"赶任务"的戏,突出了政治思想教育的功能,但在讽刺艺术上做了"新试验"。老舍将讽刺剧中的正面人物唐处长,塑造成"他的幽默机警正与讽刺剧的风格一致"的"新型讽刺剧应有的人物",对受骗的干部只是讽刺了他们的缺点,而没有"一笔抹杀他们的好处"②。这体现了老舍对人民身上的缺点所进行的善意的讽刺态度,也是他对讽刺艺术所做的新的追求。到了1957年,当老舍感受到"双百"方针给文学艺术家们带来欢快"自由"时,他的艺术个性便充分展露出来,从而创作了堪称世界话剧经典的《茶馆》。《茶馆》以北京裕泰茶馆为中心,用"人像展览式"戏剧结构,通过70多个出入茶馆的人物展现从清末至解放战争爆发前的近50年历史变迁,表现埋葬旧时代,预示新时代、新社会必然到来的历史发展趋势。它既有"埋葬旧时代"的政治思想的表达,又有文学性、艺术性、舞台技巧上的创新,充分显示了政治文化型的老舍和艺术追寻型的老舍的融合。但在《茶馆》之后,他又以政治文化型的身态去跟形势、"赶任务",于1958年"大跃进"的高潮中,创作了歌颂"大跃进"中城市街道整风运动的话剧《红大院》。老

---

① 老舍:《戏剧语言》,《老舍文集》第16卷,人民文学出版社1991年版,第76页。
② 老舍:《有关〈西望长安〉的两封信》,《老舍文集》第16卷,人民文学出版社1991年版,第395页。

舍见到了活跃在各条战线上的新型妇女,看到了她们在平凡的工作中做出了不平凡的成绩,因而深受感动并创作了话剧《女店员》。以1958年"大跃进"时期为背景,描写人民警察热情帮助人民寻亲寻友,使亲友团聚的《全家福》,虽然也是紧随形势,突出政治思想的"歌颂"主题,但是老舍在他惯常运用的新旧对比写法上做了创新。以往老舍在新旧对比中,长于写旧,从旧写起,然后写新,热情颂新。而本剧故事发生在新旧时代交替时,作家并没从王家在旧社会的"散、离"写起,而是着眼于"聚、合",起点与讫点均是新社会,这就使本剧与旧戏中表现悲欢离合的大团圆套路有了明显区别。由此看来,追随时代政治文化浪潮,"赶任务"创作出来的作品,也不是全无价值的,而是具有鲜明的时代特征和政治思想价值的。即使像老舍自己认为的"最失败的戏"——《青年突击队》,其"失败"也不在于"赶任务",而在于写作对象是老舍不熟悉的建筑工人且又是"青年突击队","青年"在老舍以往的作品里,也不是他擅长描写的对象。关于"赶任务",老舍也说过,"不单是应该的,而且是光荣的"。"莎士比亚和狄更斯都赶过任务,而且赶得很好。赶写并不与粗制滥造同一意义。"①老舍"赶任务"的一些剧作,虽然在艺术水平上参差不齐,但在当时都起到了政治宣传、思想教育的作用,是作家追寻时代责任感的具体表现,老舍自己也特别强调"必须立志不叫我们的笔落在社会后边"②。可以说,老舍的思想和创作价值取向,是紧随时代的政治文化、社会的变革演进而发生变化并向前发展的。

[原载《淮北师范大学学报》(哲学社会科学版)2020年第3期]

---

①老舍:《剧本习作的一些经验》,《老舍全集》第17卷,人民文学出版社2013年版,第562页。
②老舍:《剧本习作的一些经验》,《老舍全集》第17卷,人民文学出版社2013年版,第564页。

第三章 走近老舍的情感世界

第一节 老舍的爱情

老舍是在贫民窟里长大的,家境贫寒、生活困苦,童年、少年时代结交的朋友都是城市下层的穷孩子,穷人家孩子整天为窝窝头担忧,从小没什么浪漫传奇的故事,所以我在拙著《老舍小说艺术心理研究》中把他与郭沫若做比较,说童年老舍的性意识觉醒迟缓①,舒乙在给该书写的序中对此大加赞赏。他19岁从北京师范学校毕业,然后当小学校长,做京师郊外北区劝学员,每月的工资如数交给母亲,每每交了钱后,心里老觉得空落落的。20来岁时,想尝尝恋爱的味道,但到哪里去尝呢?老舍说他整天跟中年人打交道,养成了中年人的情感与性格,很少跟女性交往,所以他讲他怕写女人,怕写爱情。老舍在《我怎样写〈赵子曰〉》一文中写道:"我怕写女人;平常日子见着女人也老觉得拘束。在我读书的时候,男女还不能同校;在我作事的时候,终日与些中年人在一处,自然要假装出稳重。我没机会交女友,也似乎以此为荣。在后来的作品中虽然有女角,大概都是我心中想出来的,而加上一些我所看到的女人的举动与姿态。"②老舍没有专门写爱情小说,其实他的小说里是有爱情的,只不过那里的爱情,是作为故事的副线而已。老舍写恋情尤其写初恋,特别动人。我曾用

---

① 谢昭新:《老舍小说艺术心理研究》,北京十月文艺出版社1994年版,第60页。
② 老舍:《我怎样写〈赵子曰〉》,《老舍文集》第15卷,人民文学出版社1990年版,第172页。

原型批评方法写了一篇论文,即《在"传统"与"现代"之间的徘徊——论老舍小说的理想爱情叙事》(《文学评论》2008年第1期),探讨了老舍小说的理想爱情叙事形态,呈现了老舍的爱情观和他对初恋的梦的追寻。

一、老舍的初恋

《老张的哲学》以老张的办学活动为主线,暴露老张的罪恶行径,凸显社会弊端尤其是教育领域的腐败现象,同时又以王德与李静、李应与龙凤的爱情为"副线",更加深刻地揭露了他们爱情悲剧的制造者老张的罪行。老舍在描写这两对青年男女的爱情时,突出了王德对李静的爱情追求,用充满情感的笔调写出了他们心中爱的潮流的激荡。王德向李静面述衷肠时,将梦里说过的千万遍的话一下子倾吐出来:"静姐!我爱你,我爱你!"他拉着李静的手,央求李静接受他的爱。"我爱你!我死,假如你不答应我!"他们内心的爱情化为激动的泪水,他们用握在一处的手擦泪。甚至王德走后,李静"不知不觉的抬起自己的手吻了一吻,她的手上有他的泪珠"[①]。这里描绘的王德与李静的爱以及他们表达爱情的独特方式,留下了老舍早年与刘姑娘初恋的痕迹。老舍用非常简短的笔墨描绘李静的外貌:"她轻轻的两道眉,圆圆的一张脸,两只眼睛分外明润,显出沉静清秀"[②],再加上她在言谈举止中呈现出的善良温厚,可以看出李静是一个清秀恬静、俊美善良的姑娘,这与《老舍自传》以及有关资料文献中所记述的刘姑娘的静美、善良的特点是相吻合的。清秀、俊美、恬静、善良的青年女性是老舍所追求的理想女性,对这样理想的女性表达忠贞不渝的爱情,那才是宝贵的、美的。因此,老舍也就借着这两位青年男女的恋爱,发表了议论:"爱情是神秘的,宝贵的,必要的,没有他,世界

[①] 老舍:《老张的哲学》,《老舍文集》第1卷,人民文学出版社1980年版,第83页。
[②] 老舍:《老张的哲学》,《老舍文集》第1卷,人民文学出版社1980年版,第56页。

只是一片枯草,一带黄沙。为爱情而哭而笑而昏乱是有味的,真实的!人们要是得不着恋爱的自由,一切的自由全是假的;人们没有两性的爱,一切的爱都是虚空的。……爱情是由这些自觉的甜美而逐渐与一个异性的那些结合,而后美满的。"①这一段议论带有老舍初恋时的情感体验,蕴含着他对理想女性的崇拜和爱的追求。但是,老舍的初恋又是以失恋而告终的,这就如同王德与李静的爱情以悲剧而告终一样,它给作家和作品中的人物染上了初恋的甜蜜和失恋的忧伤的复杂情感。老舍的作品一直带着忧伤情感。法国的著名作家勒·克莱齐奥,2008 年的诺贝尔文学奖得主,他说他读老舍的作品就一直感到有一种独特的忧伤。

《老张的哲学》所写的王德与李静的初恋,融进了老舍与刘姑娘初恋的情景:老舍上中学时,曾帮刘寿绵(宗月大师)办学校和做慈善,这个学校就在刘寿绵家的西跨院,刘寿绵的女儿也在这里义务做教师,其人出落得温柔、恬静。随着接触增多,两人的感情一天天加深,大概在老舍 17 岁的时候,已经萌发了爱的情愫。1923 年,刘寿绵家迅速败落,他出家做了和尚,并让夫人和女儿随之做了带发修行的居士。在知道刘小姐出家的消息后,老舍心碎人瘦,把巨大的悲伤埋在心底,于 1924 年受邀去了英国。这位刘姑娘,相当于但丁笔下的"贝特丽丝",但丁虽对她一见钟情,贝特丽丝最终却未嫁给他。但丁在旷世诗篇《神曲》中,把她描绘成引导他进入天堂的女神,以寄托美好情感。而老舍在他的小说中,也把初恋作为原型描绘成引领他情感的女神。

其实,真正以刘姑娘为原型做艺术的想象,以理想爱情的追求与消解为叙事主体,且最能够表现老舍早年初恋情境的是小说《微神》。正如罗常培在《我与老舍》一文中所记述的:"他后来所写的《微神》,

---

① 老舍:《老张的哲学》,《老舍文集》第 1 卷,人民文学出版社 1980 年版,第 84 页。

就是他自己初恋的影儿。……他告诉了我儿时所眷恋的对象和当时的感情动荡的状况,我还一度自告奋勇地去伐柯,到了儿因为那位小姐的父亲当了和尚,累到女儿也做了带发修行的优波夷!以致这段姻缘未能缔结。"①《微神》即抒写了老舍和刘姑娘初恋的"春梦"。为把这初恋的"春梦"写得更加静美、甜蜜,作家运用了多种艺术手法:写实与象征,叙事与想象、抒情,潜意识的流动,尤其是色彩的运用,像用诗的笔墨作画那样,作家调动了他一贯偏爱的绿色色彩。绿色是象征清新、自然美的,因而这绿色与男主人公"我"所爱恋的理想女性的清秀、静美是相和谐的,所以作家在一开始的写景布图中,就渗进了男主人公的初恋的遐想、潜意识的流动,推出了象征初恋和理想爱情的核心意象——"小绿拖鞋"。当"小绿拖鞋"作为意象特写推出来后,男主人公的爱情心理便出现更加微妙的波动。小说有六次描写"小绿拖鞋",除首尾两次起结构上的呼应作用外,其余四次,每次都有不同的情爱感受。"我"和她第一次相见,"她是从帘下飞出来"的,"脚下一双小绿拖鞋象两片嫩绿的叶儿"。这里既用了色彩的象征,又用了触觉象征,以此表现"我"的恋情的细腻、轻柔。接着作家又一次写"我看着那双小绿拖鞋",彰显"我"对她的爱的加深。恰在这时,她把脚往后收了收,感到了腼腆。第三次写她死后,"我"幻觉中的"小绿拖鞋",这是对初恋情景的沉醉回忆,从"呆看"的姿态上,可以觉察出男主人公失恋的沉痛。第四次是由女主角口中带出"小绿拖鞋"的,她生前向"我"倾诉了痛苦与不幸后,表示不能和"我"结合,愿将爱情永存心中,她说:"颜色是更持久的,颜色画成咱们的记忆。看那双小鞋,绿的,是点颜色,你找永远认识它们。"②在老舍看

---

① 罗常培:《我与老舍》,载舒济编《老舍和朋友们》,生活·读书·新知三联书店1991年版,第83页。
② 老舍:《微神》,《老舍文集》第8卷,人民文学出版社1985年版,第63页。

来,"小绿拖鞋"的"颜色是更持久的","初恋是青春的第一朵花","初恋象幼年的宝贝永远是最甜蜜的"①。尽管这初恋以女性的死去而使理想的爱情消解了,但初恋仍然具有永久的生命,不管到何时,不管到哪里,老舍都不能忘记那初恋的"甜蜜",也不能忘记失恋的痛苦。

老舍的初恋——刘姑娘,不但是青年老舍爱恋的对象,而且是他崇拜的对象。爱恋中的崇拜,崇拜中的爱恋,已经上升到理想女神的高度,不然,他怎么能在《微神》中铸造出具有女神美的"小绿拖鞋"这一古典意象呢?其实比《微神》写初恋情感动荡更为真切感人的还有一篇题为《无题(因为没有故事)》的文章,这篇"没有故事"的故事却真切地记载了永远埋藏在初恋者心中的"爱"。作者没有用笔墨去描绘女方的美貌,而是抓住最能表达初恋情感的眼睛和眼神,抒写了"我"对"她"的永生的爱恋。"这对眼睛替我看守着爱情。""这两只眼睛会忽然在一朵云中,或一汪水里,或一瓣花上,或一线光中,轻轻的一闪,像归燕的翅儿,只须一闪,我便感到无限的春光。我立刻就回到那梦境中,哪一件小事都凄凉,甜美,如同独自在春月下踏着落花。"女方对男方只那么极短极快地"凝视"一眼,"这一眼道尽了'爱'所会说的与所会作的"。由"凝视"而发展到男女的"对视",他们只是"对视",没有说一句话,但这"对视与微笑是永生的,是完全的"。他们分离多年了,"她还是那么秀美,那么多情","在我的梦中,我常常看见她,一个甜美的梦是最真实,是纯洁,最完美的"②。这些文字均寄托着老舍对初恋的依恋,蕴含着对理想女性的爱恋、崇拜。

刘姑娘对老舍影响很大,使得他凡描写到男女爱情的小说,都带有一定的模式:男女相爱,女方的地位一般比男方高,女方或失意,或

---

① 老舍:《微神》,《老舍文集》第8卷,人民文学出版社1985年版,第59页。
② 老舍:《无题(因为没有故事)》,《老舍文集》第14卷,人民文学出版社1989年版,第89页。

沦落风尘,或过早夭亡,男方则都远走他乡,如老舍本人的英国行一样。而他笔下的年轻娼妓,如小福子、月牙儿等,大多读过书,有的还做过小学教师,她们卖身都有个被强迫的过程。这就暗含了刘姑娘的身世和遭遇。

二、老舍与胡絜青

老舍与胡絜青经过友人介绍,彼此相识、相恋而走到一起。1930年,胡絜青正在北平师范大学国文系念书,但她的母亲怕她因为学业而耽误了终身大事。语言学家罗常培先生是胡絜青兄弟的朋友,有一回,他到胡家去玩,胡母托他帮忙物色女婿。此时老舍正好从伦敦回国,且著有作品,于是罗常培便向胡母介绍了老舍。获知老舍的才华及人品后,胡母异常高兴,便私下定下了这位乘龙快婿,于是与罗常培一同商议了一个周密的计划,使老舍与胡絜青见面。

据胡絜青说,1930 年的寒假,老舍回到北平。在罗常培的安排下,她与老舍先是在罗常培家里吃了一顿饭,接着又在白涤洲和董鲁安那儿吃了饭,"这几顿饭当然都是主人有意安排的,我和他这两个客人心里也明白。吃过这几顿饭,他给我写了第一封信。他说,咱们不能老靠吃人家的饭来见面,你我都有笔,咱们在信上把心里的话都说出来吧。他先说了心里的话。回到济南以后,他每天起码给我一封信,有时两三封"[①]。老舍在信中说他加入过基督教,胡絜青说没关系,信教自由。两人通过信件往来,加深了恋情。1931 年夏天,胡絜青毕业,两人举行了婚礼。

婚后半个月,老舍携妻子来到济南,他在齐鲁大学任教,胡絜青则在一家中学里教书。两人的第一个孩子于 1933 年出生在济南,是个女孩,取名舒济。1935 年在青岛,两人的第二个孩子,儿子舒乙出

[①] 王行之:《老舍夫人谈老舍》,载胡絜青编《老舍写作生涯》,百花文艺出版社 1981 年版,第 314 页。

生。1937年又有了第三个孩子,次女舒雨。夫妻情感一直很好,家庭和睦、温馨愉快。据胡絜青所谈,老舍和她在山东的7年是"比较安定愉快的时候",老舍"常常怀恋的是从婚后到抗战爆发,在山东度过的那几年"①。在济南有了长女后,老舍即以一首《题"全家福"》抒写了一家三口的温爱之情:"爸笑妈随女扯书,一家三口乐安居。济南山水充名士,篮里猫球盆里鱼。"②有了三个孩子后,两个大的孩子常和他取闹,对他的写作"干扰不轻","小孩子们天天和他这么闹,急得他直叹气,可从来没有认真发脾气。赶到小济和小乙两个小醉鬼儿上了'疯'劲,联合起来向他进攻的时候,他干脆笑嘻嘻的放下笔,自己也变成了个小孩子,三个人闹成一团,全家人哈哈大笑"③。在这样一个家庭和谐愉快的环境中,老舍的创作迎来了"丰收期"。有人在谈及《骆驼祥子》中祥子与虎妞的矛盾纠葛时,说祥子与虎妞的紧张关系特别是对虎妞的愤恨,有作者"自叙传"的成分,作者写小说时与妻子关系不好,所以才把痛恨发泄到虎妞身上。这是一种有违历史事实的主观臆造。1936年老舍开始做"职业作家"写作《骆驼祥子》时,和妻子胡絜青的关系相当融洽,所以不存在将夫妻之间的紧张关系带到小说中去的问题。

抗战全面爆发后,老舍决心舍身报国,夫人胡絜青把抚养儿女及侍奉婆母的千斤重担全都承担下来,以支持老舍的报国之志。胡絜青说当时她下定决心以"成全他的报国壮志,把千斤的担子我一个人

---

① 王行之:《老舍夫人谈老舍》,载胡絜青编《老舍写作生涯》,百花文艺出版社1981年版,第315页。
② 老舍:《题"全家福"》,《老舍文集》第13卷,人民文学出版社,1988年版,第442页。
③ 王行之:《老舍夫人谈老舍》,载胡絜青编《老舍写作生涯》,百花文艺出版社1981年版,第317页。

挑起来。尽管我是多么舍不得和他分开"①。胡絜青说抗战期间,"他一直挂记着我们","我们更是天天挂念着体弱多病的他"②。老舍于1941年7月发表了《自述》一文,记述了他抗战四年来的生活情景,"我还要借此说明:这四年来,我已经没有什么私生活可言。家眷不在我身边,住处无定,起睡没有定时","幸而我的家眷没有跟着我!假若他们是在我的身边,我虽然终日不舍纸笔,恐怕为了油盐酱醋,也要耽搁许多时间,耗费许多精神。说不定,还许为了煤米柴炭去作编辑,教员,或小官。我感激我的妻"③。他把自己能够专心创作抗战文艺、为抗战服务,归功于妻子胡絜青。1943年11月17日,胡絜青带着三个孩子,历经千辛万苦抵达重庆北碚,实现了全家团圆的愿望。据胡絜青所述,到了重庆后,"大后方的朋友们纷纷到我们家来,听我述说日本侵略者残害中国人的兽行"。老舍也静听着夫人的述说,还"仔细地询问日本侵略者在北京的所作所为,市民的反应如何,挨着个儿地和我漫谈北京亲友和一切熟人的详细情况"④。胡絜青将北平沦陷后的情景向老舍述说后,促使老舍产生了创作《四世同堂》的念头,老舍对妻子说:"谢谢你,你这次九死一生地从北京来,给我带来了一部长篇小说,我从来未写过的大部头。"⑤由此可见,从抗战爆发后的老舍离家,和妻子儿女的互相牵挂,到抗战期间的重庆团聚,以致促成大部头《四世同堂》的创作,老舍和妻子的感情一直是真

---

① 王行之:《老舍夫人谈老舍》,载胡絜青编《老舍写作生涯》,百花文艺出版社1981年版,第318页。

② 王行之:《老舍夫人谈老舍》,载胡絜青编《老舍写作生涯》,百花文艺出版社1981年版,第320页。

③ 老舍:《自述》,《老舍文集》第14卷,人民文学出版社1989年版,第184页。

④ 王行之:《老舍夫人谈老舍》,载胡絜青编《老舍写作生涯》,百花文艺出版社1981年版,第321页。

⑤ 王行之:《老舍夫人谈老舍》,载胡絜青编《老舍写作生涯》,百花文艺出版社1981年版,第322页。

挚的、和谐的。新中国成立后,老舍从美国回国,全家定居"丹柿小院"(现在的北京灯市口西街丰富胡同19号),胡絜青说在"丹柿小院"里,"老舍过了十六年安定美好的日子","十六年的甜日子,使他感到越活越年青"①。在这里,他写下了新中国成立后的全部作品。

第二节　老舍的家庭情感

一、老舍的"家"的情感

老舍爱家、恋家、护家,"家"的意识特别浓厚。他爱家,更爱国。因此在家国不能两全的情况下,他立下舍身报国的决心。在日本侵略军逼近济南之际,他于1937年11月15日离家,"离家之时,他将绝大部分的积蓄都留给了妻子,为得是让她日后用以奉养婆母和抚养孩子们"②。为何离家?老舍说他"从家里跑出来,是为作一点有助抗战的事",但离别妻儿后"四年没听见她的语声了"③,又经常忍受思念的痛苦。老舍每到一地,妻儿形象总是蕴藏在心中,他眷念"家"、顾盼"家"。老舍在文章中记叙了他离家第一天坐在拥挤的车厢里,惦记着妻儿的情形:"我猜想着,三个小孩大概都已睡去,妻独自还没睡,等着我也许回去!""后来得到家信,才知道两个大孩子都不肯睡,他们知道爸走了,一会儿问妈:爸上哪儿去了呢?"④爱家爱妻儿的情感,真切动人。他到武汉后,在《流亡》一诗中,抒发了别离妻儿之伤痛:"弱女痴儿不解哀,牵衣问父去何来?话因伤别潜成泪,血若停留定是灰。"⑤他恋家爱家的情感在"生日"那天表现得更加明显,他说

---

①王行之:《老舍夫人谈老舍》,载胡絜青编《老舍写作生涯》,百花文艺出版社1981年版,第325页。
②关纪新:《老舍评传》,重庆出版社1998年版,第290页。
③老舍:《自述》,《老舍全集》第14卷,人民文学出版社2013年版,第257页。
④老舍:《八方风雨》,《老舍全集》第14卷,人民文学出版社2013年版,第381页。
⑤老舍:《到武汉后》,香港《大风》创刊号1938年3月5日。

在日常生活状态下,每逢生日,朋友们是要来庆贺的。可如今是战乱、贫穷,无法也无心过生日。他想给家人写信,但"家信非常的难写,多少多少的心腹话,要说给最亲爱的人;可是,暴敌到处检查信件",他担心书信"有被焚化了的危险",因而写家信的欲望只好作罢,"我搁下了笔。想起妻与儿女,想起沦陷区的惨状……"他心里非常忧伤。他又"想到接出家眷的问题",可接家眷的路费无法解决。家信既不能写,他又不愿"空过这一天",那就在写文章中过一下"穷人的生日"吧。但是,"写几个字,抹了;再写,再抹;看一会儿桌头上小儿女照片,想象着她们怎样念叨:'爸的生日,今天!'而后,再写,再抹……"写作不成,思家成疾,只好把这因思家而生成的"头疼"作为生日"自献的寿礼"[①]!这里记述的是他1939年的生日那天的情况,老舍在生日中的思家心理活动,感人肺腑。抗战期间,老舍每到一处,都忘不了家,时时惦念着妻子儿女。1939年秋,老舍随全国慰劳总会北路慰劳团慰劳北方战场将士时,作《北行小诗》(其一),抒发了游离之苦、思家之忧:"二载流离苦,飘飘梦落花!停车频买酒,问路倍思家。"[②]1941年7月7日,老舍在《自谴》一文中记述了他"身体还未好",病中思念家眷的情景,"病中逢酒仍须醉,家在卢沟桥北边"[③]。此时,他身在北碚,想起了"卢沟桥北边"的"家",怎不叫人心酸落泪,即使在病中也仍然以酒消愁。抗战胜利后,老舍到了美国。在美国,除了讲学,与美国进步作家史沫特莱、斯诺、赛珍珠等人交往以外,老舍主要的时间和精力便用于创作、翻译。他创作了《饥荒》《鼓书艺人》,和艾达·普鲁伊特(Ida Pruitt,中文名为浦爱德)一起翻译《四世同堂》,与郭镜秋一起翻译《离婚》。虽然各种文学事务让他十分繁

[①] 老舍:《生日》,《老舍全集》第14卷,人民文学出版社2013年版,第207—209页。
[②] 老舍:《北行小诗》,《新蜀报》1940年1月24日。
[③] 老舍:《自谴》,《新蜀报》1941年7月7日。

忙,但是他一有机会就向人倾诉思家念国之情。1948年初,王昆仑赴纽约与老舍会晤时,老舍向他表白:"一定回国,到解放区去,只要手头的工作告一段落就走。"①他在致楼适夷的信中说,并不是因美国舒服才不回国,而是因为《四世同堂》尚未译完,"若不为等'四世'译完,我早就回国了"②。1949年12月,老舍从美国回国,自己花钱买了北京东城乃兹府丰盛胡同10号小四合院(现灯市口西街丰富胡同19号),后来把自己这个家(丹柿小院)营造得非常优雅、温馨。

"家"一直伴随着老舍的终生,且"家"的意识与情感在他的小说中也多有表现。比如《离婚》中的老李虽有"诗意"追求,但仍然维持了"家",没有和太太离婚。《四世同堂》中的祁家一大家,经过抗战八年的精神"炼狱"、痛苦磨难,不仅保住了"四世同堂"家室,而且扫除了思想上旧的灰尘,换上了新的精神装束。

二、老舍的母子之情

老舍出身于下层旗人家庭,母亲生他时已41岁,生下他后没有奶水,就煮些面糊喂养他,所以老舍从小就营养不良。他是母亲的"老儿子"(前面3个哥哥、4个姐姐,但养成人的只有三哥和大姐、二姐、三姐,老舍出生时,大姐、二姐已经出阁)。老舍1岁半的时候,八国联军侵入北京,他的父亲在对抗八国联军的战斗中被火烧死。自此老舍一家全靠母亲给人家浆洗缝补衣服度日。在老舍的记忆中,母亲的手总是鲜红微肿的,这是终年劳动造成的。八国联军入城时,母亲在刺刀下保护儿女;在军阀混战的兵荒马乱中,她忍着惊慌,维持着儿女的生存。母亲的人格精神影响了老舍,教育了老舍,所以老舍在《我的母亲》一文中说母亲"爱花,爱清洁,守秩序"。她勤劳、坚

---

①王金陵:《老舍·茅盾·王昆仑》,《中国现代文学研究丛刊》1987年第4期。
②老舍于1949年2月9日自纽约致香港友人楼适夷信,以《作家书简》为题载1949年2月26日香港《华商报》副刊"华亭"。

强、"最会吃亏"、乐于助人,"我的真正的教师,把性格传给我的,是我的母亲","她给我的是生命的教育"①。

老舍深爱自己的母亲,自幼跟着母亲劳动,帮她洗衣、浇花、扫地;放学后早早回家陪伴母亲。小学毕业,为了不给母亲增添负担,他考入了制服、饭食、书籍、住宿都由学校供给的北京师范学校。他以优异的成绩毕业后,被任命为小学校长,不久又当了京师郊外北区劝学员。他把每月的薪水都交给母亲,这时,母亲已年过花甲了,他对母亲说:"以后,您可以歇一歇了。"母亲流下了一串串欣慰的眼泪。老舍于1924年到英国从事汉语教学,工资很低,生活相当清苦,一件西装穿了又穿,洗了又洗,舍不得买新的,但他每月都按时寄钱回家赡养母亲。1930年回国后,老舍先后在济南齐鲁大学、青岛山东大学任教授,一直供养着年逾古稀的母亲,还常回北平看望她。1937年11月,他离开济南,只身赴武汉参加抗战,当时只带了50块钱,让妻子回去照顾老母、抚养儿女,一直到母亲去世。1942年12月,老舍接到家信,才知道母亲已去世一年了。他痛苦万分,写下了《我的母亲》。在此文之前,他曾写过一篇《母鸡》,歌颂母亲的伟大,母爱的伟大。文章开头部分写他"一向讨厌母鸡",后来当他看到"一只孵出一群小雏鸡的母鸡"以后,就"改变了心思"。因为他在母鸡身上看到了母爱的伟大。母鸡非常勇敢,为了保护鸡雏,看到一个鸟儿飞过,或是听到什么东西响了一下,它会挺着身子"预备作战","表示出世界上并没有可怕的东西"。为了养育小鸡雏,它勤劳寻食,情愿自己"瘦了许多",也让孩子们"肚子都圆圆地下垂";它又精心地教给它们生存的本领,并且给它们温暖与爱抚。"它负责、慈爱、勇敢、辛苦,因为它有一群鸡雏。它伟大,因为它是鸡母亲。一位母亲就必定是一个英雄。"他把母鸡人格化、人性化了,热情赞扬了母爱的伟大,伟大的

---

① 老舍:《我的母亲》,《老舍文集》第14卷,人民文学出版社1989年版,第249页。

母爱。

第三节 老舍的国家情感、民族情感

老舍的父亲与八国联军巷战而阵亡的事件,使老舍产生了痛恨外敌、保家卫国的朴素的爱国情感。后来在学校所受的"修身、齐家、治国、平天下"的儒家文化精神的教育,更使他的家国观念增添了忧国忧民、救国救民的民族忧患意识和民族复兴精神,尤其是"五四"运动使他产生进一步认识,他说:"反封建使我体会到人的尊严,人不该作礼教的奴隶;反帝国主义使我感到中国人的尊严,中国人不该再作洋奴。这两种认识就是我后来写作的基本思想与情感。"①因此,在老舍的文学创作中始终贯穿着爱国思想、民族情感。《二马》通过老马、小马在英国遭受民族歧视的独特感受(同时也是老舍自身的感受),表达了"国家衰弱,抗议是没有用的;国家强了,不必抗议,人们就根本不敢骂你"的民族自强意识和强烈希望中国富强起来的民族振兴精神。老舍在英国期间时时关心中国的命运与前途,他说,"我们在伦敦的一些朋友天天用针插在地图上:革命军前进了,我们狂喜;退却了,懊丧"②。老舍回国后,在30年代创作的小说大都以暴露、批判现实为主调,但在暴露、批判中蕴含着忧国忧民的爱国情感、民族精神。比如,老舍虽然带着悲观意识在《猫城记》中诅咒猫国(旧中国)"黑暗,黑暗,一百分的黑暗",并以猫国的最后毁灭作结,但掩盖不了他的忧国之至的情感,正如胡絜青所说:"我觉得,正因为老舍是个爱国的作家,在当时的情况下,忧国之至,而又找不到出路,才会有《猫

---

① 老舍:《"五四"给了我什么》,《解放军报》1957年5月4日。
② 老舍:《我怎样写〈二马〉》,《老舍文集》第15卷,人民文学出版社1990年版,第173页。

城记》。"①到了抗日战争时期,老舍满腔的爱国热情和强烈的民族情感在其作品中表现得更加突出、更加鲜明。此间的作品一是表现为抗战而献身的民族精神。老舍此间写了不少诗篇,以抒发报国雪耻、扫荡日寇的雄心壮志和死而后已、为国捐躯的爱国情感:"忍听杨柳大堤曲,誓雪江山半壁仇"(《贺全国文艺界抗敌协会成立》);"死而后已同肝胆,海内飞传荡寇旗!"(《沔县谒武侯祠》)短篇小说《人同此心》中的三个青年学生立下共誓:"愿为国家而死,争取民族的永远独立自由;我三人的身体与姓名将一齐毁灭,而精神与正义和平永在人间!"老婆婆也满怀抗日斗志,帮助青年行刺日本兵,并对青年说:"你的心,我的心,都是一样。"②他们在一起形成一股"人同此心"的抗日洪流。不仅老人、青年人积极抗日,热血沸腾,而且儿童也奋起杀敌,"小木头人"要为被日本兵杀害的"泥人舅舅"报仇,勇敢报名参军"去打日本小鬼"③。《四世同堂》中出现一批为国捐躯的民族英雄、抗日战士:钱仲石,他开车故意出险以摔死一车日本兵,自己也壮烈牺牲。钱默吟称儿子"在国破家亡的时候用鲜血去作诗!我丢了一个儿子,而国家会得到一个英雄"④。祁瑞全不愿做亡国奴,抛家离京,奔赴抗战前线。钱老太太为保存珍贵字画不落敌手,一头撞死在儿子的棺材上,其他几位老太太(如天佑太太、马老寡妇等)也都以不同的方式进行特殊的抗争。二是表现民族气节、"士可杀不可辱"的传统生命意识。老舍本身就具有"士可杀不可辱"的传统人格精神,他在济南时,曾担忧城被攻破,做了敌人俘虏,故下定决心"赶快出走",

---

①胡絜青:《〈老舍论创作〉后记》,《老舍论创作》,上海文艺出版社1980年版,第201页。
②老舍:《人同此心》,《老舍文集》第9卷,人民文学出版社1986年版,第146页
③老舍:《小木头人》,《老舍文集》第9卷,人民文学出版社1986年版,第183页
④老舍:《四世同堂·惶惑》,《老舍文集》第4卷,人民文学出版社1983年版,第43页。

一定要保住"气节",他认为"一个读书人最珍贵的东西是他的一点气节"①。他在重庆时,就做好了准备,如果敌人打进来,滚滚的嘉陵江就是他的归宿。《火葬》里的石队长为保住自己的民族气节,宁愿自燃麦秸进行"火葬",也不做日本鬼子的俘虏。《四世同堂》中老实巴交的农民常二爷进城买药,因拿着法币被日本人在城门洞罚了跪,回家后不吃不喝,临终,口里只对儿子说两个字——"报仇"。祁天佑为保住正派商人的气节,不甘忍受日伪政权强加于他"奸商"的罪名而投河自杀。三是体现在家与国、尽孝与尽忠的选择上所表现出的爱国情操、民族精神。《四世同堂》中的钱默吟几十年来一直过着传统文人的安逸平静生活,在"家"的小院子里浇花、看书、作画、吟诗,可抗战烽火燃烧起来后,他便毅然决绝以往的生活方式,走出小家而顾大家,立下为国捐躯、为抗战效力的志愿。他被汉奸诬告入狱,受尽酷刑而宁死不屈,出狱后更加勇敢地做抗战宣传工作。祁瑞宣则由尽孝走上尽忠的道路,他克服了在"家"的范围里"尽孝"的惶惑,"找到了自己在战争中的地位",也走出了小家而为国家出力,和钱默吟一起做抗日宣传工作。像钱默吟、祁瑞宣身上表现出的爱国行为、民族精神,是儒家文化"修身、齐家、治国、平天下"在抗战年代的弘扬光大。

还有小文夫妇为保自身不受侮辱,与凶恶的敌人一搏而亡。李四大爷,一辈子没动过武,永远奉行谨小慎微的处世哲学,到老了胡子白了,却毫无道理地挨了日本宪兵的两嘴巴。他气炸了肺,把所有的劲都使在拳头上,举起手来,极快地照着日本人的脸打下去。他当场被活活打死,死得像个英雄。剃头匠孙七因为拉肚子被拉去"消毒"活埋,他不愿意与一道被"消毒"的汉奸冠晓荷为伍,接过铁锹,把

---

① 老舍:《八方风雨》,《老舍文集》第14卷,人民文学出版社1989年版,第278页。

身上所有的力气都使出来，往坑里填土，亲手把冠晓荷埋在土里，然后，自己主动跳到坑里，没出一声。临死了他都要惩治汉奸。《四世同堂》所表现的平民抗战精神，那种深厚的爱国主义情感，高尚的民族气节、民族精神，是永远值得我们继承发扬的。

第四节 老舍的生命观

从中国传统文化方面考察，老舍的生命观是以儒家文化为代表的"杀身成仁，舍生取义""修身齐家治国平天下"的理念，这是他从童年时代的生活环境、家庭教养、儒家文化熏陶中生成的生命观。

从基督教文化方面考察，老舍的生命观的"核心"是"两个十字架"的理念。早在1922年，他就在南开中学双十节纪念会上发表宣言："我们每个人须负起两个十字架——耶稣只负起一个；为破坏、铲除旧的恶习，积弊，与像大烟瘾那样有毒的文化，我们必须预备牺牲，负起一架十字架。同时，因为创造新的社会与文化，我们也须准备牺牲，再负起一架十字架"[①]。

老舍于1922年12月开始用"舒舍予"这个名字发表文章。1923年发表短篇小说《小铃儿》时，署名"舍予"。"舍予"就是舍去自我，为他人、为人民（平民）、为国家、为民族而献身；"舍予"把"舍生取义"与"两个十字架"的精神统一起来了。

老舍在《诗人》一文中写道："他的眼要看真理，要看山川之美；他的心要世界进步，要人人幸福。他的居心与圣哲相同，恐怕就不屑于，或来不及，再管衣衫的破烂，或见人必须作揖问好了。所以他被称为狂士、为疯子。这狂士对那些小小的举动可以因无关宏旨而忽略，叫大事可就一点也不放松，在别人正兴高采烈，歌舞升平的时节，他会极不得人心的来警告大家。人家笑得正欢，他会痛哭流涕。及

[①] 老舍：《双十》，《老舍全集》第14卷，人民文学出版社2013年版，第366页。

至社会上真有了祸患,他会以身谏,他投水,他殉难!""要掉了头,牺牲了命,而必求真理至善之阐明,与美丽幸福之揭示,才是诗人啊。"①这里讲的"诗人"的特质,其实就是老舍生命观的特质。

老舍的生命观中始终伴随着清晰自觉的死亡意识。死的自觉,是老舍生命观的精粹。死的自觉伴随他终生,也伴随他笔下众多的死亡者形象。吴小美、魏韶华等学者曾归纳老舍一生有四次直言及"死"。第一次是在1937年10月日寇侵入德州时,济南危急,他吟诵陆游的《剑南诗稿》,准备以身报国;第二次是在1944年日军进逼贵州独山时,老舍向友人明言:"我早下定决心,如果日寇从南边打来,我就向北边走,那里有嘉陵江的滔滔江水,便是我的归宿"②;第三次是他在1945年致友人信中明志:"谁知道这点气节有多大用处呢?但是,为了我们自己,为了民族的正气,我们宁贫死,病死,或被杀,也不能轻易地丢失了它"③;第四次是"文革"刚开始,他就对舒乙说:"又要死人啦,特别是烈性的人和清白的人",并举了在暴力中不堪受辱而投什刹海的例子④。这四次直言及"死",都是最鲜明的"死的自觉"⑤。这种死的自觉也在他笔下的人物身上得以体现。老舍笔下的人物有许多好人都是自杀的。如《老张的哲学》中的李静,《猫城记》中的小蝎和大鹰,《微神》中的"她",《柳家大院》中的小媳妇,《骆驼祥子》中的小福子,《张自忠》中的王得胜,《火葬》中的石队长,《四世同堂》中的钱太太、祁天佑,《茶馆》中的王利发等等。这些自杀者形象,均体现了老舍生命观中的自觉的死亡意识。

---

① 老舍:《诗人》,《老舍文集》第14卷,人民文学出版社1989年版,第177页。
② 曾广灿、吴怀斌:《老舍年谱》,《老舍研究资料》(上),北京十月文艺出版社1985年版,第61页。
③ 老舍:《痴人》,《老舍文集》第14卷,人民文学出版社1989年版,第277页。
④ 舒乙:《父亲最后的两天》,《收获》1985年第4期。
⑤ 吴小美、魏韶华、古世仓:《老舍的生死观》,《老舍与中国新文化建设》,民族出版社2006年版,第153页。

老舍于1966年8月24日投太平湖身亡,从保全气节这一点来说,他接近屈原,是中国传统文化"舍生取义""士可杀不可辱"的精神体现。老舍的"舍生"又实践了他的基督教的"两个十字架"的生命精神。

[本文系2017年4月25日,为河南大学文学院博士、硕士研究生所做的演讲,现根据演讲稿做了一些修改、加工]

第二编
文学经典新论

第四章 老舍文学经典的生成及其当代意义

谈到中国现代文学史上的经典作家,最权威的也最为人们接受的排序即人们常说的"鲁郭茅巴老曹":鲁迅、郭沫若、茅盾、巴金、老舍、曹禺。那么,老舍是如何经典化而成为现代经典作家的?是他成为经典作家后才生成文学经典作品,还是他的文学经典作品使他成为现代经典作家?老舍的文学经典作品有哪些?老舍文学经典又是怎样生成的?其类型、特征是什么?老舍文学经典对当代文化文学建设有何意义?这是本文要探讨的几个问题。

第一节 经典作家老舍的经典化历程

一个作家必须经过经典化才能成为经典作家,经典作家及其文学经典是文学发展历程中的重要标志,更是文学发展史中的最醒目的流传物。经典作家和非经典作家的不同处,就是经典作家在文学史中具有显赫的位置,而非经典作家仅仅在文学史上留有其名,但掀不起文学波澜。老舍与一般作家的不同处,就是他一登上文坛就不同凡响,他的《老张的哲学》《赵子曰》《二马》[1]掀起了"打破当时一般作家的成规,另向新的风格方面创作"[2]的大波澜。这三部小说发表后,立即引起文学家朱自清的赞赏。朱自清在《〈老张的哲学〉与〈赵

---

[1]《老张的哲学》于1926年7月至12月在《小说月报》上连载,1928年1月由商务印书馆初版单行本;《赵子曰》初载1927年3月至11月《小说月报》,1928年4月商务印书馆初版;《二马》初载1929年5月至12月《小说月报》,1931年商务印书馆初版。

[2] 王哲甫:《中国新文学运动史》,北平杰成印书局1933年版,第225页。

子曰》》中评价其讽刺艺术特色与清末"谴责小说"接近,在人物性格上的扩大的描写方法与《阿Q正传》接近,并称赞老舍是写景能手,"写景是老舍先生的拿手戏,差不多都好"①。也就在1929年,朱自清在清华大学、燕京大学等高校开设中国新文学研究课程,编有《中国新文学研究纲要》,在该书的第五章"长篇小说"一节中,评述了老舍的《老张的哲学》《赵子曰》与《二马》,突出了它们的讽刺的个性及讽刺的发展,由前两部小说的"过火的讽刺"而发展到《二马》则成了"恰如其分的讽刺",尤其可贵的是他发现老舍受到"鲁迅的影响",这就提升了老舍的地位。因此,《中国新文学研究纲要》是老舍经典化的开端。1933年出版的王哲甫的《中国新文学运动史》,把老舍列为现代经典作家的第四位,位居鲁迅、郭沫若、茅盾之后。黄修己先生称王哲甫的《中国新文学运动史》是"第一部具有系统规模的中国新文学史专著"②,具有文学史的权威性。在这部专著中,第五章"新文学创作第一期"小说部分评述了鲁迅等26家,重点突出鲁迅,诗歌部分突出胡适、郭沫若;第六章"新文学创作第二期"小说部分评述的小说作家分别为茅盾、老舍、巴金、丁玲等19家。这部文学史已初步显露出"鲁郭茅老巴"的经典性位置了。这部专著对老舍的评价相当高,对其具体作品做了富有特色的评点,认为《老张的哲学》是一部讽刺小说,"给读者换了一种新鲜的口味";《赵子曰》《二马》仍然保持着"讽刺的风味",《二马》具有"异国的情调";《猫城记》"对于婚姻及教育各种问题,都有深切的讥讽"。同时,它从总体上评价老舍是"以夸大的诙谐的笔锋,描写故都的风物,陈旧的社会"的天才作家,"就作风上说,在当时讽刺的小说也不是没有,然像这样雄宏的气魄,冗长的题材,巧妙的诙谐,除了老舍的作品以外,尚找不出第二人。只就

---

① 知白(朱自清):《〈老张的哲学〉与〈赵子曰〉》,《大公报》1929年2月11日。
② 黄修己:《中国新文学史编纂史》,北京大学出版社1995年版,第43页。

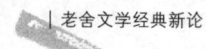

他打破当时一般作家的成规,另向新的风格方面创作而论,已经值得我们的佩服了"①。这就突出了老舍的经典所在:他是描绘故都北平市民社会生活、风俗民情的开创者,他是现代讽刺小说、诙谐幽默艺术风格的创造者。

20世纪30年代是老舍创作的丰收期,发表出版的长篇小说有《小坡的生日》《离婚》《猫城记》《牛天赐传》《骆驼祥子》等,短篇小说集《赶集》《樱海集》等。《离婚》《猫城记》曾得到众多文学批评家尤其像李长之、王淑明等大批评家的赞赏,他们大都认为这两部小说达到了老舍创作的成熟的阶段,称《离婚》是作者创作中的第一本完美的作品,《猫城记》表露了作家的国家观念、爱国思想和对国民性的批判态度。成熟之作、完美之作,无疑提升了老舍作为经典作家的经典质素,而《骆驼祥子》这部文学经典的出现,加固了老舍经典性的地位。虽然30年代的左翼文学家和文学批评家,对老舍有这样或那样的质疑,比如舒乙于2014年2月22日在北京西城区第一图书馆讲老舍时就说了,左翼文艺界对老舍作品的评价是不高的,把他看成了另类。但是"另类"并不影响作家成为经典,因为老舍有大量的精品尤其是经典作品。

在抗战全面爆发的40年代,作为经典作家的老舍的经典地位已经上升到了辉煌阶段。1938年3月27日,中华全国文艺界抗敌协会在武汉成立,老舍当选为"文协"的总务部主任,相当于我们现在所说的文联、作协的主席,因战时特殊原因,"文协"不设主席、副主席,全部的事务、责任都由总务部主任统管、担当。所以这个时期老舍的地位,很明显是在鲁迅、郭沫若之后,茅盾、巴金、曹禺之前了。当然,老舍自己是不在乎也从不计较什么地位、荣誉的,他始终把自己视为"写家""文艺界尽责的小卒"。但是,他为了配合抗战,宣传抗战,激

---

① 王哲甫:《中国新文学运动史》,北平杰成印书局1933年版,第225页。

励民气,创作发表了抗战话剧、抗战诗歌、抗战散文以及与抗战有关的大量的通俗文艺作品。到抗战中后期,老舍创作发表长篇小说《火葬》、《四世同堂》(《惶惑》《偷生》),登上了文学创作(小说创作)的第二个高峰。老舍为抗战文艺以及"文协"所做的不朽贡献,深得广大民众和各阶层、各党派作家们的高度赞赏。1944年4月,在重庆由邵力子、郭沫若、茅盾等29人联名发起老舍创作生活20周年纪念活动,4月17日,各界人士300余人向老舍表示祝贺,10余家报纸开设专栏,共发表数10篇文章,对老舍的为人为文做了高度评价。他们称老舍为"新文艺的一座丰碑",他在"文艺史上划出了一个时代","无论在做人与做文上,都为我们创作出更多不朽的范本,使我们的新文艺愈加充实光辉,文艺界愈加团结一致,促进抗战的胜利,建国的成功"①。这已将老舍放在新文化新文艺运动的旗手、主将后面了。同时,老舍此间的通俗文艺以及话剧《残雾》《国家至上》,小说《火葬》《四世同堂》等,也都进入了蓝海(田仲济)的《中国抗战文艺史》(现代出版社,1947年)。40年代另有一本较有影响的李一鸣的《中国新文学史讲话》(世界书局,1943年),将现代小说分为四派,鲁迅、叶绍钧、老舍等为第一派,是新文学前10年中主要的一派。应该说,进入文学史并在文学史中占有突出地位,是作家经典化的重要标志。

从抗战时代起,老舍就不断地追随时代。到新中国成立后,他更是将自己真诚的情感融入新社会、新时代的大潮中。在创作中,他常以新旧对比的模式,歌颂新中国、新社会、新制度。50年代初期,他凭借话剧《龙须沟》,获得了由政府颁发的"人民艺术家"的荣誉称号。他是第一位获此殊荣的现代作家。作为当时主流意识形态下的权力话语的代言者的周扬,在五六十年代他所做的报告、发言中,肯定了

---

① 邵力子、郭沫若等:《老舍先生创作生活二十年纪念缘起》,载曾广灿、吴怀斌编《老舍研究资料》(上),北京十月文艺出版社1985年版,第244页。

现代经典作家老舍的经典地位。他认为,老舍是改造自己并很快实现"转型"的一个典型。他在《从〈龙须沟〉学习什么?》一文中,提出主要"学习老舍先生的真正的政治热情与真正的现实主义的写作态度"①。老舍本来是伦理文化型作家,但他在政治生活化的社会氛围下,完成了像周扬所说的向富有"真正的政治热情"的政治文化型方向的转化,因此,他保持又发展了经典作家的经典性。特别是到了1957年,话剧经典《茶馆》的出现,更将经典作家老舍推向了经典化的第三个高峰阶段。可见,经典作家催生了经典作品,经典作品又推动了经典作家的经典化进程。

从文学史方面进行考察,在五六十年代,老舍作为经典作家的定位,在新中国成立后的第一部权威文学史即王瑶的《中国新文学史稿》②中得以充分展现。"鲁郭茅巴老曹"的专章模式及叙述方法虽未浮出水面,但《中国新文学史稿》对他们进行了"新民主主义"的评价。该书虽未对老舍设单独章节,但在上册第八章第三节"城市生活的面影"中,评述老舍、叶绍钧、沈从文、张天翼、欧阳山等人时,显然,老舍的篇幅占居第一;而在下册第三编第十三章第一节"战时城市生活种种"中,评点了老舍的短篇小说集《火车集》《贫血集》和长篇小说《火葬》,在第十四章第二节"抗战与进步"中,介绍了老舍的《残雾》《面子问题》《张自忠》《大地龙蛇》《归去来兮》等。其后的文学史著作还有带政治化色彩的丁易的《中国现代文学史略》(作家出版社,1955年),它以政治划线,将作家分为革命文学作家、进步作家和资产阶级作家,突出鲁迅的旗手地位、郭沫若及茅盾的革命文学作家特质,将老舍和巴金置于进步作家中加以评述。但不管怎么划线,"鲁郭茅老

---

①周扬:《从〈龙须沟〉学习什么?》,《人民日报》1951年3月4日。
②《中国新文学史稿》由王瑶所著。该书上册由开明书店于1951年9月初版,下册由新文艺出版社于1953年8月出版。

巴"的文学史位置显现出来了。这个时期还有刘绶松的《中国新文学史初稿》(作家出版社,1957年),该书突出了鲁迅,并以专章加以评述,而将叶圣陶、巴金、老舍诸作家,放在"对于现实的暴露和批判"的标题下加以介绍,显得对他们的地位及价值认识不足。司马长风的《中国新文学史》(香港昭明出版社有限公司,1976年),上卷突出了鲁迅(设专章)、郭沫若(设专节);中卷第十九章"中长篇小说七大家"介绍了巴金的《家》、老舍的《骆驼祥子》和茅盾的《子夜》等,在短篇小说一节介绍了老舍的《月牙儿》;下卷第二十六章"长篇小说竞写潮"介绍了老舍的《四世同堂》。文学史发展到了新时期开端,唐弢主编的《中国现代文学史》(共三册,人民文学出版社,1979—1980年),分别以单独章节介绍"鲁郭茅巴老曹",第二册第九章第二节便是"老舍和他的《骆驼祥子》"。这之后的钱理群、吴福辉、温儒敏、王超冰所著的《中国现代文学三十年》(上海文艺出版社,1987年),以"鲁郭茅老巴曹"为序设专章,第十二章"老舍:现代中国的'市民诗人'",将老舍定格为中国现代文学史上最杰出的"市民诗人";严家炎主编的《二十世纪中国文学史》(上、中、下三册,高等教育出版社,2010年),以"鲁郭茅巴老曹"为序设专章或专节;朱栋霖、朱晓进、吴义勤主编的《中国现代文学史(1917—2013)》(上、下册,高等教育出版社,2014年),以"鲁郭茅老巴曹"为序设专章。总之,20世纪八九十年代以及21世纪以来的诸多关于"中国现代文学史"的著作,大都对"鲁郭茅巴老曹"以专章专节形式加以论述,进一步确立了现代经典作家的文学史地位。同时,在文学史中出现的作为老舍文学经典的是《骆驼祥子》《四世同堂》和《茶馆》。

第二节 老舍文学经典的生成及其类型、特征

经典作家老舍的经典作品是《骆驼祥子》《四世同堂》《茶馆》。它

们既为文化精英、社会大众所认同,也是为文学史所接受定位的。它们不仅在文学作品内部具有内涵的丰富性、实质上的创新性、无限的感染力,而且在文学作品外部的社会、时代、文化权力、大众接受等方面,具有时空的跨越性和永久的生命力。

文学经典的生成是文学发展史上的一个重要文学现象,这种文学现象是由多方面的文化文学因素组成的。老舍文学经典的生成也有着多种文化文学因素。首先,它们是在作家经验主义的创作基础上产生的,是历经作家精心打磨而成的,带有经验型的特征。老舍在创作《骆驼祥子》前,已发表出版了《老张的哲学》《赵子曰》《二马》《小坡的生日》《猫城记》《离婚》《牛天赐传》以及《赶集》《樱海集》中的短篇小说。同时,在创作经验集《老牛破车》中,也已写成了《我怎样写〈老张的哲学〉》式的"我怎样写九部作品"的九篇文章。1936年夏《骆驼祥子》写完后,老舍又补写了《我怎样写〈骆驼祥子〉》等文章,使《老牛破车》成为体现其"经验主义"的创作理念和文学批评观的理论之作,而不是单纯的创作经验谈。《老牛破车》所说的老舍式的"经验主义"的文学批评观,都是从创作实践中来的,受到创作实践的需要,也是受到创作实践要解决的实际问题的启发而形成的,还会再回到实践中去,在指导实践的过程中,进一步提高实践也即作品的质量。从《我怎样写〈老张的哲学〉》到《我怎样写〈骆驼祥子〉》,可以看到老舍创作的不断发展成就了文学经典《骆驼祥子》。从小说创作题材上看,从写学堂、商人(《老张的哲学》),"五四"时期的学生生活(《赵子曰》),市民公务员的灰色人生(《离婚》),到对社会组织体制的整体剖析(《猫城记》),再到写市民社会贫民阶层的生活、精神遭际(《骆驼祥子》),题材越来越贴近社会现实生活。从人物描写上看,人物形象由类型化逐渐走向典型化,进而产生市民社会中的车夫祥子"这一个"典型。从人性展示、性格刻画上看,从描写好坏对立的一元化的好就是好、坏就是坏的人性、性格形态,发展到真正描绘出了像祥子那样的"好人也有缺点"以及虎妞、刘四式的"坏人也有好处"的人性的多样性和性格的丰富性、复杂性。从读与写的经验的增加促成文学形式之美上考察,由初期受狄更斯影响的"泼辣恣肆"发展到像康拉德说故事似的细腻①,后来老舍读法国小说,回国后读俄国小说,"觉得俄国的小说是世界伟大文艺中的'最'伟大的"。"读的多了,就多知道一些形式,而后也就能把内容放到个最合适的形式里去"②,加之写的多了,历经艺术形式上的磨炼,才使《骆驼祥子》达到了艺术上的完美。从幽默艺术风格上看,从初期的"立意幽默"到《猫城记》"禁止幽默",到《离婚》"返归幽默",再到《骆驼祥子》幽默的成熟,老舍说:"它的幽默是出自事实本身的可笑,而不是由文字里硬挤出来的。"③而且小说的文字"极平易,澄清如无波的湖水",再加上提炼过的北平的口语俗语,"给平易的文字添上些亲切,新鲜,恰当,活泼的味儿。因此,《祥子》可以朗诵。它的言语是活的"④。这就在"经验主义"创作基础上形成了《骆驼祥子》内涵的丰富性,实质上的创新性,艺术的感染力。同样,《四世同堂》是在《大地龙蛇》对东方文化进行全面审视的基础上,也是在总结《火葬》写战争经验得失的基础上的大发展,具有实质上的创新性;《茶馆》是在他"经验主义"的诸多话剧创作的基础上,在艺术技巧上的大创新、大发展,也是在《秦氏三兄弟》(《茶馆》前本)的创作经验的基础上产生的经典话剧。

---

① 老舍:《我怎样写〈二马〉》,《老舍文集》第 15 卷,人民文学出版社 1990 年版,第 173 页。
② 老舍:《写与读》,《老舍文集》第 15 卷,人民文学出版社 1990 年版,第 546 页。
③ 老舍:《我怎样写〈骆驼祥子〉》,《老舍文集》第 15 卷,人民文学出版社 1990 年版,第 207 页。
④ 老舍:《我怎样写〈骆驼祥子〉》,《老舍文集》第 15 卷,人民文学出版社 1990 年版,第 208 页。

老舍文学经典的生成与作家创作时对"经典"的潜心追求也有一定的关系。老舍在创作《骆驼祥子》时,在心理愿望上就很想把它打造成文学经典。他是在辞去山东大学教职后拟做"职业写家"而开始写《骆驼祥子》的,老舍说:"《骆驼祥子》是我作职业写家的第一炮。这一炮要放响了,我就可以放胆的作下去。"①他满怀信心要放响这"第一炮",他写完后就认为这部小说是"最使我自己满意的作品"②,文学经典已经住进了他的心中。同样,《四世同堂》也是在他经验主义的创作基础上,经过精心打磨而成的文学经典。如果说《骆驼祥子》酝酿构思的时间长,搜集的材料相当多,那么《四世同堂》创作的时间就更长了,从1944年1月写第一部《惶惑》,1945年写第二部《偷生》到1947年至1948年间写第三部《饥荒》,长达5年时间的精心磨炼成就了《四世同堂》这部文学经典。老舍说:"就我个人而言,我自己非常喜欢这部小说,因为它是我从事写作以来最长的,可能也是最好的一本书。"③

文学经典的生成必须有广泛的阅读接受,必须具备跨时代被接受的品质。老舍这三部文学经典从问世以来,一直具有超越时空的广泛的传播接受的品质,而且不断地形成跨越时空的传播接受"热潮"。老舍的作品大都先在报刊上连载,继之出单行本,不仅在国内多次出版,而且在国外也出版了多种翻译文本。在中国现代作家中,除了鲁迅以外,作品被翻译成外文最多的是老舍。据不完全统计,老舍有20多部作品被翻译成20多种文字,其中这三部文学经典的版

---

① 老舍:《我怎样写〈骆驼祥子〉》,《老舍文集》第15卷,人民文学出版社1990年版,第205页。
② 老舍:《我怎样写〈骆驼祥子〉》,《老舍文集》第15卷,人民文学出版社1990年版,第207页。
③ 老舍:《致大卫·劳埃得》,载舒济编《老舍书信集》,百花文艺出版社1992年版,第171页。

本更多、流传更广。《骆驼祥子》在《宇宙风》杂志连载后,从 1939 年到 1941 年,上海人间书屋共出版 6 次;1941 年至 1949 年,文化生活出版社共出版 11 次;1949 年以后,不同出版社的版本计有 74 种。国外有日、朝、英、法、德、意、西班牙、匈牙利、捷克、丹麦、瑞典、俄、拉脱维亚、哈萨克等文的译本,直到 2017 年,马西娅·施马尔茨将其译成葡文版,《骆驼祥子》首次被译介到巴西出版。《骆驼祥子》实现了跨越时空的传播与接受,它的不同译本的出现,带来了该地域、该民族的老舍"阅读热"和老舍"研究热",这种文化文学现象最集中的表现是在日本、俄罗斯和西欧。以苏联、俄罗斯为例,《骆驼祥子》的各种译本就有 10 余种,由此带来了老舍研究"热潮",据统计,"1953 年至 80 年代末的 30 多年间,俄罗斯共发表出版了老舍研究论文、论著约 120 篇(部)"①。《四世同堂》也是如此,以它在日本的传播为例,从 1949 年到 1983 年就有日文译本 7 部,其中铃木择郎等人于 1951 年至 1952 年间翻译的《四世同堂》引起了强烈反响,成为畅销书。80 年代初期,芦田孝昭翻译的《四世同堂》(上),竹中伸、芦田孝昭翻译的《四世同堂》(中),日下恒夫翻译的《四世同堂》(下)②,也都是日译本名著。在日本,更出现《四世同堂》"研究热",据不完全统计,仅五六十年代就有 14 篇相关评论文章。

《四世同堂》在国内的传播"热潮"是循序渐进的,且直到当下还不断出现新的热浪。《四世同堂》的第一部《惶惑》初载于 1944 年 11 月 10 日至 1945 年 9 月 2 日重庆《扫荡报》,1946 年 1 月由上海良友复兴图书印刷公司初版单行本;第二部《偷生》初载于 1945 年 5 月 1

---

① 白杨:《老舍作品在俄罗斯的传播与研究》,《俄罗斯文艺》2015 年第 4 期。
② 日下恒夫翻译的《四世同堂》第三部《饥荒》,不仅翻译了前面的中文部分 20 章(老舍称"段"),而且对末尾的英文的 13 章(段)进行重译,这样就形成了日译版的共 100 章(段)的《四世同堂》。

日至 12 月 15 日重庆《世界日报》"明珠"副刊,1946 年 11 月上海晨光出版公司分上、下册初版;第三部《饥荒》只在 1950 年 5 月至 1951 年 1 月《小说》月刊连载了前 20 段,即因故中止。在特殊年代作者手稿丢失,此书遂成残璧。1981 年,马小弥根据艾达·普鲁伊特翻译、美国哈科特和布雷斯公司 1951 年出版的《四世同堂》节译本《黄色风暴》,转译了该书的最后 13 段,补足了作家原设计的全书的 100 段。马小弥转译的 13 段中文稿,载《十月》杂志 1982 年第 2 期。之后,大陆流行的《四世同堂》主要版本的后 13 段都是由马小弥所译。近年来,上海译文出版社的赵武平在哈佛大学的艾达·普鲁伊特的档案里,发现了《黄色风暴》之前的英文手稿本,这个手稿本比《四世同堂》的 100 段的版本多出了整整 3 段,这就使《饥荒》在 20 段后又有了 16 段,全书成为 103 段。这部分与马小弥转译本不同的内容,经由赵武平的转译,发表于 2017 年第 1 期《收获》杂志。同年 9 月,上海东方出版中心出版了《四世同堂》的完整版(103 段)。接着又有天津人民出版社的《四世同堂》完整版。2018 年 6 月,人民文学出版社出版了《四世同堂》完整版(103 段)。这就形成了文学经典传播的独特的文化现象:各种文学版本均以"完整"和后 16 段的出色翻译而竞放光彩,从而不断引导学界对《四世同堂》文学版本的研究。

  老舍文学经典不仅在纸制版本的广泛传播上显示其经典品格,而且在戏剧影视改编、演出上,凸显它们的经典品格。在现代作家中,老舍作品被改编成电影、电视剧的就有 20 多部(1950 年至 2016 年,据不完全统计,被改编成影视剧的作品共有 21 部,不包括小说改编的话剧),他的文学经典被改编成戏剧影视的数量最多,且都是精品。《骆驼祥子》被改编成戏剧影视的有:1. 话剧《骆驼祥子》,1957 年 7 月,梅阡改编的同名五幕六场话剧成为北京人民艺术剧院的经典话剧(主要演员:舒绣文、李翔、英若诚、于是之等),从剧本发表时起至1958年3月不到一年的时间,已演出100场以上。据有关资料提供的数据:从1957年到1962年北京人艺演出话剧《骆驼祥子》共200余场;自1980年再上演以来至1989年陆续演出了近100场;2007年上演了顾威导演的新排本《骆驼祥子》。① 对于话剧《骆驼祥子》年年上演,仍然存在一票难求的文化现象,顾威有自己的解读,他认为这种现象一是得益于深厚的文学基础(老舍小说经典和梅阡改编的话剧经典),二是归结于戏剧的魅力。2. 电影《骆驼祥子》,1982年上映,由凌子风编导,北京电影制片厂摄制,成为电影经典。3. 京剧《骆驼祥子》,1999年1月,在江苏省京剧院上演。4. 电视连续剧《骆驼祥子》,由李翔改编,1999年2月播出。5. 北京曲剧《骆驼祥子》,2011年上演。6. 歌剧《骆驼祥子》,2014年5月,在国家大剧院首演。7. 广播剧《骆驼祥子》,香港版,共5集。一部文学经典被改编成这么多的经典的视听作品,这是少见的文化艺术现象。还有在1985年播出,由林汝为导演的电视剧《四世同堂》,以及在2009年播出的由汪俊导演的电视剧《四世同堂》。这两部也成了影视剧经典。

如果说《骆驼祥子》《四世同堂》在广泛的戏剧影视改编上创造了经典品格,凸现其经典特征,那么《茶馆》则在广泛的跨越时空的历久弥新的演出中,创造出奇迹般的经典品格,彰显其经典特征。1958年3月29日,北京人民艺术剧院演出第一场《茶馆》,由焦菊隐、夏淳导演,于是之、郑榕、黄宗洛、蓝天野、英若诚等著名表演艺术家出演。演出立即产生轰动效应,之后《茶馆》常演常新,经久不衰,精彩纷呈,创造了北京人艺的演剧经典。总导演焦菊隐把俄国斯坦尼斯拉夫斯基演剧体系和中国戏曲艺术相结合,为中国话剧民族化做了有益探索,进而形成了北京人艺演剧学派。而北京人艺卓越的导演和表演艺术家们,对确立《茶馆》的当代"经典"地位起到了重要作用。1982

---

① 参见日本《老舍研究会会报》第30号(2016年9月3日),第14页。

年上演的由谢添执导、北京人艺表演艺术家们主演的电影《茶馆》,更加广泛地传播了《茶馆》的经典品格。1992年7月16日,北京人艺的第一版本《茶馆》结束了第374场的演出。1999年,上演了由林兆华执导,梁冠华、杨立新、濮存昕等演出的《茶馆》第二个版本,至2018年6月17日,第二版的《茶馆》演出了336场。至此《茶馆》上演60年,计700场,而且每一轮上演都引起全城轰动,引发一票难求的场面,这成为一种文化现象。由这种文化现象,又派生出一些具有先锋创新精神的新《茶馆》:2017年11月,由李六乙导演,四川人艺演出的四川话版《茶馆》;2017年7月21日,导演王翀将19世纪的"茶馆"搬到了21世纪的校园里,在北京师范大学第二附属中学演出了"残酷校园"版《茶馆2.0》;2018年由中国出版集团数字传媒有限公司制作出品的广播剧《茶馆》,高度还原了老舍作品精髓;2018年10月18日至21日,在乌镇戏剧节上,由孟京辉执导、文章领衔主演的中德合作剧《茶馆》,站在当代角度,用整个人类的视角观察周遭,将当下融于传统进行再创造,打造了一场抽象现实主义的时空碰撞。此戏在乌镇首演后,又开启了在德国、法国等世界各地的巡回演出。作为文学经典,《茶馆》在国内不断地创造奇迹,而到国外的演出传播则展现了中华民族的文化艺术光辉,显示了它灿烂的经典品格。1980年,《茶馆》赴西德、法国、瑞士进行了为期50天,巡回15个城市的访问演出,掀起了欧洲"《茶馆》热",被誉为"东方舞台上的奇迹"。这是新中国话剧第一次走出国门,也是新时期中外文化交流史上的盛事。1983年,《茶馆》在日本演出,创造了继50年代和70年代"老舍热"之后的第三次"老舍热"。2016年,北京人艺赴加拿大演出《茶馆》,创造了加拿大的"老舍热"。总之,老舍的文学经典是跨时代的、跨地域的、国际化的,永远绽放着思想艺术光辉。

第三节 老舍文学经典的当代意义

从经典作家老舍的经典化历程可以看到他是追随时代的,是随着时代的发展而进入文学史的经典地位的。从上述老舍文学经典生成的实质上的创新性和无限的感染力上看,他是民族的文化伦理型的经典作家。他既从伦理范畴反映人伦关系以及维持人伦关系所必须遵循的规则,又以道德目光审视社会上的生命,以道德标准考量人性、人伦,进而调节人与人、人与自然之间关系的行为规范。我们从老舍作品尤其是经典作品中,总能受到伦理力量的感化,伦理力量成为老舍文学经典的最终的具有决定性的感化力量。老舍作品始终都有"善"者形象的存在,以"善"者形象感化人。以女性形象为例,《老张的哲学》中李静为救叔父而嫁老张,后被人救出,最终抑郁而死,是个守爱情、讲人伦的"善"者形象;《月牙儿》中的女儿为生活所迫而卖身;《骆驼祥子》中的小福子,有着为养家糊口而献身的精神。老舍不是把这些妓女形象作为有违人伦道德的化身,而是把她们作为为父母家庭献身的"善"者形象塑造的。而《四世同堂》中的韵梅,她不仅是作为贤妻良母形象的存在,她在民族危亡、战争灾难中,凭着坚忍的精神维持着"四世同堂"全家人的生活,帮助丈夫保全了一家人的清白,她也是作为一位伦理化、道德化、民族化的"善"者形象的存在。即使虎妞,也有"善"待祥子的一面。至于《四世同堂》中的几位老太太,她们身上或许存在着这样那样的国民精神弱点,但她们对家庭子孙以及对街坊邻里的"善",也都为人们所喜爱。在老舍伦理化的审视中,善与恶的对立,总能让人感悟到"善"能净化社会风气,人们能够从社会的善者、良者身上得到伦理道德的完善;而"恶"则是滋生社会腐败的细菌,从而引起人们对"恶"者的憎恨,进而消除滋生"恶"者的细菌土壤,这同样能起到道德完善的感化作用。当然,老舍文学作品尤其是文学经典作品中对"善"与"恶"的伦理化形象化的描绘,对人性的揭示、考量,又是多元的、丰富的、复杂的,就是在那些为作家所张扬、同情的"善"者形象身上,也有着人性丑恶的一面,而人性丑恶的一面,恰恰是人类社会的通病,老舍对这一人类社会通病的批判,往往是通过对"国民性"的揭示与反思来实现的,这又使老舍文学经典具有非常重要的普世价值。

老舍以伦理目光审视社会上的生命,以道德标准考量人性、人伦,又使他的文学经典具有传承中国优秀传统文化的功能。老舍对待中国传统文化既不是全盘颂扬也不是全盘否定,而是批判地继承。他继承的是优秀的中国传统文化,批判的是中国传统文化中的劣性的东西。优秀中国传统文化的核心价值观是爱国主义、民族精神,而爱国主义、民族精神则是贯穿老舍一生创作的思想情感主线。爱国情感在他旅英时期创作的《二马》中表现得很强烈。回国后,其20世纪30年代的小说大都以暴露、批判现实为主调,但在暴露、批判中蕴含着忧国忧民的爱国情感、民族精神。老舍在40年代创作了《四世同堂》,其爱国主义情感、民族精神的主题发展到了高峰。中国传统文化中的"天下兴亡,匹夫有责""杀身成仁,舍生取义"的爱国主义和献身精神,在钱默吟身上得以充分展示;而在祁瑞宣身上,我们看到了抗战时期的知识分子家国情感发展的心路历程。作品通过对抗战八年间北平的各色人物的人生、人性、人情的描绘,让人看到"小羊圈胡同"乃至整个北平城里的爱国主义的正气始终压倒汉奸们的卖国行为,正义、和平、爱国、民族复兴,成为中国人民共同的理想追求。《茶馆》的爱国主义思想情感蕴藏在"埋葬旧时代"的主题表达之中,剧本最后,三个老头走完了他们的人生路,在茶馆里撒纸钱以祭奠自己,各自发出了悲愤的倾诉。王利发一辈子没忘记改良,只盼着"孩子们有出息,冻不着,饿不着,没灾没病!""我可没作过缺德的事,伤天害理的事，为什么就不叫我活着呢？我得罪了谁？"秦仲义办民族工业，为国家做好事，可到最后他的工厂被腐败的政府给拆了，所以他悲愤地说："有钱哪，就该吃喝嫖赌，胡作非为，可千万别干好事！"常四爷："我盼哪，盼哪，只盼国家像个样儿，不受外国人欺侮。"可他迎来的是国家越来越不像个样儿，外国人在中国横行霸道，人民群众爱国有罪，学生爱国运动受到镇压，"我爱咱们的国呀，可是谁爱我呢？"①这些爱国主义的思想情感是很能教育人、感化人的。

　　王利发、秦仲义、常四爷三位老人的人生悲叹，爱国情感的悲愤倾诉，也深深地带有老舍自身"爱国"心路发展的特点。老舍在《我们在世界上抬起了头》一文中，写出了他的"爱国"心路历程，特别真诚。他说，在小学读书的时候，"我已经会说'爱国'两个字"，可那时国旗上画着一条张牙舞爪的龙，国旗上的"龙"与皇帝本是一体的，那时候的"爱国"前面还有"忠君"二字，所以他讲那时候会说"爱国"两个字，就"有些不大自然"，不懂得"龙"和皇帝为什么代表中国。到了民国时期，五色旗代替了龙旗，"爱国"上面已不必加"忠君"，感到轻松些了，"爱国心也就更大了"。可是军阀混战，各处都有土皇帝，"使我莫名其妙，不知道到底哪里才是中国"。到了蒋介石当权的时候，"我几乎没法子爱国了，因为爱国就有罪"。老舍到过欧美各国，"一出国，我才明白中国为什么可爱"，尽管他在国外明白了"中国与中国人的伟大"，"我却抬不起头来"，无论在纽约、伦敦，还是罗马，"我都得低着头走路"，因为人家看不起中国人。新中国成立后，不一样了，"到哪里都可抬着头走路了"，他怀着满腔的爱国热情呼吁，"爱我们的国家吧，这国家值得爱"②。老舍这种真诚的爱国主义的心路历程，王利发、秦仲义、常四爷们也都经历过。常四爷深深感受过"爱国有罪"的

---

① 老舍：《茶馆》，《老舍文集》第11卷，人民文学出版社1987年版，第421页。
② 老舍：《我们在世界上抬起了头》，《人民日报》1951年3月13日。

痛苦；秦仲义企图以"实业救国"，却被外国人的"小手指头"和国内的反动势力给打倒了。只不过他们没有盼到国家真的像个样儿，所以才发出他们内心的爱国感喟。

老舍文学经典不仅前有传承，传承中国文化传统；而且后有影响，影响了当代文学创作。他以写老北京的市井人生、民俗风情、世间百态，开创了现代京味小说，影响了新时期的京味小说家，像邓友梅、刘心武、陈建功等人。他们继承了老舍经典小说的传统和风格，促进了新时期京味小说的发展。在话剧创作上，比如《茶馆》以其经典性的散点透视的"人像展览式"结构，对《小井胡同》《天下第一楼》等后世名剧有着明显的影响。老舍文学经典不仅在文学内部的艺术经典性上影响了后世作品，而且在戏剧影视的改编传播上，使老舍诸多作品向着经典化方向增容、扩展。长篇小说《离婚》《猫城记》，以及中篇小说《月牙儿》《我这一辈子》《微神》等，已经被改编成了不同版本的戏剧、电影、电视剧。《离婚》有：1992年，王好为导演，赵有亮、丁嘉莉、李丁、陈小艺主演的同名电影；1998年，马军骧导演，葛优、陶红等主演的同名电视剧；2007年，根据《离婚》改编的电影《纳妾》，由马军骧导演，葛优、陶红、傅彪等主演。1950年，石挥导演、主演的电影《我这一辈子》；2001年，张国立导演、主演的电视剧《我这一辈子》。《月牙儿》既有电影《月牙儿》(1986年)，又有电视剧《月牙儿》(1986年)、《月牙儿与阳光》(2006年)。以上这些影视艺术作品，全都得力于老舍的原作，但它们的广泛传播，又对老舍作品的经典建构的扩展起到了重要作用。像这样的老舍作品的戏剧影视改编与老舍作品经典建构的互动关系，近年来又出现了"热潮"。据我所知的就有：2011年版和2013年版的话剧《老舍五则》，改编自老舍5篇小说《柳家大院》《也是三角》《断魂枪》《上任》《兔》。电影《不成问题的问题》，根据老舍1943年的同名小说改编，由梅峰编剧并执导，在国内上映后引起轰动,并在2016年11月3日第29届东京国际电影节上获最佳艺术贡献奖。自2011年起,方旭连续创作、执导并主演了话剧《我这一辈子》(1人演)、《猫城记》(2人演)、《老李对爱的幻想》(原名《离婚》)(3人演)三部作品。2016年,话剧《二马》,改编自老舍的同名长篇小说,首次采用"全男班"形式(5人演)。2018年,由老舍4篇短篇小说、2篇幽默小品改编的《老舍赶集》(6人演),在北京、上海、重庆、沈阳等地演出,反响空前。这些被改编的作品的类型不断地向短篇小说、幽默小品靠拢,由此,也带来了老舍作品经典建构的扩展。然而,这些作品能否成为经典,还将经过长时期的实践检验,但它们围绕在《骆驼祥子》《四世同堂》《茶馆》三部文学经典的周围,像群星围绕北斗那样,一齐放射出璀璨夺目的光彩。

[原载《首都师范大学学报》(社会科学版)2020年第1期]

第五章 论老舍小说《骆驼祥子》戏剧影视传播的隐性要素

在中国现代作家作品中,老舍小说的戏剧影视传播的种类之多、数量之大,堪称第一。而在老舍的众多小说中,《骆驼祥子》的戏剧影视传播的种类尤为繁多,有同名的话剧、电影、电视剧、京剧、曲剧、歌剧、舞剧等。一部小说为何有这么广泛的传播范围?原因在于,《骆驼祥子》小说自身蕴藏着丰富的戏剧影视传播的隐性要素,主要有:虚实相映的时空背景;故事叙述的传奇性;人物描写的戏剧化;北京风俗的生动描绘。

第一节 虚实相映的时空背景

无论是小说还是戏剧、电影电视,作者首先考虑的是要把故事发生的时代、时间背景以及人物活动的空间位置确定下来,给接受者一个时间和空间的明确定位。《骆驼祥子》的祥子故事发生的时间、时代气氛不够清晰,所以早就有专家指出小说的"历史特征"不够充分,"缺少强烈的时代气氛"①。而祥子活动的空间位置包括住处乃至拉车的线路都非常准确鲜明。这就形成了《骆驼祥子》故事的时间、时代背景较虚,祥子活动的空间较实的格局,这种虚实相映的时空背景,恰恰为小说的戏剧影视传播提供了时代背景设计的多样性和人物生活空间的真实感。

对于祥子故事发生的时代问题,研究者们一直在做考证的工作。

---

① 樊骏:《论〈骆驼祥子〉的现实主义——纪念老舍先生八十诞辰》,《文学评论》1979年第1期。

思齐在《〈骆驼祥子〉简论》中认为小说反映的是"北洋军阀时代",又说是"第一次国内革命战争失败以后的时期"①。樊骏在《论〈骆驼祥子〉的现实主义——纪念老舍先生八十诞辰》一文中,对故事发生的年代做了推测:"作品开始时当属北洋军阀时期,……后面的情节已经是国民党统治以后的事了。"②陈永志在《〈骆驼祥子〉反映的年代新证》中,根据作品关于战争的描写,断定祥子被抓是在春季,逃脱是在夏季。作品里写的战事,是发生在1928年的蒋桂冯阎联合对张作霖的战争,由此推断祥子是被张作霖的军队抓去的,而作品反映的年代是从1928年到1931年。③刘祥安的《〈骆驼祥子〉故事时代考》在陈文基础上做了进一步考证,认为小说所写故事的时代,是在1928年前后,祥子的车被抢是在农历四月十二日之后。④可见,祥子故事发生的时代的虚拟性,给学术界带来了不同的研究考证结论。

同样,小说中祥子故事发生的时代的虚拟性,也为戏剧影视传播设置不同的时代背景提供了可能。梅阡改编的五幕六场话剧《骆驼祥子》,第一幕的时代背景是1925年间,第一次国内革命战争前夕,第五幕是1926年间。这种时间、时代的划定大体与研究者思齐的观点接近。1982年北京人艺演出时,该话剧第一幕的时代背景是1926年间。京剧《骆驼祥子》故事发生的时间也是1925年。联系历史,1925年和1926年的上半年,奉直联军与倾向革命的冯玉祥领导的国民军进行了一场大混战。祥子被抓,当是败军退出北京时所为。凌子风编导的电影《骆驼祥子》的时间背景是1920年,1920年7月直皖战争爆发,直皖战区分东西两路,西路皖军刘询部在直军的攻击下大

---

① 思齐:《〈骆驼祥子〉简论》,《语言文学》1959年第5期。
② 樊骏:《论〈骆驼祥子〉的现实主义——纪念老舍先生八十诞辰》,《文学评论》1979年第1期。
③ 陈永志:《〈骆驼祥子〉反映的年代新证》,《文学评论》1980年第5期。
④ 刘祥安:《〈骆驼祥子〉故事时代考》,《中国现代文学研究丛刊》2001年第3期。

部投降,小部逃回北京。东路战场的皖军总指挥徐树铮得知西路皖军战败,丢掉战事,匆忙赶回北京。这样,直皖战争最后以皖系失败而告终,而祥子被抓当系皖军败兵所为了。1999年2月播出了由李翔改编、李森导演的20集同名电视连续剧《骆驼祥子》,在这里,祥子故事发生的时间是20年代末期。曲剧和歌剧《骆驼祥子》均标明"故事发生在20年代军阀混战的北平"。"20年代末期"和"20年代军阀混战的北平"的说法,当与1928年爆发的蒋桂冯阎联合对奉系军阀张作霖的大战这一战争事件相合。小说文本所写的祥子故事即发生在这一时期,祥子被抓的时间是在"妙峰山开庙进香的时节",妙峰山的庙会是每年的农历四月一日至十五日,这正好与奉军失败退出北京的时间相合。可见,电视剧《骆驼祥子》的时代背景更贴近小说的情节,它与研究者陈永志的考证相近,即祥子故事发生的年代当在1928年到1931年间。

如果说《骆驼祥子》的时代的虚拟性,为其戏剧影视传播提供了时代背景设置的多样性,那么小说对于祥子生活的空间定位,则为戏剧影视传播提供了人物生活环境的真实感、亲切感。小说中祥子活动的空间大都集中于北京的西北角,老舍的出生地"小羊圈胡同"即在北京的西北角,"从分布上看,老舍作品中的北京地名大多集中于北京的西北角。西北角对老城来说是指阜成门——西四——西安门大街——景山——后门——鼓楼——北城根——德胜门——西直门——阜成门这个范围。约占老北京城的六分之一。城外则应包括阜成门以北,德胜门以西的西北郊外。老舍的故事大部分发生在这里"①。老舍生在北京,长在北京,对北京的一草一木、名胜古迹全都熟悉。他说:"我生在北平,那里的人、事、风景、味道,和卖酸梅汤、

---

① 舒乙:《谈老舍著作与北京城》,《文史哲》1982年第4期。

杏儿茶的吆喝的声音,我全熟悉。"①而且他对洋车夫的生活也特别熟悉,老舍说:"积了十几年对洋车夫的生活的观察,我才写出《骆驼祥子》啊。"②因此,老舍把祥子的足迹放在哪里,那里就会生出真实、生动的艺术光辉。小说描写祥子被抓丢车后,从兵营逃出的路线:磨石口——往东北拐过金顶山——礼王坟——八大处——四平台——杏子口——南辛庄——北辛庄——魏家村——南河滩——红山头——杰王府——静宜园——海淀——西直门。舒乙曾沿着这条路线做了实地考察,他说这条线路"方位对,地形对,顺序对,村名对","绝对经得起核对"③。正是有了这条经得起"核对"的地理线路图,我们才能够在电影《骆驼祥子》中看到祥子拉骆驼一路逃亡的生动画面。小说中祥子生活的空间最能出戏的地方主要有:西安门大街人和车厂,北长街曹先生的住宅(曹宅),小茶馆,毛家湾大杂院等。这些地方大都成为戏剧影视作品中的舞台背景,比如五幕六场话剧《骆驼祥子》,第一幕布景有西安门大街,人和车厂;第二幕布景是曹宅,其屋内的摆设,尤其是"屋内放着几盆曹先生养的花草",墙上挂着曹太太画的"彩墨花鸟",与小说文本所写相近;第三幕地点是人和车厂;第四幕第一场是人和车厂,第二场是毛家湾大杂院,布景突出的大杂院中的两间小北房是虎妞和祥子结婚后的住房;第五幕仍是虎妞的住房。戏剧影视中的其他舞台背景设计也都没有离开小说中的祥子活动的空间,因为祥子生活的空间,包括他拉车跑的街道都是真实的,比如祥子拉曹先生由西城回家,过了西单牌楼,往东进入长安街,然后到新华门。由西城起,祥子就觉得有辆自行车跟着,这时又到了南长街,跑到景山背后。这些都是真实的街道,是老北京的街道,如今仍

---

① 老舍:《三年写作自述》,《老舍全集》第17卷,人民文学出版社2013年版,第273页。
② 老舍:《三年写作自述》,《老舍全集》第17卷,人民文学出版社2013年版,第274页。
③ 舒乙:《谈老舍著作与北京城》,《文史哲》1982年第4期。

能找到它们的位置,这就让人感到十分真实、亲切。

第二节 故事叙述的传奇性

小说《骆驼祥子》的故事叙述的传奇性为戏剧影视传播提供了艺术接受的审美情趣。老舍认为"大多数的小说里都有一个故事,所以我们想要写小说,似乎也该先找个故事"①。他的小说里不仅"都有一个故事",而且往往带有一定的传奇色彩,郑振铎曾说过老舍短篇小说"每每有传奇的气味"②。从《骆驼祥子》的酝酿构思过程即可看出,小说既注重故事性,又具有一定的传奇性。老舍说他在 1936 的春天,听山东大学的一个朋友谈到在北平时曾用过的一个车夫,"这个车夫自己买了车,又卖掉,如此三起三落,到末了还是受穷"。"紧跟着,朋友又说:有一个车夫被军队抓了去,哪知道,转祸为福,他乘着军队移动之际,偷偷的牵回三匹骆驼回来。"③这位朋友所谈的车夫与骆驼的事件就成了《骆驼祥子》的故事的核心,而且"三起三落"这件事本身就具有传奇性,再加上老舍的艺术加工、提升,故事的"传奇的气味"愈加明显了。

《骆驼祥子》叙述的是一个农民进城后的"三起三落"的传奇故事,全面展示了祥子的生活遭遇和精神异化。小说一开始以平缓的口气讲述北平洋车夫的派别、生活状况,以及祥子进城经过三年奋斗,买了一辆洋车这些事。常态化的车夫生活,显得比较平静。但是打破这一常态化平静生活的是祥子买车后心理的变化,他想通过奋斗买车,一辆两辆地积累,然后开个车厂做个车主。这一希望,促使

---

① 老舍:《怎样写小说》,《老舍文集》第 15 卷,人民文学出版社 1990 年版,第 450 页。
② 老舍:《一个近代最伟大的境界与人格的创造者——我最爱的作家——康拉得》,《老舍文集》第 15 卷,人民文学出版社 1990 年版,第 302 页。
③ 老舍:《我怎样写〈骆驼祥子〉》,《老舍文集》第 15 卷,人民文学出版社 1990 年版,第 205 页。

他冒险,在战乱的情景下,他拉车出城,结果连人带车被大兵掳去,这便是祥子"买车,车丢了"的"三起三落"中的第一次人生遭遇。祥子被抓丢车,从兵营里逃出,顺手拉了三匹骆驼。自从祥子与三匹骆驼联系在一起,由进城以来的"祥子"变成"骆驼祥子",即具有一定的传奇性了。这传奇性一是表现在祥子逃命中的发现骆驼、拉骆驼、卖骆驼的偶然事件中,二是体现在作家赋予祥子骆驼性格的象征意义上,三是表现为在车夫中间传播的带有传奇色彩的"骆驼祥子"的故事。因此,"三起三落"中的"一起一落"即"买车,车丢了"成为祥子生活的第一部传奇。在第一部的传奇故事中,即隐含着小说自身的矛盾冲突与戏剧冲突的相似处,祥子与大兵(抢他车的孙排长)的冲突,形成戏剧舞台上的人物与人物的冲突,而且这种冲突模式在祥子生命历程中延续下去,从而成为推动情节发展的主要力量。

  祥子遭受人生的第一次严重打击后,他的"做个自由车夫"的生活理想并没有破灭。他坚持拉车奋斗,攒钱买车,可他攒下来的钱却被孙侦探敲诈去了。孙侦探敲诈祥子的情节也具有一定的传奇性。孙侦探本来跟踪的是曹先生,他盯的目标并不是祥子,只因曹先生躲到有权有势的左先生家了,于是孙侦探便转而盯住了祥子,祥子是"碰到点儿上了",只得任其宰割,这便是祥子"攒钱,钱跑了"的第二部生活传奇。在这一部生活传奇中,同样具有小说的矛盾冲突与戏剧冲突的相似之处。

  祥子经历了两次带有传奇色彩的生命遭遇后,他的"做个自由车夫"的生活理想依然没有改变,他还要拉车、攒钱、买车,但是虎妞的出现,则给祥子带来了精神上的戕害。老舍将虎妞与祥子拉在一起组成家庭,其意图就是要将祥子遭受厄运的悲剧由外部转入内心。虎妞是"虎",祥子是"骆驼",虎与骆驼在一起,骆驼怎能不遭殃?所以这个家庭是畸形的,带有一定的传奇性。作为老姑娘,虎妞的生理欲望很强,而祥子既要拉车又要满足虎妞的性需求,这样她就"吸尽"了祥子的精血,损坏了祥子的骆驼似的身体。祥子平时也能得到虎妞给他的一些温情,使他感到"有家的好处"。但他们的身份、地位、生活方式、情趣爱好等方面存在着巨大差异,尤其在拉车不拉车这个问题上形成尖锐矛盾,这给祥子造成严重的精神创伤,这个伤害在祥子看来比抢他车的大兵、诈他钱的侦探更加可恶。祥子和虎妞的家庭生活,最后以虎妞难产而死,祥子不得不卖掉婚后虎妞给他买来的洋车,花光所有积蓄料理虎妞丧葬事宜为结局。祥子欲与小福子结合,而小福子上吊身亡则令祥子走向绝望堕落。这就演绎完了带有传奇性的"三起三落"的祥子生命的悲歌。

"三起三落"的悲剧的传奇性,充分显示了祥子悲剧情节的整一性。小说的故事叙述、情节线索并不复杂,而是单一的、简洁的,始终以主人公祥子一生中的一些重大事件加以表现,而非事无巨细地铺排。当然,围绕祥子生命历程的故事主线,作家也安排了衬托主线人物的其他一些人物,在这些人物身上发生的故事,有的也具有一定的传奇性。像人和车厂的刘四爷,"土混混出身","在前清的时候,打过群架,抢过良家妇女,跪过铁索。跪上铁索,刘四并没有皱一皱眉,没说一个饶命"①。他那时可真是地面上的一个"英雄"。可到了民国,地面上的"英雄"已成了"过去的事儿",他开了个洋车厂,"晓得怎样对付穷人",显得狠毒,但车夫们若有个急事急病告诉他,他也会热心帮忙,毫不含糊。刘四的身份、地位、经历等,均具有故事性、传奇性,因而除了祥子、虎妞,刘四即可成为戏剧影视角色的重点关注、创造的对象。此外,像自居为"社会主义者"的曹先生对祥子施以人道主义的关怀、同情,小福子为养活父亲和两个弟弟而出卖自己的肉体,老马与小马祖孙俩挣扎在死亡线上的悲情,这些也都成为戏剧影视

---

① 老舍:《骆驼祥子》,《老舍文集》第3卷,人民文学出版社1982年版,第35页。

的人物塑造、故事叙述的要素。

第三节　人物描写的戏剧化特征

无论是小说还是戏剧、电影电视,作者与接受者最关注的都是人物。老舍重故事,更重人物,精于对人物做个性化刻画。《骆驼祥子》的人物是个性化的,作者描写的人物,具有某些戏剧化特征,这就为戏剧影视传播奠定了厚实的艺术基础,显示小说在某种程度上与戏剧的沟通。

《骆驼祥子》描写人物的戏剧化,首先表现为人物设置方面的戏剧化。小说以祥子为中心设置了主要人物、次要人物,在祥子生命历程的矛盾线上,所有人物的出场与离去,都与祥子存在紧密联系。不管是与祥子发生尖锐对立的大兵、特务、侦探、车厂主刘四,还是与祥子处于同一地位的老马、小马、二强子、小福子等,以及和祥子组成家庭的主要人物虎妞,给予祥子人文关怀和同情的曹先生,老舍说他写这些人物都是为了烘托祥子:"我的眼一时一刻也不离开祥子;写别的人正可以烘托他。"①比如将祥子与孙侦探拉在一起,就像舞台上的主角与配角,他用反面角色孙侦探诈钱时的狡猾、凶狠,烘托了祥子内心的愤怒、无奈与极端的痛苦。将祥子与小福子拉在一起,借着祥子对小福子的美好评价,烘托了祥子的爱情观、审美观。小说中的烘托手法用在戏剧影视的舞台场景上,同样能够给观众带来审美感受。

《骆驼祥子》描写人物的戏剧化,其次表现为人物活动场景的戏剧化。在老舍笔下,祥子活动的场景富有镜头感。尽管老舍在谈小说创作的经验时,没有谈到运用电影镜头的写法,但是我们在他的小说中时时能感受到电影的镜头的运用。比如祥子从兵营里逃出顺手

---

① 老舍:《我怎样写〈骆驼祥子〉》,《老舍文集》第 15 卷,人民文学出版社 1990 年版,第 206 页。

拉了三匹骆驼,就出现了一个特写镜头:疲惫不堪的祥子和三匹脱了毛的骆驼。而在电影《骆驼祥子》的一开始,其画面就随着这一镜头的移动,将祥子由城外逐渐拉进城内。再比如祥子在烈日暴雨下拉车的镜头,可以展现烈日之烈、暴雨之暴的连续画面,以显示恶劣的天气(也象征恶劣的社会)给祥子及车夫们带来的极大灾难。可以说,作者描写的祥子活动的场景,都有着类似的镜头感,让人产生一种立体化的感受。

《骆驼祥子》描写人物的戏剧化,再次表现为人物生活道具的戏剧化。最初出现在祥子身边的道具是"骆驼",老舍在《我怎样写〈骆驼祥子〉》中说他在构思祥子的故事时,常思考是以车夫为主呢,还是以骆驼为主呢?思考的结果是"以车夫为主","骆驼只负引出祥子的责任"①。所以小说一开头就说:"我们所要介绍的是祥子,不是骆驼,因为'骆驼'只是个外号。"②"骆驼"作为大的道具,只能在影视中加以表现,而在话剧中只有靠人物的台词交代出来,所以"骆驼"在戏剧影视传播中也像小说那样,只起到引出祥子和象征祥子性格的作用。小说中最重要的道具是"洋车",祥子在"三起三落"的生命历程中始终都离不开"洋车",祥子与虎妞的矛盾冲突的焦点也是"车"(拉车与不拉车的冲突),祥子最后的堕落也是在失"车"之后,因此"洋车"成了祥子的生命依托。把"洋车"这一生活道具放在戏剧舞台上,你可以看到京剧《骆驼祥子》中的祥子的扮演者拉着洋车在舞台上的生动表演;你也可以看到影视剧中祥子拉洋车的一个个镜头,一处处画面,感受祥子生命中的悲欢、痛苦。

《骆驼祥子》描写人物的戏剧化,最重要的是人物对话的戏剧化。

---

① 老舍:《我怎样写〈骆驼祥子〉》,《老舍文集》第15卷,人民文学出版社1990年版,第205页。
② 老舍:《骆驼祥子》,《老舍文集》第3卷,人民文学出版社1982年版,第3页。

人物对话的戏剧化，是将人物置于一定的场景，通过对话展示矛盾冲突，揭示人物性格，从而推动情节发展。《骆驼祥子》中的人物对话，不是大篇幅的大段大段式的对话，而是非常简练、生动，富有人物个性情趣的对话。以祥子与虎妞为例，祥子性格内向，憨厚要强，沉默寡言，所以说出来的话大都简短，显得闷声闷气的；而虎妞外向泼辣，说话带着"虎气"，连珠炮似的，咄咄逼人。当祥子丢车后回到人和厂时，虎妞见了祥子面的第一句话："祥子！你让狼叼了去，还是上非洲挖金矿去了？"祥子只回了一个字："哼！"他不愿说丢车与骆驼的事。当刘四爷问他"你干什么去了？""车呢？"祥子啐了口吐沫："车？"显示了祥子有苦说不出、有苦难以说的沉痛感。当祥子和虎妞组成家庭后，两人有关拉不拉车的争吵对话，同心理描写融合在一起，更具有戏剧化特征。祥子和虎妞结婚不久，提出买车的事，于是有了下面一段对话及心理描写：

"先商量商量！"祥子决定不让步。既不能跺脚一走，就得想办法作事，先必得站一头儿，不能打秋千似的来回晃悠。

"好吧，你说说！"她搬过个凳子来，坐在火炉旁。

"你有多少钱？"他问。

"是不是？我就知道你要问这个嘛！你不是娶媳妇呢，是娶那点钱，对不对？"

祥子象被一口风噎住，往下连咽了好几口气。刘老头子，和人和厂的车夫，都以为他是贪财，才勾搭上虎妞；现在，她自己这么说出来了！自己的车，自己的钱，无缘无故的丢掉，而今被压在老婆的几块钱底下；吃饭都得顺脊梁骨下去！他恨不得双手掐住她的脖子，掐！掐！掐！一直到她翻了白眼！把一切都掐死，而后自己抹了脖子。他们不是人，得死；他自己不是人，也

死;大家不用想活着!①

祥子商量钱的目的是为了买车,他不能闲着,他要拉车,而虎妞却带着阶级偏见以为祥子是贪图她的钱财,因而祥子才如此愤怒。这段祥子愤怒的心理描写,含有心理舞台化的特点,就像舞台演出中常听到的内心独白。在舞台上,演员常常利用这种内心独白,再现人物的思考与判断。

老舍描写人物,擅长将人物对话的戏剧化和人物动作、心理的戏剧化融合起来,以创造小说中的戏剧性要素。以孙侦探敲诈祥子为例,读者好像真的看到了两人在舞台上的表演:

"有多少拿多少,没准价儿!"

"我等着坐狱得了!"

"这可是你说的!可别后悔?"孙侦探的手伸入棉袍中,"看这个,祥子!我马上就可以拿你,你要拒捕的话,我开枪!……"

"有工夫挤我,干吗不挤挤曹先生?"祥子吭吃了半天才说出来。

"那是正犯,拿住呢有点赏,拿不住担'不是'。你,你呀,我的傻兄弟,把你放了象放个屁,把你杀了象抹个臭虫!……"

祥子立起来,脑筋跳起多高,攥上了拳头。

"动手没你的,我先告诉你,外边还有一大帮人呢!快着,拿钱!我看面子,你别不知好歹!"孙侦探的眼神非常的难看了。

"我招谁惹谁了?!"祥子带着哭音,说完又坐在床沿上。

"你谁也没招;就是碰在点儿上了!……"②

---

① 老舍:《骆驼祥子》,《老舍文集》第3卷,人民文学出版社1982年版,第139页。
② 老舍:《骆驼祥子》,《老舍文集》第3卷,人民文学出版社1982年版,第101页。

祥子"碰在点儿上了",就得拿钱!攥上了拳头,想反抗也不行,他面对的是拿着手枪的侦探,还有侦探带的一帮子人。祥子无法,只得拿出所有的积蓄。祥子被敲诈后,作者又用一段精辟的议论,好像进入祥子内心在说话:"对了,祥子是遇到'点儿'上,活该。谁都有办法,哪里都有缝子,只有祥子跑不了,因为他是个拉车的。一个拉车的吞的是粗粮,冒出来的是血;他要卖最大的力气,得最低的报酬;要立在人间的最低处,等着一切人一切法一切困苦的击打。"①这段议论又像演员在舞台上所做的内心独白,在思考着自己的遭遇和人生。还有刘四庆九,与虎妞吵架的对话描写,也连同戏剧化的动作和心理的舞台化描写一起,写活了人物,凸现了个性。

　　再进一步考察,小说中的人物心理的舞台化描写,有时是以景与情、景与人物心理的契合,以景衬托人物的心理而加以表现的。比如祥子在曹先生家拉包月,虎妞找上门来,说她已怀孕了,逼着祥子听从她的安排。祥子无奈,跟着虎妞来到街上,这时出现在祥子眼中的景色:结了厚冰的御河,托着那禁城的城墙,禁城那玲珑的角楼,金碧的牌坊,丹朱的城门,景山上的亭阁,冷寂萧索的白塔。灰冷的寂寞的景色,带上了祥子的空寂、凄凉,回到屋里,他的脑海里还在涌动着"御河,景山,白塔,大桥,虎妞,肚子……都是梦"②。当然,像这样景与情、景与人物心理的契合,以景衬托人物心理的描写,以及作者对人物所做的深度的心理剖析,很难做戏剧化的表现,可见,小说刻画人物比戏剧影视更加灵动。

第四节　北京风俗的生动描绘

　　《骆驼祥子》中的有关北京风俗的生动描绘也是小说走向戏剧影

---

① 老舍:《骆驼祥子》,《老舍文集》第3卷,人民文学出版社1982年版,第109页。
② 老舍:《骆驼祥子》,《老舍文集》第3卷,人民文学出版社1982年版,第82页。

视传播的艺术要素。老舍笔下的北京风俗随着人物的活动连续不断地加以展示,一幅幅的风俗画卷不仅与人物的血肉精神相连,而且呈现出舞台化的艺术效果。小说的风俗描写,随处都能显示风俗的人性化、舞台化特点。比如人和厂车主刘四庆九的场景,就具有展示北京风俗的舞台效果:整个院子搭着暖棚,三面挂檐,三面栏杆,三面玻璃窗户。棚里有玻璃隔扇,挂着屏,见木头就包着红布。正门旁边一律挂彩子,厨房搭在后院。彩屏上画的是"三国"里的三战吕布、长坂坡、火烧连营,大花脸二花脸都骑马持着刀枪。寿棚里还摆着四副麻将牌、留声机,桌上摆着祥子送的寿桃寿面,那大寿桃点着红嘴,插着八仙人。虽然刘四说给车夫们摆的是"六大碗,俩七寸,四个便碟,一个锅子",似乎满对得起车夫们的,可是每个车夫不是白吃刘四的饭,他们一要送礼,二要按刘四的规定去做,即庆九那天不许拉车,车夫们整天不出车,他们的家小只得受饿。庆九的风俗,给车夫们带来了痛苦。

  小说描写的虎妞出嫁的风俗,也具有人性化、舞台化特点。虎妞穿着红袄,祥子穿上新衣,"戴着三角钱一顶的缎小帽"。"虎妞坐上了花轿。没和父亲过一句话,没有弟兄的护送,没有亲友的祝贺;只有那些锣鼓在新年后的街上响得很热闹,花轿稳稳的走过西安门,西四牌楼"[①]。这里既表现了虎妞成亲的喜悦,又表现了虎妞的孤独、悲哀。风俗的人性、人情化和特有的舞台效果,在电视剧《骆驼祥子》中得以充分展示。电视剧《骆驼祥子》中的虎妞与祥子成亲时,那过门的一场戏,就融入了"响房""发轿""迈火盆""射轿帘""挑盖头""拜天地""坐帐"等旧北京婚俗,更显出故都风味来。这是电视剧在小说的风俗的舞台化特点基础上的再创造。

  《骆驼祥子》充分展示了北京的风俗民情,除了上述的刘四庆九、

[①] 老舍:《骆驼祥子》,《老舍文集》第3卷,人民文学出版社1982年版,第133页。

虎妞出嫁的有关描写以外,还有穷人居住的大杂院,车夫们暂时歇脚的小茶馆,祥子到过的天桥、街道,市民常用的食品风物、节令习俗等风俗民情描写。小说描写的毛家湾大杂院,住了七八户人家,除了虎妞住的小北房在穷人窝里还显得有些"阔气"外,整个院子呈现的是穷、饿、脏、乱、病的惨状,如十六七岁的大姑娘没有裤子,只能围着块什么破东西在屋里帮着母亲做事。小说中的小茶馆不像话剧《茶馆》里的裕泰茶馆那样聚集着三教九流人物,这里充满着煤气汗味、贱臭的干烟气味,窗上冻着一层冰花,喝茶的几乎都是拉包月的,他们在此述说苦恼、悲哀,咒骂世道的不公不平。车夫老马进来,又冻又饿晕倒在茶馆里,祥子不声不响买了十个热包子送给他,所以小茶馆又成了表现祥子善良、助人的美好性格之处。天桥在老舍笔下,不是全貌式的描绘,而是通过祥子所看到的来进行描绘的:"说相声,耍狗熊的,变戏法的,数来宝的,唱秧歌的,说鼓书的,练把式的,都能供给他一些真的快乐"①,这些描写突出了天桥的风情特点。在节令习俗上,小说则展示了春节前的景象:路旁摆满了年画,纱灯,红素蜡烛,绢制的头花,大小蜜供等;祭灶的糖瓜摆满了街;元宵节,虎妞忙着煮元宵,包饺子,白天逛庙会,晚上逛灯。小说还描写了老北京饮食风俗,像祥子吃的老豆腐:醋、酱油、花椒油、韭菜末,被热的雪白的豆腐一烫,发出点顶香的味儿;一般市民吃的甜豆浆、马蹄烧饼、小油炸鬼等;虎妞爱吃的酱鸡、熏肝、酱肚之类。这些风俗民情的描述,都具有浓郁的北京味,呈现了一幅幅生动、清晰的艺术画面,从而为小说的影视传播奠定了丰厚、立体的艺术基础。

[原载《南京师范大学文学院学报》2017年第1期]

---

① 老舍:《骆驼祥子》,《老舍文集》第3卷,人民文学出版社1982年版,第136页。

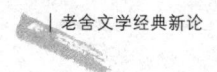

第六章 《骆驼祥子》讽刺与幽默艺术初探

老舍是中国现代著名作家,他是在"五四"新文化运动影响下,开始从事新文艺创作的。"五四"时期,他写过小说,后来发表过一篇《小铃儿》,影响不大。他的成名之作《老张的哲学》,是他 1924 年到英国讲学期间创作的。这部作品一问世,便受到广大读者的喜爱。商务印书馆在介绍这部书的广告中,称它"以讽刺的情调,轻松的文笔,使本书成为一本现代不可多得之佳作,研究文学者固宜一读,即一般的人们亦换换口味,来阅看这本新鲜的作品"。同期的广告中,还说《赵子曰》也是"以轻松微妙的文笔",记述了北平公寓里学生的生活,"非常逼真而动人"。不过它的"后半部却入于严肃的叙述,不复有前半部的幽默,然文笔是同样的活跃。且以一个伟大的牺牲者的故事作结,很使我们有无穷的感喟。这部书使我们始而发笑,继而感动,终于悲愤了"①。这两段话作为对《老张的哲学》和《赵子曰》的评价,较为中肯,说出了两部书的共同特色:讽刺的情调和幽默的文笔。

老舍小说,在"嬉笑唾骂的笔墨后边",使我们感到作家"对于生活的态度的严肃,他的正义感和温暖的心,以及对于祖国的挚爱和热望"②。但是,他初期的小说,由于立意要幽默,文字上带有"油腔滑调"的倾向,思想的深度和创作严肃性受到影响。到 1934 年,他应《论语》半月刊的特约,创作了《牛天赐传》,有"抱住幽默死啃"之味,

---

① 参见 1928 年 10 月《时事新报》。
② 茅盾:《光辉工作二十年的老舍先生》,重庆《新华日报》1944 年 4 月 17 日。

"随便写笑话"的倾向有增无减。到写《骆驼祥子》时,他的幽默和讽刺发生了变化,达到了令人满意的成熟阶段。老舍谈《骆驼祥子》令他满意的地方有四点,其中一点就是"在这故事刚一开头的时候,我就决定抛开幽默,而正正经经的去写"。而在实际写作过程中,他并没有抛开幽默。"在往常,每逢遇到可以幽默一下的机会,我就必抓住它不放手。有时候,事情本没什么可笑之处,我也要运用俏皮的语言,勉强的使它带上点幽默味道。这,往好里说,足以使文字活泼有趣;往坏里说,就往往招人讨厌。《祥子》里没有这个毛病。即使它还未能完全排除幽默,可是它的幽默是出自事实本身的可笑,而不是由文字里硬挤出来的。"①这是老舍对幽默的新突破。讽刺和幽默是老舍文学创作的重要特色,在他的小说中始终保持并不断发展着。

第一节 《骆驼祥子》讽刺艺术特色

《骆驼祥子》以旧北平为背景,描写了一个外号"骆驼"名叫祥子的人力车夫的悲惨遭遇,反映了生活在城市最底层的广大劳动人民的痛苦,暴露了旧社会的罪恶。这部作品以主要人物祥子为中心,围绕祥子的行动交叉着两条线索,一条是祥子"拉车,买上自己的车",写他怎样为做个自由车夫,刻苦努力、不断挣扎,到头来希望破灭,陷入更加苦难的深渊,这是主线。另一条是祥子与虎妞、小福子、夏太太等异性的纠葛,这是次线,但它与主线拧成一股,不断推进情节的发展。在两条线索上,活跃着许多不同性格的人物,这许多人物大致可以分为三类:第一类是剥削者、压迫者,这是祥子的对立面,他们是刘四、孙侦探、杨先生、杨太太、夏太太及虎妞等;第二类是那些被损害、被侮辱者,这是与祥子处于同等地位的穷人们,如老马、小马、小福子、二强子等;第三类是曹先生、阮明。明乎此,我们即可看看老舍

---

① 老舍:《我怎样写〈骆驼祥子〉》,《青年知识》1945年第1卷第2期。

是怎样根据不同的人物,采取不同的讽刺态度,显示他的讽刺艺术才能的。

讽刺艺术,可以用来暴露黑暗,揭露丑恶,谴责社会生活及个人生活中的某些坏现象。但是,它也可以用于对人民内部矛盾及其缺点的批评。《骆驼祥子》为了揭示造成祥子悲惨遭遇的社会根源,时时将批判的矛头对准作家心目中所憎恨的"恶人",也即作品中与祥子处于对立地位的剥削者、压迫者。对于这一群"恶人",老舍更多的是讽刺他们灵魂的丑恶与心理的狠毒。对于刘四这个"土混混"出身的车厂主,作家没有正面揭露他剥削、压迫车夫的罪行,而是通过他平时的言谈举动,在富有性格化的语言中,对其内心世界的讽刺性的剖白中,暴露了他的狠毒。刘四过生日,本是喜事,因为进来的寿礼太少,他一肚子不高兴,有气无处发,欲拿女儿撒气。虎妞此时也是一肚子怨气无处发,她接过刘四的话茬儿:

"你看见什么啦?我受了一天的累,临完拿我杀气呀,先等等!说吧,你看见了什么?"虎姑娘的疲乏也解了,嘴非常的灵便。

"你甭看着我办事,你眼儿热!看见?我早就全看见了,哼!"

"我干吗眼儿热呀!"她摇晃着头说,"你到底看见了什么?"

"那不是?!"刘四往棚里一指——祥子正弯腰扫地呢。

父女俩越吵越激烈,旁边却无一人来劝架,打牌的人把牌摔得更响,声音叫得更大。"红的,碰!……"祥子在旁也有了底,说翻了,揍!当虎妞说破了她和祥子的关系后,刘四本来就反对她嫁给"臭拉车的",此时更气上加气,他打了自己一个嘴巴,说:"呸,好不要脸!"虎妞也回击得痛快:"我不要脸?别教我往外说你事儿,你什么屎没拉!"喜事办成了丑事。接着作者描写了刘四父女的决裂,虎妞出走,刘四并无怜惜之意,反而一个铜子不给,最后把人和车厂押出,抖手走了,又是一个铜子不留。作者把父女关系紧紧扣在金钱上面,让刘四冷酷、狠毒的心肠,暴露无遗。可以想见,刘四对自己女儿都如此狠毒,他对车夫的剥削,不更是敲骨吸髓!

虎妞,这个老丑姑娘,为了满足自己生理的欲望与要求,想方设法要抓住祥子,祥子则害怕被她抓住,不愿与她结合。当祥子上了虎妞的当之后,这位虎姑娘便像老虎似的向祥子扑过来了。她找到祥子的住处,堵住门,任意撒野,祥子叫她"别嚷",她反而叫得更响,还诬蔑祥子,说他跟一个小妖精似的小妈子搭上了。祥子无法,再次请求虎妞"别嚷"。到了僻静处,他蹲下来,虎妞左手插在腰间,肚子努了出来,低头看祥子。祥子抬头看她,虎妞一边指着自己的肚子,一边告诉祥子"我有了"。她设下陷阱让祥子钻,欺骗祥子,逼迫祥子,把祥子抓在手里一搓三揉,还表白"我真疼你""便宜是你的"。祥子有苦难言。看到这样讽刺的场面,人们不禁会同情祥子的遭遇,痛恨虎妞对祥子的欺骗、捉弄。老舍对虎妞的讽刺是无情的,常常用刻薄、挖苦、嘲弄的语言,来揭露她肮脏的灵魂。在新房里,我们看到这位老姑娘像个什么样儿:"她也是既旧又新的一个什么奇怪的东西,是姑娘,也是娘们;象女的,又象男的;象人,又象什么凶恶的走兽!这个走兽,穿着红袄,已经捉到他……"作家又说她像个"母夜叉""母老虎",是"吸人精血的妖精",祥子对她充满仇恨。虎妞是个被讽刺的形象,作家把她拉入祥子的生活圈子,使其制造了他们婚姻的纠葛并成为家庭的拖累。这些加重了对祥子身心的摧残和折磨,从而推动了祥子的悲剧向纵深方向发展。

不要以为,作家讽刺的锋芒仅仅对准几个反面人物。不! 他时时不忘将讽刺锋芒对准那个罪恶的旧社会。小说穿插了这样一个情节:因为曹先生得罪了教育当局,所以孙侦探奉命跟踪他。当孙侦探发现曹先生进了有权势的左先生家的院墙时,他低头而过,无可奈何。作家讽刺了那个社会的腐败,在那里"人比法律更有力"。祥子因为地位低下,所以该他碰到"点儿"上啦:

> 对了,祥子是遇到"点儿"上,活该。谁都有办法,哪里都有缝子,只有祥子跑不了,因为他是个拉车的。一个拉车的吞的是粗粮,冒出来的是血;他要卖最大的力气,得最低的报酬;要立在人间的最低处,等着一切人一切法一切困苦的击打。

这已经由讽刺旧社会法律的极端不合理,发展到对旧制度的全盘否定和强烈诅咒了。应该说,老舍对旧社会、对旧制度的讽刺是无情的,是具有"直而无隐"的特点的。

对于下层人物的缺点的讽刺,作家的态度是善意的。在《骆驼祥子》里,他对祥子所具有的劳动人民的美德是肯定的,但对祥子作为小生产者的自私、偏见的缺点,也加以讽刺。作家有时用笔讽刺祥子的自私与偏见,说祥子也做过一些对不起穷哥儿们的抢座的丑事。虽然,造成祥子悲剧的主要原因来自社会的压迫,但祥子所走的个人主义的奋斗道路,也不是解救他的办法,作者对此也是持讽刺、否定态度的。小说不止一次写祥子感到一人的无力,但他终究没有在人生的道路上醒悟过来,他过多地相信命运,但命运的最终是他彻底堕落了。美好的有价值的东西被毁坏了,作家以强烈的诅咒与深沉的讽刺作结:"体面的,要强的,好梦想的,利己的,个人的,健壮的,伟大的祥子,不知道陪着人家送了多少回殡,不知道何时何地会埋起他自己来,埋起这堕落的,自私的,不幸的,社会病胎里的产儿,个人主义的末路鬼!"作家讽刺、否定了祥子个人主义的奋斗道路后,也曾向人们暗示了祥子应该走的道路,但受当时思想的局限,他恰恰在这方面停止了脚步。老舍对于其他车夫,比如对二强子身上"瘸疾"的讽刺,往往更尖锐些。二强子失意时老泪纵横,喝醉后打老婆,没钱了就逼女儿卖淫,他是那样的刁赖。老舍既讽刺了二强的刁赖,又让人看到二强子身上的"瘸疾"是社会压迫的结果。

讽刺艺术要善于运用夸张手法,但这夸张应该是真实的。鲁迅说过:"在或一时代的社会里,事情越平常,就越普遍,也就愈合于作讽刺。"①老舍写杨太太的吝啬,就十分精彩。"牌局散了,太太叫他把客人送回家。两位女客急于要同时走,所以得另雇一辆车。祥子喊来一辆,大太太撩袍拖带的混身找钱,预备着代付客人的车资;客人谦让了两句,大太太仿佛要拼命似的喊:'你这是怎么了,老妹子!到了我这里啦,还没个车钱吗!老妹子!坐上啦!'她说到这时候,才摸出来一毛钱。祥子看得清清楚楚,递过那一毛钱的时候,大太太的手有点哆嗦。"这事是极平常的,可是作者只用了简单的描写,"拼命似的喊","手有点哆嗦",便形象地刻画了人物的心理,显露了人物的精神面貌。小说写陈二奶奶,"她有五十来岁,穿着蓝绸子袄,头上戴着红石榴花,和全份的镀金首饰,眼睛直勾勾的",用墨极为节简,显示了这位"巫婆"非同一般。那"直勾勾的"眼睛,表明她将具有一套诈钱的手腕。写诱惑祥子的夏太太时,老舍并没去描写她怎样怎样的美,只写她的衣着。她上身穿着粉红色的卫生衣,下身衬着一条青裤子,脚上是一双白缎子的绣花拖鞋,身上的香水扑鼻。老舍三言两语便揭示了她有意勾引祥子的心理,讥讽了这位既是太太,又是暗娼的特殊的诱惑人的本领。这些描写,笔墨不多,但都深入地刻画了人物的内心世界。

---

① 鲁迅:《什么是"讽刺"?——答文学社问》,《鲁迅全集》第6卷,人民文学出版社1981年版,第329页。

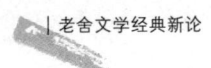

鲁迅在论述《儒林外史》的讽刺艺术时,指出它的讽刺特点是"戚而能谐,婉而多讽"①,以"含蓄酝酿"为贵。并认为晚清的小说,"辞气浮露,笔无藏锋"②,"描写失之张皇,时或伤于溢恶,言违真实,则感人之力顿微"③。老舍小说的讽刺的情调、思想的严肃,颇近于《儒林外史》;但文笔的淋漓酣畅、轻松而不含蓄,又近于谴责小说。这特点在短篇小说中体现明显,比如《断魂枪》《老字号》《马裤先生》《上任》等。而在《骆驼祥子》里,老舍的讽刺更多地表现为深沉蕴藉。

第二节 《骆驼祥子》幽默艺术特色

幽默是一种充满同情心的轻快的滑稽。在幽默文学作品中,作家往往嘲笑生活现象中重大的但是局部的缺点,有时也嘲笑本质上善良的人的个别可笑之处。就情感的基调来说,"幽默者的心是热的,讽刺家的心是冷的"。讽刺与幽默都能使人笑,讽刺的笑是"淡淡的一笑",笑中不含同情,幽默的笑是痛快的笑,"笑里带着同情"④。有人认为,仿佛一幽默,表达的思想便不严肃了。其实,老舍的幽默是在轻松有趣的文字后面,寄托了其对弱势人物的深切同情,隐现着他那带泪的面孔。《骆驼祥子》正是如此。《骆驼祥子》一开始,就以轻松的文笔,描绘了祥子的美好理想,以及他对生活的希望,这可以说是对祥子美好品德的赞美,也是一曲劳动的颂歌。而当祥子遭受连续的打击,并且一次比一次严酷时,作家的笔调逐渐低沉起来,有时简直是低声泣诉了。如果全书只设置祥子活动这一条线索,那么随着祥子遭受的打击的程度不断加深,是很难幽默起来的。好在书

---

① 鲁迅:《中国小说史略》,《鲁迅全集》第 9 卷,人民文学出版社 1981 年版,第 220 页。
② 鲁迅:《中国小说史略》,《鲁迅全集》第 9 卷,人民文学出版社 1981 年版,第 282 页。
③ 鲁迅:《中国小说史略》,《鲁迅全集》第 9 卷,人民文学出版社 1981 年版,第 286 页。
④ 老舍:《谈幽默》,《宇宙风》1936 年第 23 期。

中还有一条祥子与虎妞等异性纠葛的副线,并且在两线交叉进行中,穿插一些生活画面和故事情节,这样,就便于作家运用幽默的艺术手法了。小说家必须会穿插,《骆驼祥子》的情节穿插,的确够绝妙的,有些穿插很像电影的特写镜头。比如,祥子被大兵捉去,逃出,又顺带拉了三匹骆驼,一路辛苦不必说了,单看那穿着破衣的祥子,脱了毛的三匹骆驼,两个特定镜头一对照,就引人发笑,笑后,立即会引发人们对祥子不幸遭遇的同情。人们不会将注意力停留在穿破衣的祥子以及脱了毛的骆驼上,人们会通过这样的画面去体味祥子遭遇的酸苦,痛恨欺压祥子的大兵。还有祥子在杨先生家拉包月吃了许多苦头。对于累与苦,祥子都能忍受,可是杨家的大太太极端吝啬,她不给仆人饭吃,还经常折磨捉弄仆人,把仆人看得连猪狗都不如。有一次,大太太故意捉弄祥子,她打牌,叫祥子给她抱娃娃。想想看,祥子那样一个大汉,又是平生第一次抱娃娃,处境难堪极了。这里看了让人发笑,笑后又让人落泪,同情祥子的遭遇。如此等等,老舍幽默地让我们发出同情的笑,这笑并不妨碍他创作的严肃性,他的幽默,是在滑稽表面下的深沉和严肃。是的,艺术形式的幽默与思想内容的严肃是不矛盾的,它们可以统一在作家的整体创作中。老舍是最典型的一个。

诚然,老舍的幽默与奇趣、诙谐也是相通的。他的小说之所以采用了幽默的形式,也是为了增加作品的趣味,给人以强烈的艺术美感。老舍把"干燥、晦涩、无趣"看成是"文艺的致命伤"[①],他特别重视幽默,其原因也正在这里。《骆驼祥子》所含的幽默成分,虽然已改变了以往故意凑趣的倾向,但也并不排斥奇趣的味儿。只不过,这里的奇趣更自然、更谐和了。有些地方的有趣的文字,还起着多方面的思想和艺术的作用。我们先看作家在短篇小说《黑白李》中对车夫王五

[①] 老舍:《谈幽默》,《宇宙风》1936年第23期。

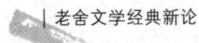

的描写:

> 王五是个诚实可靠的人,三十多岁,头上有块疤——据说是小时候被驴给啃了一口。除了有时候爱喝口酒,他也没有别的毛病。

这里的文字是有趣的,但看了王五那"被驴给啃了一口"的相貌,发出一阵笑外,很难悟出什么道理来,王五的形象也很难给读者留下较深的印象(当然,王五只是个次要人物)。我们再看作家对祥子的肖像描写:

> 头不很大,圆眼,肉鼻子,两条眉很短很粗,头上永远剃得发亮。腮上没有多余的肉,脖子可是几乎与头一边儿粗;脸上永远红扑扑的,特别亮的是颧骨与右耳之间一块不小的疤——小时候在树下睡觉,被驴啃了一口。

这段文字同样是幽默的。同是被驴啃了一口的伤疤,在王五身上仅仅是一种生理特点;在祥子这里,伤疤不仅表明他出身乡间和小时候受苦的遭遇,而且还能衬托出他虎虎有生气的精神面貌。同时,作家把祥子很有生气的外表与内心的美联系起来,使得这伤疤更具有美的特质;而在情节的发展上,又为后面孙侦探从那块伤疤认出祥子,埋下了伏笔。你看,这两段同是幽默的文字,在作品中所产生的作用却不同。

笑的源头来自生活,不过,就看你会不会在生活中捕捉。不具备幽默感的作家,生活中的"笑"会从他的眼皮底下溜过去;而幽默的作家则不同,他会从生活中发现笑料,并会将生活中的笑料升华为艺术的幽默的笑。当作家将这种"笑"传达给读者时,我们便成了娱乐的享受者。《骆驼祥子》中有这样一个情节,祥子摔了车,曹先生未责怪他,没扣他的工钱,还给他多方面安慰,这使祥子过意不去。为了感谢曹先生,他买了个"夜壶"送给曹先生家的小孩作为生日"礼物"。高妈看了说送夜壶"多么不顺眼",但这毕竟是祥子的一片心意,所以曹家大人也不责怪,小孩也觉得好玩,那孩子拿起夜壶,往里灌水,边灌边说:"这小茶壶,嘴大!"大家都笑了,祥子也笑了,他感到满足了,读者也跟着捧腹大笑了。但是,我们笑时,并没忘记祥子的诚挚与忠厚。祥子摔了车,心里一直不痛快,苦闷、内疚,而此时,他笑了;读者也不感到沉闷了,大笑之后,精神放松一下,休息一下,再去看下面的情节。祥子的故事是悲剧性的,作家写这样的故事能让你一口气读下去,而无沉闷之感,这大抵是幽默所起的效果。

有人说,老舍的幽默是"太形式的,太字面的,不过作为讽刺用的一种表现方法"①。这种说法是不能令人完全同意的。在老舍小说中,幽默和讽刺是作为两种艺术手法来使用的,老舍使用幽默手法时,也没把它作为讽刺的一种表现方式,而把它作为单独的艺术表现方式。他小说中的讽刺包含幽默,但他的有些幽默,却不含讽刺。大体说来,老舍《骆驼祥子》中不外乎三种情感因素,它们表现为讽刺、幽默与哀愁。当老舍为了唤起人们对现实中反面现象的愤怒和厌恶时,他就采用讽刺的手法,这多是对准作家心目中的"恶人"而作;当老舍为了引起我们对他心目中的"好人"的同情时,他便采用幽默的手法。老舍笔下的那些弱小者,那些被损害、被侮辱者,他们痛苦地活着,委屈地死去,一个个的命运是悲惨的,因而这在引起我们对他们的同情的笑的同时,也流露了作家的淡淡的哀愁。至于说他的幽默"太形式""太字面"了,这在他前期的小说中是存在的。

---

① 长之(李长之):《离婚》(评论),《文学季刊》1934年1月创刊号。

老舍把幽默看成一种"心态",的确,文学作品的幽默是作家思想的幽默特质的显现。幽默的作家必须具备幽默的特质,这样才能在生活中发现笑,然后才能把它写出来。老舍是幽默的,他平时的言谈就很幽默风趣,讲起故事来,可以让你捧腹大笑,而他自己却不动声色。他的幽默的性格也是从小就形成的。老舍自幼生活在贫民窟里,广泛地接触了城市贫民中的三教九流、各色人物等,对这些人的情趣、思想甚为了解。这对老舍有很大影响,因此,他思想上的幽默特质也就在这特定的环境中逐步生长起来。后来,他到英国讲学,由于英国人是喜尚幽默的,加上他又大量阅读了幽默大师狄更斯的作品,受到外国优秀作家的幽默艺术的影响,因此多方面的因素,培育了他的幽默风格。当然,老舍的讽刺艺术的形成,也与他的思想、性格,以及他个人的文艺修养、文艺观点、文艺趣味等方面分不开。

[原载《艺谭》1982年第1期]

第七章　关于《骆驼祥子》版本与年代的考证

《骆驼祥子》初载 1936 年 9 月 16 日至 1937 年 10 月 1 日《宇宙风》第 25 至 48 期。其中文版本的情况如下：1939 年 3 月上海人间书屋初版单行本，至 1941 年 4 月出版 6 次。1941 年 11 月文化生活出版社于重庆出版，至 1949 年 2 月出版 11 次。1950 年 5 月晨光出版公司出版校正本，书前附有老舍写的序。1953 年人民文学出版社以《大杂院里的人们》为书名出版节选本。1955 年 1 月人民文学出版社出版修改本，作者删去了小说初版本第二十三章后半部分与第二十四章的全部，约 1 万字；1962 年 10 月出版第 2 版，1978 年 2 月再版修改本。1951 年 8 月，开明书店《老舍选集》（小说集）收入《骆驼祥子》。1982 年 5 月，人民文学出版社《老舍文集》第 3 卷恢复《骆驼祥子》最初版本。1982 年 7 月，四川人民出版社《老舍选集》第 1 卷收入《骆驼祥子》。1993 年 11 月，长江文艺出版社《老舍小说全集》第 4 卷收入《骆驼祥子》。

我这里抛开外文版本不谈，只谈中文版本。中文版本中最重要的有人间书屋的初版本和 1955 年人民文学出版社的修改本。对这两种版本，学界意见看法不一。刘绶松认为初版本祥子的最后的结局是不真实的、不应该的，那结局太阴暗了、太低沉了，他是认可老舍后来的删改本的结局的。20 世纪 80 年代初期，史承钧发表文章《试论解放后老舍对〈骆驼祥子〉的修改》，认为老舍 1954 年修改得好，删掉了二十三章以后关于祥子堕落的描写，并没有影响原版的情节结构，也没影响人物性格，删掉的是"多余的蛇足"，是"自然主义的渣淬"①。初版写的祥子的堕落只能引起读者的反感,把人们对祥子的同情、对社会的厌恶,引向了对祥子的不满,无形中削弱了对社会的批判。史承钧的文章实际上是对刘绶松意见的进一步发挥,进一步论证。针对他们对修改本的肯定,更多的人表达了对原版本的赞赏。《中国现代文学研究丛刊》2004年第3期刊发了关于"中国现代文学的文献问题座谈会"的笔谈文章,其中涉及初版与修改本问题,不少专家都赞成初版,用"初版主义者"来表达自己的鲜明态度。

其实,我也是一个"初版主义者"。针对史承钧的意见,我在教学与研究上一直坚持"初版主义"。我的看法:1.作者删去的是祥子走向堕落的重要过程,不是"蛇足"。从老舍创作的实况角度考察,《骆驼祥子》是他欲做职业作家的"第一炮",这一炮必须打响,所以他在动笔之前,就对作品做了精心构思,包括情节的开端、发展、高潮和结局,"故事在我心中酝酿得相当的长久"②,而在整个故事的叙写中,他又特别重视最后的结尾,因为小说是在《宇宙风》杂志上连载的整整齐齐的二十四章,他感到"最不满意的是收尾收得太慌了一点","事实上,我应当多写两三段才能从容不迫的刹住"③。由此可见,第二十四章是他特意安排的,写完这一章还感到"不满意",再写两三章才能显得"从容不迫"。2.从老舍创作意图上考察,原版本最后的描写更有利于悲剧形象的塑造及悲剧意义的表达。他要写人与时代不能合拍以及人与人在性格和志愿上彼此不能相容而造成的悲剧,"要由车

---

①史承钧:《试论解放后老舍对〈骆驼祥子〉的修改》,《中国现代文学研究丛刊》1980年第4期。
②老舍:《我怎样写〈骆驼祥子〉》,《老舍文集》第15卷,人民文学出版社1990年版,第207页。
③老舍:《我怎样写〈骆驼祥子〉》,《老舍文集》第15卷,人民文学出版社1990年版,第208页。

夫的内心状态观察到地狱究竟是什么样子"①。如果只写到二十三章,那只能让人看到祥子理想的毁灭,而写了二十四章,则能看出祥子的彻底毁灭。一个是理想的毁灭,一个是彻底的毁灭(包括理想在内的所有一切都毁灭了),相比之下,后者更能表现老舍对"地狱究竟是什么样子"的拷问的深刻性。3. 从情节的发展角度考察,第二十四章祥子的彻底毁灭,是作品情节的必然发展。从第二十三章就可以看到,祥子的理想已经毁灭了,不可能振作起来了,他只能顺着理想毁灭的道路,走向更彻底的毁灭,这样才符合生活发展的逻辑和情节发展的逻辑。由以上三点理由,我认为《老舍文集》恢复原版本是符合广大读者和研究者的愿望的。

读老舍的小说往往感到时代背景有点模糊不清,小说所写的故事发生的时间,有时很难确定。关于《骆驼祥子》叙述的故事发生的时间的问题,一直有人在做考证的工作。思齐在《〈骆驼祥子〉简论》中认为小说反映的是"北洋军阀时代",又说是在"第一次国内革命战争失败以后的时期"②。樊骏于1979年在《文学评论》发表《论〈骆驼祥子〉的现实主义——纪念老舍先生八十诞辰》一文,对故事发生的年代做了推测:"作品开始时当属北洋军阀时期,……后面的情节已经是国民党统治以后的事了。"③陈永志在1980年第5期《文学评论》上发表《〈骆驼祥子〉反映的年代新证》,根据作品关于战争的描写,断定祥子被抓是在春季,逃脱是在夏季。作品里写的战事,是发生在1928年的蒋桂冯阎联合对张作霖的战争,由此推断祥子是被张作霖的军队抓去的。而作品反映的年代是从1928年到1931年。刘祥安

---

① 老舍:《我怎样写〈骆驼祥子〉》,《老舍文集》第15卷,人民文学出版社1990年版,第206页。
② 思齐:《〈骆驼祥子〉简论》,《语言文学》1959年第5期。
③ 樊骏:《论〈骆驼祥子〉的现实主义——纪念老舍先生八十诞辰》,《文学评论》1979年第1期。

在2001年第3期《中国现代文学研究丛刊》上发表《〈骆驼祥子〉故事时代考》，又在陈文基础上做了进一步考证，认为小说所写故事的时代，是在1928年前后，祥子的车被抢是在农历四月十二日之后，因为妙峰山进香的时间是在每年的农历四月一日至四月十五日，1928年的公历是5月19日至6月2日。孙侦探跟踪曹先生是在1928年的冬天。孙侦探是国民党的特务，而国民革命军收复北京后，1928年6月8日，北京市党部才开始活动。书中阮明告密，反映了30年代国民党统治时期思想专制、白色恐怖的严重。作者列举了从1928年到1932年，国民党实行"清共""反共"的一些条令以及在此期间共产党一些人物叛变的事实（如向忠发1931年6月叛变，黄平1932年被捕叛变等），以说明阮明告密所反映的时代问题。他们的考证可以确定：祥子的故事发生的时间是在20年代后期至30年代初期。对老舍小说反映的年代问题的考证是非常必要的，其实对一些其他现代作家作品所反映的年代问题进行考证，我认为也是非常有意义的。所以，考证不单是对版本的考证、作家生平事迹的考证，还应该包括对作品反映的年代的考证以及人物原型的考证。关于这些方面的考证，现代文学研究界已有不少学者这样去做了，我希望有更多的学者尤其是青年学者来做这样的工作。

［2004年9月，在中国现代文学研究会第九届理事会上的发言（有删节），原载《学语文》2005年第4期］

第八章 论《火葬》的战争文化心理

老舍在"七七抗战那一年的前半年",同时写过两部长篇小说,且"各得三万余字",抗战爆发后,于战乱中"两稿全失"。老舍于1937年11月逃离济南,先后赴武汉、重庆,直至1943年定居北碚(今重庆北碚区)。此期间所写作品多是为抗战服务的通俗文艺、戏剧、散文等,"始终没有写过长篇"①。因为写长篇要有个从容的写作环境,而在"抗战中,一天有一天的特有的生活,难得从容",故长时间未写长篇。到1943年写《火葬》时,"天气奇暑,又多病痛",这样写出来的《火葬》是"由夹棍夹出来的血"②,既"没有足以深入的知识与经验"③,又没有时机进行"从容"打磨,老舍认为这本书"要不得!"但从作家追随时代、表现时代主旨上进行审视,《火葬》又是关心战争、分析战争、描写战争、透视战争文化心理的艺术之作,老舍又认为它是"不可厚非的"④,具有鲜明的时代特色和独特的艺术价值。

第一节 《火葬》描写战争的时代价值

《火葬》是写战争的,老舍对战争有一个非常清醒的正确的理性认识。当时有人认为"战争是没有什么好写的",老舍认为战争可写、战争要写,尤其在抗战爆发后,"无分前方后方,无分老少男女,处处

---

① 老舍:《〈火葬〉序》,《老舍文集》第3卷,人民文学出版社1982年版,第339页。
② 老舍:《〈火葬〉序》,《老舍文集》第3卷,人民文学出版社1982年版,第340页。
③ 老舍:《〈火葬〉序》,《老舍文集》第3卷,人民文学出版社1982年版,第341页。
④ 老舍:《〈火葬〉序》,《老舍文集》第3卷,人民文学出版社1982年版,第342页。

人人全都受着战争的影响。历史,在这节段,便以战争为主旨",写战争是时代的需要,在"以战争为主旨"的抗日战争时期,作家如果"不写战争和战争的影响,便是闭着眼过日子"①,便是逃避现实,背离了时代主潮。而老舍则追随时代,紧紧"把握住现实",写了天下最大的事,写了抗战,写了《火葬》。

《火葬》是写战争的,而写战争的目的是为了消灭战争,建立和平。老舍说:"战争是丑恶的,破坏的;可是,只有我们分析它,关心它,表现它,我们才知道,而且使大家也知道,去如何消灭战争与建立和平。"②分析战争,就是要让人们分清战争的性质,让人们看到:日本帝国主义发动的侵略战争是野蛮的、霸道的、邪恶的、非正义的。而中国人民的抗日战争是反侵略的、抵抗的、民主的、正义的。老舍说:"今天的世界已极显明的分为两半,一半是侵略的,一半是抵抗的,一半是霸道的,一半是民主的。"而在"抵抗暴力与建设民主政治的这一半",必须"用全力赴战,打倒侵略"。作家的责任就是要分析战争、表现战争,"从战争中掘出真理,以消灭战争"③。老舍对战争的理性认识,不仅在特定的战争年代,起到了激励民气、鼓舞斗志的作用,而且也融入了小说的艺术描写之中。日本侵略者的暴行,汉奸们的丑恶嘴脸,抗战军民们的惩奸除恶、奋勇杀敌、为国献身的精神,都在《火葬》中得以表现。

《火葬》是写战争的,写战争又是为了补当时战争文学尤其是长篇小说之阙。在"七七"全面抗战爆发至1943年老舍写《火葬》④之间的时段,在国统区很少有写战争的作品尤其是长篇小说的出现。抗

---

①老舍:《〈火葬〉序》,《老舍文集》第3卷,人民文学出版社1982年版,第341页。
②老舍:《〈火葬〉序》,《老舍文集》第3卷,人民文学出版社1982年版,第341页。
③老舍:《〈火葬〉序》,《老舍文集》第3卷,人民文学出版社1982年版,第341页。
④老舍的《火葬》写于1943年,连载于1944年1月至6月的《文艺先锋》第4卷第1期至第6期,1944年5月由晨光出版公司初版。

战初期的短篇小说像《一个连长的战斗遭遇》(丘东平)、《刘粹刚之死》(萧乾)、《差半车麦秸》(姚雪垠)和中篇小说《北运河上》(李辉英)、《东战场别动队》(骆宾基)等,是写战争的、抗战的。但写抗战的长篇小说大抵只有吴组缃的《鸭嘴涝》(1943年在重庆出版,1946年在上海出版时改为《山洪》),小说描写了皖南泾县一个名叫鸭嘴涝的小村落的村民在游击队(皖南新四军)的帮助下,组织起来进行抗敌的故事。正因为写战争的文学作品比较匮乏,加之有些人认为"战争是没有什么好写的",所以"战时的出版物反倒让一个政治家或官吏的报告——象威尔基的《天下一家》与格鲁的《东京归来》——或一位新闻记者的冒险的经历,与一个战士的日记,风行一时了"[①]。老舍所说的威尔基的《天下一家》和格鲁的《东京归来》,自1943年由中外出版社初版以来,有诸多译本陆续出版,销售量达100万册,的确"风行一时"。其"风行一时"的原因就是它们反映了时代,写了世界反法西斯战争这样的"天下大事"。老舍在重庆看过这两本书,对它们所分析的世界局势、战争形态及其呈现的战争文化心理,既有一定程度的认同,又有认同中的超越。

先看老舍与《天下一家》的关系。温德尔·威尔基是美国著名的政治家,曾于1942年8月作为罗斯福的"总统特别代表",出访中国、苏联及中东各国。《天下一家》即他在访问后给美国提供的一份包括他个人见解的政治报告。他对中东、土耳其、苏联和中国等地区和国家都做出了比较深刻的观察和评判,对罗斯福在北非所采取的政策以及第一次世界大战以后美国的外交政策提出了严厉的批评。他在中国访问了新疆迪化(今乌鲁木齐)、兰州、成都、重庆,回程时曾去潼关前线参观,所以在《天下一家》(共14章)报告中,专设了4章谈中国的抗战。他从和平主义思想出发,认为不同主义和制度的国家,为

[①] 老舍:《〈火葬〉序》,《老舍文集》第3卷,人民文学出版社1982年版,第342页。

了共同的利益和和平是可以成为好朋友的。他对中国是友好的,对5年来的中国的抗战表示同情和支持,对中国西部的开发提出自己的见解,分析了中国人民获得自由和独立的决心,并指出中国人民这种追求自由和独立的决心如果将来不能实现,那么东亚和平和世界合作,则只是一种梦想。老舍肯定了《天下一家》观察、分析战争的时代价值,认为那些专讲恋爱故事的剧本、书写杀人疑案的侦探小说以及脱离时代的无聊闲书,会被大时代无情地淘汰,"等到时过境迁,人们若想着看反映时代的东西,他们会翻阅《天下一家》,而不找藏在后花园里的福尔摩司!"①但是,老舍消灭战争、建立和平的思想,比威尔基追寻东亚和平和世界合作的思想要深广些。他早在1929年开始创作的《小坡的生日》中,就提出联合东南亚各民族建立和平世界的思想。中国各民族团结起来、联合起来彻底打倒、赶走日本侵略者,建立和平、独立、自由的中国,一直是老舍在抗战时期的理想追求。至于威尔基谈到的有关中国西部开发的见解,他只是提到了开发水电、建设工厂等问题,而老舍在《火葬》之前所写的散文中,对中国西部的开发即有了更系统深入的思考。为了民族的复兴,老舍提出了"新的西北"建设方略。他把西北视为一块宝地,提出移民到西北、建设新西北的理念,具体途径办法:一是略通民族语言;二是培养人才;三是种树与开渠,美化环境,开发水利;四是禁私与禁烟。② 在他的民族复兴"梦"中,到处充满着对真理、文明、和平、自由的追求。

再看老舍与《东京归来》的关系。约瑟夫·C.格鲁是美国资深外交家,他从1932年至1942年任美国驻日本大使,经过多年的对日本的观察、了解与研究,他对日本的态度有一个先温和后强硬的变化过

---

① 老舍:《〈火葬〉序》,《老舍文集》第3卷,人民文学出版社1982年版,第342页。
② 老舍:《归自西北》,《老舍全集》第14卷,人民文学出版社2013年版,第229—231页。

程,1940年7月之前对日温和,之后变得强硬。他的《东京归来》深刻揭露了日本军国主义发动侵略战争的野心、罪行,他深入分析了日本的民族性,认为从历史到现实日本就是一个"扩张"的民族,"扩张"是它的民族基因、民族根性。他在分析战争时,将日本军国主义和日本人民区别开来,认为日本人民是不希望战争的,日本人民也是战争的受害者。格鲁对战争的认知与老舍基本相同。老舍在《火葬》中,一是写了战争给人民带来的灾难,日本侵略者大屠杀、大抢劫以及汉奸们的变节投敌、残害平民,使"文城变成了死城","文城变作一个最黑暗的囚狱"①。二是写了人民的反抗:文城广大军民们的殊死抵抗、奋勇杀敌、保卫国土、捍卫民族尊严的英雄行为,使"文城的心坚硬起来"②。三是写了"在战争中敷衍与怯懦怎么恰好是自取灭亡"③。四是写了像梦莲那样的年轻姑娘在战争中的成长。这些艺术描写比格鲁的政治报告对战争的分析要生动得多。

以上以老舍在《〈火葬〉序》中对战争的理性认识为依据,分析其战争文化心理表现形态,并将《火葬》与威尔基的《天下一家》和格鲁的《东京归来》做比较,彰显老舍战争文化心理的独特性,总体上呈现《火葬》写战争的时代价值,写战争的重要性。

第二节 《火葬》展示各色人物的战争文化心理

写战争是时代的需要,如何写战争,又是作家进入小说艺术形式的需要。从小说"环境、情节、人物"三要素出发,写战争首先遇到了战争环境背景问题。老舍将《火葬》故事发生的背景设置在"文城",这是"一个被敌人侵占了的城市,可是抗战数年来,我并没在任何沦

---

① 老舍:《火葬》,《老舍文集》第3卷,人民文学出版社1982年版,第416页。
② 老舍:《火葬》,《老舍文集》第3卷,人民文学出版社1982年版,第520页。
③ 老舍:《〈火葬〉序》,《老舍文集》第3卷,人民文学出版社1982年版,第342页。

陷过的地方住过","我的'地方'便失去使读者连那里的味道都可以闻见的真切"①。细读小说的实境描写,我感到"文城"这一环境的虚拟性,并没有失去故事发生的背景的真实性、存在性。

老舍说"文城"是由他"心里钻出来的","文城是地图上找不出的一个地方"②。以这种设想的虚拟的"文城"为环境背景,的确有悖于老舍小说一贯的写法。老舍小说故事发生的"地方"大都以真实的地方为依据,绝大部分小说是以北京为背景的,北京的街道、胡同、院落、茶馆、名胜古迹,每一条线路、每一幅图景都能经得起核对,找出它们的实处来。即使不以北京为背景的小说,比如他以济南、青岛、武汉、重庆等为背景的小说,也都有那些地方的"味道"。那虚拟的"文城"是否像老舍所说的失去了真切的地方"味道"呢? 其实也不尽然。虚拟的"文城"在地图上虽找不到,它却是战时的真实存在,小说第一章的描写,就让人看到"文城"是一个坐落在中国北方土地上的小县城。这座县城近处有河流和铁道,远处有山峰。大山在"文城"的西边,"山下有向东流的一条不很大,也不很小的河"。河的北边距山脚一二百里"甚至于好几百里的地方,都时常有我们的军队驻扎",大山脚下"有我们的一军人"。"河南边,铁路东边,是被敌人攻陷的文城。"③老舍为我们画出了"文城"真实存在的地图,我们可以在中国北方的土地上找到它,但不必去考证它,给它一个实名定位。我们只知道这个"文城"的地理位置非常重要,敌人要攻陷它,我军要保卫它。由于老舍没有阵地战争的生活体验和知识,所以只用了一章的篇幅描写我军在装备、兵力"相差不止好几倍"的情况下,拼死战斗、壮烈牺牲的英雄行为,但他重点描写我军(国军一支部队)乘敌占"文

---

① 老舍:《〈火葬〉序》,《老舍文集》第3卷,人民文学出版社1982年版,第342页。
② 老舍:《〈火葬〉序》,《老舍文集》第3卷,人民文学出版社1982年版,第340页。
③ 老舍:《火葬》,《老舍文集》第3卷,人民文学出版社1982年版,第345页。

城"的空虚,派出便衣队潜入文城、打击敌人的英勇行为,刻画了文城内各色人物的面目、心态和命运,多面展现抗战时期各色各样人物的文化心理状态,这才是《火葬》的创新之处。

《火葬》展示的各色人物的战争文化心理状态是多姿多彩的,各色人物在战争中都有着自己的生命表现和价值追求。而作为战争的发动者、侵略者,其丑恶性、破坏性、非正义性、非人道性、反人类性,也在《火葬》中得以真实地描写和深入地剖露。日本侵略者凭着武器装备和兵力的优势,既有凶狠狂傲、不可一世的一面,又有在我军的拼死抵抗、奋勇打击下的害怕、惶惑、恐惧的心理:"不管是一段矮墙,还是铁道旁边的小木阁子,都使他们迟疑,害怕,只在一阵两阵三阵猛烈的射击之后,他们才敢前进。他们不知道我们有多少人,而只感到这里的树、沟、土堆、墙、和一切东西,都有眼睛,都有子弹,都会要他们的命。火光把整个的车站,照得如同白昼,但是火光越明,他们越怕;他们只能象蛇似的爬伏在地,看到一个黑影或黑点,便把头贴在地上,火忽然明了,又忽然暗了……他们惶惑、恐惧,只管放枪壮自己的胆子,而不管子弹向哪里打,和打什么。"①文城陷落后,敌人便向无辜的民众施以残酷的暴行,"敌人在文城的第一次屠洗,是以鸡鸭牛羊为对象",之后,则是抢劫。"他们有系统的,最精细的,挨家按户的搜查奸细——而所收到的是时表,金银首饰,皮衣,和其他的细软。……只要是可以拿走的,哪怕是一分钱或一个铜钮子,他们都拿走。那不能拿的,他们会用手,脚,枪柄去弄碎。"抢劫之后是屠杀,"十几个小孩子,从两三岁到十一二岁的,都因为在门外大便或小便,被敌人用刺刀穿过了胸口,而后教他们的父母去交罚款"②。晚上有人因为忘了点太平灯,因为出去请医生或产婆,也都被敌人用刺刀杀死。

---

① 老舍:《火葬》,《老舍文集》第3卷,人民文学出版社1982年版,第393页。
② 老舍:《火葬》,《老舍文集》第3卷,人民文学出版社1982年版,第414—415页。

敌人无恶不作,王屯的李寡妇和她的18岁的女儿,15岁的小姑娘小猬儿,老郑的儿媳妇,都被敌人强暴后杀死。比抢劫杀人更恶劣残酷的是敌人在文城人为地制造"饥饿":"敌人有比枪刀更厉害的武器——饥饿","文城每家都有饿死的人"①。由"饥饿"造成的死亡,更让文城的人民感到悲愤,更激起文城民众"复仇与雪耻的热情"。可见,老舍暴露侵略者的凶残本质,揭露日本帝国主义侵略战争的非正义性和非人道性,其目的是激发人民的爱国情绪和对于侵略者的仇恨心理,从而去复仇雪耻、奋勇杀敌!

战争给文城人民带来了极大灾难,敌人烧杀抢掠,制造"饥饿",使文城成了死城。但战争激发了人民的抗日斗争的爱国情感、民族精神,文城军民的奋勇抗敌,又使文城"活"了起来,成为抗日斗争的血与火的战场。战争与抗日英雄的心理透视,歌颂、张扬人民的抗日斗争精神,更是《火葬》表现的主要内容。老舍在《火葬》中塑造了两位可歌可颂的抗日英雄形象。一个是作为文城"保护神"的国军某部的唐连长。唐连长沉着、坚定、勇敢,他带领士兵守卫文城,立下与文城共存亡的决心:"我只知道我跟敌人干到底!没了文城,就没了我!""敌人要我们的城,我们就要敌人的命。"②在敌人的军力、装备占绝对优势的态势下,他带领的连队只剩下22人,仍顽强抵抗,拼死守城,最后英勇牺牲。他在阵亡前,还不断地喊"冲锋!冲锋!杀!杀!"他的鲜血染红了文城大地,他的抗日斗争精神普照在文城上空。如果说老舍是用大笔大笔的勾勒塑造了唐连长这一英雄形象,那么他塑造石队长形象时,则采用了浓墨重彩与细笔刻画相结合的手法,呈现出一位富有个性、鲜活生动的抗日英雄形象。石队长出身农民家庭,带有农民的纯朴的特点。他怀着满腔的爱国热情,既勇敢坚

---

① 老舍:《火葬》,《老舍文集》第3卷,人民文学出版社1982年版,第513页。
② 老舍:《火葬》,《老舍文集》第3卷,人民文学出版社1982年版,第379页。

强,不怕牺牲,又灵活机动,巧于应对敌人。他带领便衣队潜入文城,打击敌人,铲除汉奸,炸毁敌人的火药库,最后壮烈牺牲。小说重点描写石队长炸火药库和牺牲的场面,以突出他的崇高的精神品质。小说中,敌人的火药库在小城隍庙内,因为殿前的松树杈上装有敌人的机枪,火药库很难接近。他决定只身靠近松树,然后用手榴弹炸掉敌人的机枪。"他开始爬动。每移一寸,他就觉得离死亡近了一寸,但是他必须朝着机关枪前进。不但要前进,还要安全的达到目的;只凭一股勇气去牺牲自己是会连累到众兄弟的。他的汗流湿了他的厚棉袜。他紧紧的爬在地上,可是他的心象飘荡在空中。他须控制住全身的任何一个动作,而且不能稍微喘一喘气。"①这一段的行动描写伴之心理的揭示,表现了石队长的勇敢坚定、沉着机智的品质和不怕牺牲的精神。石队长在炸毁敌人的火药库后,带伤逃出文城,日本兵在背后追赶他,"他决定不作俘虏",用仅有的一颗手榴弹炸死了几个敌人,然后点着几捆麦秸,引火自焚。小说写道:"在烟与火中,他昏昏忽忽的,光荣的,倒在地上。外面的枪声停止。由窗户,由屋门,由草屋顶,伸出红亮的火舌,舐着发出香味的,翠绿的松枝。烟向上升,东方有一片片红的晓霞,霞上射出金光。草房上的烟还往上升,象要升入那片丹霞去。"②"火葬"的金光,是一首悲壮的诗,升华了这一抗日英雄的光辉形象。

正如老舍在《〈火葬〉序》中所说,他分析战争、描写战争,其中一个原因就是要让人们认识到"在战争中敷衍与怯懦怎么恰好是自取灭亡"。小说中的王举人即在战争中敷衍与怯懦而自取灭亡的典型代表。他自私、怯懦,为保住自己的房子、地产、衣食,为了女儿梦莲,他"不能不投降"。他做了维持会长,当了汉奸,可他"心里并不十分

---

① 老舍:《火葬》,《老舍文集》第3卷,人民文学出版社1982年版,第517页。
② 老舍:《火葬》,《老舍文集》第3卷,人民文学出版社1982年版,第521页。

舒服"。"他以为,敌人只须利用他的名望,而不来打扰他,他就可以坐在屋中,温一温《东莱博议》,吸几袋黄烟,以遣余年,保全住性命,家族,财产,与《东莱博议》,于愿足矣。"①他欲敷衍而不成,欲辞职而不能,只得做日本人的傀儡,为日本人做事。对日本人敷衍不成,对抗日军民更无法敷衍,"想各方面都不得罪",但在战争面前,他的敷衍与怯懦最后是自取灭亡。老舍深入发掘了王举人这一特殊的汉奸的战争文化心理,塑造了"这一个"汉奸形象,具有一定的艺术形象创造的新颖性。

《火葬》在描写战争时,又满怀激情地深入战争与青年女性的文化心理中,塑造了梦莲这一在战争中成长的青年女性形象,这是在老舍作品中少见的艺术形象。梦莲生于文城豪富之家,从小失去母亲,父亲王举人把她视为掌上明珠,娇生惯养。她似在温室里生长的鲜花,虽然内心深处有"生了根的慈善、正直与正义",纯洁、善良,但又"很柔弱","大事不敢随便冒险"。假若没有战争,她会过着平安温暖的生活,"她必定象一朵随时变换颜色的花,生活在微风与日光中,永不会想到什么狂风暴雨"。如今她遇到了战争,战争打破了她的日常生活状态,打碎了她的香美的"小宇宙","战争教一朵花和一棵草都与血、炮、铁蹄,发生了无可逃避的关系!"②战争改变了父女之间的亲情关系,由战前对父亲的爱变成对当了汉奸的父亲的恨;战争更加深了她对未婚夫丁一山这位牺牲了的抗日战士的爱恋。战争改变了她对"死"的认识:"她觉得死在这年月,一点也不稀奇,而且是人人不能免的。看清楚了这一点,她常常想到死,而不敢死的就好象不配活在战争里。"③战争使她形成了有价值的生死观:宁为抗战而死,不为苟

---

① 老舍:《火葬》,《老舍文集》第3卷,人民文学出版社1982年版,第421页。
② 老舍:《火葬》,《老舍文集》第3卷,人民文学出版社1982年版,第427页。
③ 老舍:《火葬》,《老舍文集》第3卷,人民文学出版社1982年版,第447页。

活而生。最后,梦莲勇敢地投军参战,为抗日战争贡献青春生命。由此,小说创新性地完成了在战争中成长的青年女性形象的塑造。

第三节 《火葬》在老舍小说创作中的独特性

《火葬》描写战争,透视战争中的各色各样人物的心理状态,这在老舍小说创作中是特例,是一个新的尝试。在此之前,他的小说多以北京为叙事背景,描绘城市中下层各色各样市民人物的精神状态和心理诉求,塑造了城市底层的贫民、知识分子形象。像《老张的哲学》中的老张,《赵子曰》中的赵子曰,《骆驼祥子》中的祥子、虎妞,《离婚》中的老李、张大哥,《我这一辈子》中的巡警,《月牙儿》中的母女,《微神》中的"我"与"她",等等,成为中国现代文学中不可多得的典型形象。他的小说的创作填补了中国现代文学反映市民社会生活之不足。写北京,写北京的人、北京的事,是老舍小说创作的最突出的特色,最能体现其创作个性之处。而他的创作个性、艺术特色,主要来源于他的生活经验和他对生活熟悉的程度。以小说的地域背景来说,老舍说他之所以敢放胆地去描写北京,是因为"我生在北平,那里的人、事、风景、味道,和卖酸梅汤、杏儿茶的吆喝的声音,我全熟悉。一闭眼我的北平就完整的,像一张彩色鲜明的图画浮立在我的心中。我敢放胆的描写它。它是条清溪,我每一探手,就摸上条活泼泼的鱼儿来"[1]。老舍是在城市贫民窟里长大的,他和贫民交朋友,他交的朋友有洋车夫,所以他说:"积了十几年对洋车夫的生活的观察,我才写出《骆驼祥子》啊。"[2]可见,是深厚的市民社会生活经验成就了他的地域和人物描写特色。而《火葬》是写"文城"、写战争的。老舍没有在沦陷了的"文城"待过,留下了直接写战争的生活经验的不足。但是

---

[1] 老舍:《三年写作自述》,《老舍全集》第17卷,人民文学出版社2013年版,第273页。
[2] 老舍:《三年写作自述》,《老舍全集》第17卷,人民文学出版社2013年版,第274页。

老舍经历了多年的战时生活,各地有关大后方、战地、沦陷地的生活现状、战争状况的报道,也为他提供了间接的书写战争生活的材料。而且老舍在1939年6月28日参加"全国慰劳总会北路慰劳团",进行了5个多月的慰问工作。其间,老舍历经10多个城区,了解了西北各地的战时生活及抗战现状,积累了书写战争的一些生活素材,具备了一定的书写战争的生活基础。再加上他紧随时代,从时代需要出发,"把握住现实",没有"让世界上最大的事轻轻溜过去"①,怀着满腔爱国激情,描写抗日战争,从而形成了《火葬》的鲜明的时代特征,这在他以前的小说中是未曾有过的。文学来源于生活,文学也不能脱离时代,一个时代有一个时代的文学,抗战时代诞生了《火葬》,《火葬》属于抗战时代。

  从作家作品与社会生活、时代特征上考察,《火葬》与老舍以前的小说相比有其独特之处。而从人物描写、情感表现上审视,《火葬》较其以前的小说既有不同的艺术展示,又有注重刻画人物个性的艺术相连之处。《火葬》以前的小说多描写市井小人物的悲苦命运,写他们痛苦地活着,委屈地死去,以苦难书写呈现悲剧性艺术形态,笔调虽幽默,但总蕴含着作家的感伤与悲观。作家对小人物悲苦命运的深厚同情,对旧社会、旧制度、恶势力的愤怒憎恨,总蕴藏在人物生命历程的情感流动之中,含蓄蕴藉。但是到抗战时期,其人物描写、情感表现发生重大变化,多为暴露敌人、汉奸的罪行、丑恶,歌颂抗日将士、志士的英雄行为及其为民族而战的献身精神。《火葬》所"歌颂"与"暴露"的爱憎情感分明,跃动着爱国情感、民族激情,情感的表现不再是感伤、忧郁的,而是激越、悲壮的。唐连长阵亡前"冲锋!冲锋!杀!杀!"的呼喊,石队长"火葬"的英雄壮举,那些为保卫"文城"而牺牲的战士,以及在战争中成长起来的梦莲,均悲壮地融入了抗日

---

① 老舍:《〈火葬〉序》,《老舍文集》第3卷,人民文学出版社1982年版,第343页。

战争时代的大潮之中。由感伤、悲观走向抗战时期的激越、悲壮,这是《火葬》在人物描写、情感表现上的变化的一面,但在人物描写的艺术手法和技巧上,它又保持了老舍擅长描写人物性格、凸显人物个性、刻画人物心理的特点。比如小说对王举人的性格描写和心理刻画,就避免了脸谱化、漫画式的写法。王举人是汉奸,但与刘二狗那样的无知无识、流氓恶少式的汉奸不同,他是封建腐儒,他也知书达理,也想保持读书人的那一点"气节",可在日本侵略者的威逼利诱下,为保住家产、女儿和自己的性命,他失去了"气节",当了汉奸。但他又不是一般的汉奸,而是一个"在战争中敷衍与怯懦"的汉奸。小说深入剖析了他的"敷衍与怯懦"的心理过程,有"敷衍"不成而不得不为日本人服务,有胆小"怯懦"而自发地为日本人做事,又有为日本人做事后的悔悟。他后悔当初没有跟女儿商议就投了敌,后悔糊里糊涂把刘二狗当作了心腹人,"他好象身子已在井里,而还抓住井口的人;撒手,便落在井内,不撒手,手又筋疲力尽。他只好喊'救命'!""半夜里,他睡醒了一觉,不能再睡。这是后悔的最好时候。一切似乎都入了梦,只有他的已经衰弱了的心还在跳动。一会儿,他觉得心中很热,手心脚心都出了点汗;想掀开点被子,可是没有去动手。一会儿,他又觉得全身都冷噤噤的,想哼哼两声,可是没敢出声。蜷着干瘦的小身子,象被世界遗弃了的一堆骨头似的,他一动不动抱着那颗装满了苦痛的心。"[1]他后悔投降了敌人,从而又将后悔慢慢变成"愤怨":"恨老天爷为什么把他放在这个地方"[2],教他活受罪。但他后悔无用,最后还是自取灭亡。

我们将《火葬》放在老舍的小说创作系统中进行考察,看到了它与之前的小说在生活背景、时代特征、人物描写和情感表现、性格描

---

[1] 老舍:《火葬》,《老舍文集》第3卷,人民文学出版社1982年版,第422—423页。
[2] 老舍:《火葬》,《老舍文集》第3卷,人民文学出版社1982年版,第466页。

写和心理刻画等方面的区别与联系,凸显了《火葬》的艺术独特性。那么,它与之后的小说创作,是否也有某种关系呢? 在笔者看来,《火葬》与《四世同堂》联系紧密,它为《四世同堂》的创作奠定了一定的思想艺术基础。《火葬》写于 1943 年 8 月至 12 月,就在老舍写《火葬》期间的 1943 年 11 月 17 日,老舍夫人胡絜青携子女到达北碚,老舍听夫人详细介绍了沦陷后的北平情况,受到启发,开始构思长篇巨著《四世同堂》。其第一部《惶惑》写于 1944 年 1 月,这一年的元旦,老舍刚写完《〈火葬〉序》,《火葬》《〈火葬〉序》和《四世同堂》的第一部《惶惑》几乎是应时应运而作的。老舍还在描写战争、透视战争中的各色人物心理的余情余波里,就开始写《惶惑》了。《惶惑》的开头部分有一段叙日军进城时的描写:"最爱和平的中国的最爱和平的北平,带着它的由历代的智慧与心血而建成的湖山,宫殿,坛社,寺宇,宅园,楼阁与九条彩龙的影壁,带着它的合抱的古柏,倒垂的翠柳,白玉石的桥梁,与四季的花草,带着它的最清脆的语言,温美的礼貌,诚实的交易,徐缓的脚步,与唱给宫廷听的歌剧……不为什么,不为什么,突然的被飞机与坦克强奸着它的天空与柏油路!"①老舍仿佛一下子进入了沦陷了的北平城,这与他描写从未住过的"文城"时不一样了,他更有生活的感觉了,更能发挥他的艺术个性了。因此,虽然在透视战争文化心理上,《四世同堂》与《火葬》有一定的联系,但《四世同堂》在历史与现实的结合上,不是一般地从时代现实出发去"暴露"与"歌颂",而是通过对中国文化的全方位的反思与自省,显示历史的厚重和现实的深度。如果说《火葬》描写了青年女性(梦莲)在战争中的成长,但其成长觉醒的外在的影响和内在的心理过程及性格发展历程,并没有得以系统深入地揭示,那么《四世同堂》则深入揭示了具有代表中国文化典型意义的钱默吟、祁瑞宣性格的发展历程。比如钱默

---

① 老舍:《四世同堂·惶惑》,《老舍文集》第 4 卷,人民文学出版社 1983 年版,第 36 页。

吟,他在"炼狱"中获得新生的灵魂:"钱先生是地道的中国人,而地道的中国人,带着他的诗歌,礼义,图画,道德,是会为一个信念而杀身成仁的。……文化是应当用筛子筛一下的,筛了以后,就可以看见下面的是土与渣滓,而剩下的是几块真金。钱诗人是金子,蓝东阳们是土。"①钱默吟由"诗人文化"走向"猎人文化",是"诗人文化"和"猎人文化"的结合体。祁瑞宣从"家"的束缚中走出来,由偷生走向觉醒、反抗。他们两位文化精神发展的历程,已经成为某种"新文化"的象征。其实何止钱默吟、祁瑞宣,就连祁老爷子也在抗战潮流的洗礼中"站"了起来,整个小羊圈胡同乃至整个北平城经过抗战大扫除,扫除了"古老的文化"的旧的灰尘(因循守旧、惶惑偷生等),既保留了中国文化中的民族精神的"真金"(爱国主义、民族复兴的优良传统),又增添了新的抗战精神(视死如归、宁死不屈的民族气节,百折不挠、坚忍不拔的抗战信念)。如果说《火葬》只在少数人物个性描写、心理刻画上见长(如王举人、梦莲),那么《四世同堂》的个性描写、心理刻画则登上了艺术高峰,创造了描写人物个性、刻画人物复杂的心理世界的经典。如果说《火葬》的情感表现是激越、激荡的,像老舍所说,"我的一点感情象浮在水上的一滴油,荡来荡去,始终不能透入水中去"②,那么《四世同堂》的情感表现则是深沉、愤懑的,它不仅透入水中去,而且深入情感海水的最深层,在那里喷发出巨大的能量,表面上看不出,内里在翻腾着,由此生成了一部民族文化的深沉、悲愤的史诗。

[原载《学术界》2018 年第 4 期]

---

① 老舍:《四世同堂·偷生》,《老舍文集》第 5 卷,人民文学出版社 1983 年版,第 77 页。
② 老舍:《〈火葬〉序》,《老舍文集》第 3 卷,人民文学出版社 1982 年版,第 342 页。

第九章 论老舍《四世同堂》的战争叙事与战争反思

老舍在谈到自己的小说《四世同堂》时说:"就我个人而言,我自己非常喜欢这部小说,因为它是我从事写作以来最长的,可能也是最好的一本书。"①《四世同堂》不仅是老舍创作的最长的最好的一部小说,而且是中国现代文学史上最重要的最好的长篇小说之一。《四世同堂》以抗战八年中的重大战争事件发生的时间为序展开叙事,呈现了战争叙事的宏阔性、史诗性;小说采用空间叙事结构,深入透视了亡城北平小羊圈胡同里各色人物的人心、人性、人情;小说又以国际主义视野对战争做了跨民族的全面而深刻的反思;小说的战争叙事和战争反思是同时代作家作品未曾有的,它具有独特的文化思想艺术价值。

第一节 战争时空叙事的独特性

《四世同堂》的战争叙事具有宏阔性、史诗性的特点。小说从"七七"事变北平沦陷开始,即以战争事件的发生时间为顺序展开叙事。北平沦陷后直至日本宣布无条件投降,中国人民取得抗日战争胜利,这八年中的重大战争事件,都在作品中一一呈现。笔者按小说中的战争事件发生的先后顺序,将每一事件标出具体时间,呈现如下战争事件的时间连线:"七七"事变(1937年7月7日),北平陷落(1937年7月29日),淞沪抗战(1937年8月13日),保定失守(1937年9月24

---

① 老舍:《致大卫·劳埃得》,载舒济编《老舍书信集》,百花文艺出版社1992年版,第171页。

日),太原陷落(1937年11月8日),上海失守(1937年11月12日),南京陷落(1937年12月13日),台儿庄大捷(1938年4月7日),广州陷落(1938年10月21日),武汉失守(1938年10月27日),汪精卫叛国(1939年5月31日,汪精卫由上海去日本洽商成立伪政权事,6月8日,国民政府下令通缉汪精卫),欧洲大战(1939年9月1日,欧战爆发),长沙会战(1939年9月14日,第一次长沙会战),珍珠港事件和太平洋战争爆发(1941年12月8日),美英对日本宣战(1941年12月8日),中国对德、意与日本宣战(1941年12月9日),意大利投降(1943年9月8日),德国法西斯无条件投降(1945年5月8日),苏美英缔结《波茨坦协定》(1945年8月2日),美国在日本投下原子弹(1945年8月6日),日本无条件投降(1945年8月15日,日本天皇裕仁广播投降诏书),中国人民取得抗日战争全面胜利(1945年9月2日)。①小说中这条清晰准确的时间线,展现出北平八年的历史,八年的风雨,八年的苦难,八年的抗争,八年的民族精神崛起,形成了《四世同堂》战争叙事的宏阔性、史诗性。

八年的战争叙事时间较长,使小说的整体叙事节奏呈现舒缓的特点。具体的叙事节奏则呈现由缓到急、由急至缓、缓急交织、张弛有致、以缓收尾的形态。按照老舍自写的《四世同堂》的《预告》②所述,"第一部:自七七至南京陷落——大家惶惑,不知所从;第二部:南京陷落后,珍珠港被炸以前——惶惑改为销沉,任敌人宰割;第三部:英美对日宣战后——敌人制造饥荒,四世同堂变成四世同亡!"由此可知,第一部《惶惑》写的是1937年7月7日至1937年12月13日的事。开头二章以平缓的节奏,像说书人慢慢道来似的,介绍了人们对

---

① 老舍在小说中呈现的全面抗战八年中的重大战争事件,按照时间先后一一呈现。每一事件括号内的具体时间,系笔者查阅历史文献标出来的,而非书中所示。
② 老舍:《预告》,重庆《扫荡报》1944年11月8日。

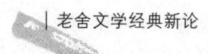

时局的认识、对日本人的认识,描述了小羊圈胡同的居家情况:祁家、钱家、冠家、小杂院、大杂院。第四章写到北平沦陷了,叙事节奏逐渐加快,重点写了瑞宣的家国心态,瑞全的抗战决心,还有钱默吟鼓动瑞全出走,冠晓荷、大赤包拟为日本人做事等情节。从第十章写淞沪抗战开始,到第三十一章写上海失守,叙事节奏加快,而在快节奏中,又急中有缓、缓而又急、急缓结合。比如钱仲石开车故意翻车摔死一车日本兵,冠晓荷向日本人告密导致钱先生被捕下狱,钱家大少爷病死和钱太太撞死在儿子的棺材上,瑞全逃出北平城参加抗战,瑞丰当了教育局的科长为日本人做事,钱先生出狱后人们为他治伤,还有汉奸们组织保定失守、太原陷落的庆祝游行活动,等等。写这些情节时,叙事节奏都比较快,而剖析瑞宣、钱默吟的心理波动、变化,描写北平的自然环境、北平秋天的景色时,又显得平缓舒展。第二部《偷生》一开始写常二爷进城买药受辱就呈现出叙事紧急之态,之后也是随着战事的变化,小羊圈胡同的人物生态、心态的变化,叙事节奏亦产生变化。第三部《饥荒》的叙事节奏更快了,美英对日本宣战、中国对德、意与日本宣战后,中日战场形势发生很大变化,尤其是德国无条件投降使日本人和汉奸们"乱了营"。小说进入尾声时,叙事节奏变缓,各种人物都有了他们各自的归宿。从总体上看,小说叙事节奏由缓到较快、由较快到快、由急变缓,是和战争的局势、人物思想的变化紧密联系在一起的。这里所谓的缓急之分只是就这部小说内部叙事节奏而言,如果参照老舍其他小说的叙事节奏,《四世同堂》在整体上仍然是一部节奏舒缓的小说。

《四世同堂》战争事件的空间叙事以抗日战争时期沦陷的北平为大的背景,以小羊圈胡同中的各家各户为叙事对象,以祁家为中心,钱家为重点,以冠家及杂院的其他居民为辅,而在祁家四世同堂的人物中,又以长孙祁瑞宣的心路历程为叙事主线,深入透视了各色人物的人心、人性、人情。北平陷落后人们苦闷和惶惑;市民们听到"八一三"上海抗战的炮声而感到"兴奋与欣悦";上海失守,小羊圈胡同的人们苦闷、沉痛;保定陷落,使韵梅在困难和劳累中"咂摸到了这些不幸与苦痛都是日本人带给她的"①;南京陷落时,瑞宣的心"变成一片黑暗",而台儿庄大捷的消息又引起了瑞宣的兴奋,坚定了他的抗战信仰,并令他将抗战的希望寄托在国民政府身上;长沙会战,国军打了胜仗,瑞宣喜悦,买酒庆贺。每次战争事件的出现,国军打胜了仗,都给小羊圈市民带来喜悦、欣慰,鼓舞了人们的抗战士气;而国土的陷落,又使国民心里无比沉痛、苦闷,激起人们报国雪耻,收复失地的决心。

《四世同堂》在揭显各类人物的人心、人性中,以主要人物祁瑞宣为刻画重点,全面展示了抗战时期知识分子家国情感发展的历程。北平沦陷后,瑞宣的心理即处在"家"与"国"、尽孝与尽忠的矛盾纠结中,他作为祁家的长房长孙,要承担守护"家"的责任,只好守在家里尽孝,而不能走出家门为抗战尽力,为国家尽忠。他虽不能出走,却全力支持三弟瑞全走出家门为抗战效力。他在家里尽孝,时时因不能为国尽忠而感到苦闷、沉痛。他在苦闷、沉痛中,常常自省自责。他做了亡国奴,但他内心蕴藏的国家观念、民族意识一直支持着他坚守读书人的"气节",使他一直保持着灵魂的清白。他痛恨日本侵略者,痛恨像冠晓荷、大赤包之类的汉奸,也痛恨像牛教授那样的附逆分子。他厌恶并怜惜像陈野求那样的为家庭生计所迫而变节的堕落分子。随着战事的发展,瑞宣的国家意识、民族精神逐渐强化,尤其在被捕入狱经受严峻考验后,他的精神世界也变得硬朗起来。他崇尚抗战英雄,学习像胡阿毛与八百壮士那样的牺牲精神。他又以由诗人成为猎人、战士的钱默吟为榜样,不惧危险,积极从事抗日工作,

---

① 老舍:《四世同堂·惶惑》,《老舍文集》第 4 卷,人民文学出版社 1983 年版,第 256 页。

成为一位为国家尽忠,为抗战效力的战士。

第二节　战争反思的全面性、深刻性

《四世同堂》的战争叙事与战争反思紧密结合,在战争叙事中进行战争反思,在战争反思中推进战争叙事,随着战争叙事的推进逐渐深化战争反思,战争叙事与战争反思的相互推进向前发展,使小说的战争反思达到空前的高度与深度。

从北平沦陷到南京陷落,小羊圈胡同的市民们普遍感到惶惑,不知所措。祁家的长孙媳妇韵梅对战争感到困惑:日本鬼子为何要来打中国,"咱们管保谁也没得罪过他们,大家平平安安的过日子,不比拿刀动杖的强?"①小说在一开始就提出了关于日本为何发动侵略战争的疑问,即战争的起源问题。紧承抗战初期人们对战争的"惶惑",小说深入揭示了战争的起源,即日本民族性格,日本民族性格决定了日本发动侵略战争的必然性。小说写道:"日本并不象英美那样以政治决定军事,也不象德意那样以军事决定政治。她的民族的性格似乎替她决定了一切。"②日本民族极端自强而又极端自卑,"她有天大的野心,而老自惭腿短身量矮",而极端的自卑的心理,又支配他们对外进行侵略扩张,以显示自己的强大,从而抹掉西方对他们的轻视。日本是个尚武的民族,对国民从小就进行"武士道"精神的教育培训。尚武意识决定了他们奉行军事黩武主义。老舍又以《田中奏折》为依据,深刻剖析了日本侵略中国、欲征服世界的野心。小说描写祁瑞全在瑞宣和钱默吟面前大谈自己对战争局势的认识:"有田中奏折在那里,日本军阀不能不侵略中国;有九一八的便宜事在那里,他们不能不马上侵略中国。他们的侵略是没有止境的,他们征服了全世界,大

----

① 老舍:《四世同堂·惶惑》,《老舍文集》第 4 卷,人民文学出版社 1983 年版,第 21 页。
② 老舍:《四世同堂·惶惑》,《老舍文集》第 4 卷,人民文学出版社 1983 年版,第 59 页。

概还要征服火星!"①《田中奏折》是日本内阁总理大臣田中义一于1927年7月上呈的奏折,其中有言:如欲征服中国必先征服满蒙;如欲征服世界,必先征服中国。其侵略野心之大,昭然若揭。小说还描述了日本民族虽讲究武士道精神,但他们又很迷信、心虚怕死的心理。小说描写台儿庄大捷后,日本军人身上都"带着神符与佛像",他们不仅迷信神佛,"也迷信世界上所有的忌讳","他们好战,所以要多方面的去求保佑。他们甚至于讨厌一切对他们的预言。英国的威尔斯预言过中日的战争,并且说日本人到了湖沼地带便因瘟疫而全军覆没"②。这个预言造成了日本人心理上的恐慌。总之,"日本的宗教,教育,气量,地势,军备,工业,与海盗文化的基础,军阀们的野心,全都朝着侵略的这一条路子走"③。

从南京陷落后到珍珠港被炸以前,也是第二部《偷生》的时间背景。《偷生》围绕战争进行灾难叙事,展现了战争的残酷性、野蛮性,暴露了日本侵略者随意地大量屠杀中国人民的罪行。作品写到日军在"三光"政策指导下,经常制造各种屠村事件,仅在西苑西北就屠杀了两三个村子的群众。老舍这里所记述的屠村事件,有着真实的史实依据,比如,据有关史料记载,1941年1月,日本在冀东丰润县制造了潘家峪惨案,屠杀了1237名无辜的中国人,烧毁房屋1100多间,有31户人家被杀绝。④ 小说中日本特使遇刺身亡,日本人为给特使报仇,抓了2000多人进行严刑拷打,随意将车夫小崔和另一汽车夫拉去枪毙;日本人在北平城实行法西斯统治,制造白色恐怖,在大学、中学有许多教员和学生被捕并被随意杀害,仅在铁路学校一所学校

---

① 老舍:《四世同堂·惶惑》,《老舍文集》第4卷,人民文学出版社1983年版,第25页。
② 老舍:《四世同堂·偷生》,《老舍文集》第5卷,人民文学出版社1983年版,第41页。
③ 老舍:《四世同堂·惶惑》,《老舍文集》第4卷,人民文学出版社1983年版,第25页。
④ 全国政协文史和学习委员会:《亲历惨案》第2卷,中国文史出版社2005年版,第197页。

就一次抓捕了12个学生和1位教员,他们被随意安上"奸细"罪名后枪毙。日本人为了以战养战,在全城进行大搜刮、大洗劫:他们抢粮,抢煤,抢铁,一夜间每家每户门上的所有的铁的铜的门环全被抢光。日本人不用枪弹而人为制造饥荒来残杀中国人,他们把人当成猪,发给居民连猪都吃不下去的"共和面",人们吃了这又酸又霉又涩又臭的"共和面"一拉肚子,就被拉出去"活埋",每天都有成车成车的人被拉出城"活埋"。钱默吟在狱中亲眼看见一女青年被奸污至死却被敌人以传染病致死的名义,拉出去"消毒"。日本人把活埋人、杀人、折磨人当成一种"艺术",加以玩赏。瑞宣在监狱里,看见天花板上悬着一根铁条,铁条上缠着一团铁丝,铁丝中缠着一只手,已经腐烂了;他又看到东墙上舒舒展展地钉着一张完整的人皮;西墙上有一张裱好的横幅,上面贴着7个女人的阴户,每一个下面都用红笔记着号码,旁边还有一朵画得很细致的小花图案;他又看到两个日本兵抬进一个半死的人,"那个人的两脚十指是钉在木板上的","已经腐烂的脚指被砸断了一个",而那个兵"珍惜的拾起那个断了的脚指,细细的玩赏"①。小说以别开生面的描述,深刻而又全面彻底地暴露了日本侵略者的滔天罪行。

随着战争灾难叙事的推进,小说又深刻揭显了战争的欺骗性、荒谬性。日本侵略者一手拿着屠刀,一手拿着"昭和糖",屠刀用来杀人,"昭和糖"用来骗人,他们用屠刀杀了人,又用"昭和糖"去掩盖杀人罪行,所以战争的残酷性、野蛮性与战争的欺骗性是结合在一起的。日本人很会用谎言欺骗民众,小说描写了铁路中学的教官山木在给学生训话时,把日本对中国的侵略说成是"救中国"而不是"灭中国"。山木说:"报告给你们一件事,一件大事。我的儿子山木少尉在

---

① 老舍:《四世同堂·偷生》,《老舍文集》第5卷,人民文学出版社1983年版,第201页。

河南阵亡了！这是我最大的,最大的,光荣！中国,日本,是兄弟之邦;日本在中国作战不是要灭中国,而是要救中国。中国人不明白,日本人有见识,有勇气,敢为救中国而牺牲性命。我的儿子,唯一的儿子,死在中国,是最光荣的!"针对山木的欺骗言论,瑞宣想要告诉山木:"你的儿子根本不是为救中国而牺牲了的,你的儿子和几十万军队是来灭中国的!""中国的抗战就是要打明白了你们,教你们明白你们并不是主人的民族。"①与山木的训话具有同样性质的是日本作家井田的演讲,井田在华北文艺作家大会上的演讲中直接兜售日本的"大东亚共荣圈"谬论:"日本的是先进国,它的科学,文艺,都是大东亚的领导,模范。我的是反战的,大日本人民都是反战的,爱和平的。日本和高丽的,满洲国的,中国的,都是同文同种同文化的。"他鼓吹中国要服从日本的领导,"以大日本为模范,共同建设起大东亚的和平的新秩序的!"②山木和井田的欺骗性、荒谬性言行,直接为日本军国主义的军事侵略服务。

为表现战争反思的深刻性,老舍还以国际主义视野对战争做了跨民族的反思。这种国际视野下的战争反思,主要由两个人物来实现:祁瑞宣和钱默吟。祁瑞宣对战争的反思体现为四点。一是他对先期反战思想的自审自省。在保定陷落的第二天,瑞宣由敬重钱先生的胆气而产生对自己反战思想的反省。"瑞宣是反对战争的。他不但反对国与国的武力冲突,就是人与人之间的彼此动武,他也认为是人类的野性未退的证据。现在,他可看清楚了:在他的反战思想的下面实在有个象田园诗歌一样安静老实的文化作基础。这个文化也许很不错,但是它有个显然的缺陷,就是,它很容易受暴徒的蹂躏,以

---

① 老舍:《四世同堂·偷生》,《老舍文集》第 5 卷,人民文学出版社 1983 年版,第 52 页。
② 老舍:《四世同堂·偷生》,《老舍文集》第 5 卷,人民文学出版社 1983 年版,第 254 页。

至于灭亡。"①瑞宣清楚地认识到他原先的反战思想,是以"象田园诗歌一样安静老实的文化作基础"的,这样的文化基础缺乏抵抗外敌的力量,因而必须用钱先生由诗人文化向猎人文化变化的"力"的文化作基础,才能改变他的带有温情的人道主义的反战思想。二是在台儿庄大捷后,瑞宣从一般的非战文字中走出来,全面认识了中国的抗战的"极大的使命":"他读过托尔司泰、罗素、罗曼罗兰的非战的文字,他也相信人类的最大的仇敌是大自然,人类最大的使命是征服自然,使人类永远存在。人不应当互相残杀。可是,中国的抗战绝不是黩武喜杀,而是以抵抗来为世界保存一个和平的,古雅的,人道的,文化。这是个极大的使命。"②三是长顺等人对日本人发动战争的看法,引起瑞宣的思考:假若抗战胜利了,"北平人是否应当杀死日本居民"。他思索的结果是:"假若日本人真的打败了,为什么那些没有打过仗,又没有防备的人要被杀死。那样既不人道,也不公正,同样也是在两个民族之间,种下更多的仇恨。"③这种对战争的反思,已超出了单一的民族视野,带有跨民族的性质了。四是日本老太太向瑞宣说出她对战争的悔悟,"我不能因为我的国籍,而忘了人类与世界。自然,我凭良心说,我也不能希望日本人因为他们的罪恶而被别人杀尽。杀戮与横暴是日本人的罪恶,我不愿别人以杀戮惩罚杀戮。对于你,我只愿说出:日本必败。对于日本人,我只愿他们因失败而悔悟"④。日本老太太作为日本人民的一员也身受战争之害,两个儿子在战争中变成骨灰,两个儿媳妇又被军部调去"充当营妓",这就让人

---

①老舍:《四世同堂·惶惑》,《老舍文集》第4卷,人民文学出版社1983年版,第318页。
②老舍:《四世同堂·偷生》,《老舍文集》第5卷,人民文学出版社1983年版,第23页。
③老舍:《四世同堂·饥荒》,赵武平译,《收获》2017年第1期。
④老舍:《四世同堂·偷生》,《老舍文集》第5卷,人民文学出版社1983年版,第445页。

看到：日本发动侵华战争，不仅侵害了中国人民，也侵害了日本人民。日本老太太不仅在瑞宣面前为日本人发动侵略战争而悔悟，并且还到祁家为小妞子的死而"赔罪道歉"，她还表示"应当跟中国人做好朋友，超越复仇和仇恨，建立起真正的友谊"。所以，日本老太太的悔悟，在瑞宣看来已超过了种族、国籍、宗教等成见。这个悔悟其实又是老舍借着同样身受战争之害的日本老太太之口，对战争所做的国际性的深刻反思。

英美对日宣战后，小说《四世同堂》的战争叙事进入敌人制造饥荒残害中国人民的"饥荒"阶段。这一阶段进一步深化了老舍对战争的国际性反思，老舍特意用《饥荒》的最后一章，即赵武平发现并回译的《饥荒》第三十六章，以富有哲理性的思辨话语写下了钱默吟的"悔过书"。这份"悔过书"既是讨伐日本发动侵略战争的"檄文"，更是全书关于战争反思的总结，它将钱默吟更是老舍对战争所做的全面深刻的国际性反思升华到了前所未有的高度。钱默吟的"悔过书"处处结合着自己亲身遭受的日本人的酷刑以及日本人对中国人的野蛮行为，而进行全面深刻的战争反思。其反思的要点共有七条。一是警告日本侵略者必须为战争负责，为战争而忏悔，承认战争中所犯下的罪行。"你们发动战争，就要为战争负责。你们应当承认做了错事"，要为战争忏悔，"战争让交战国的人民扔掉理想，凶狠的互相残杀。这种情形不能避免，也是战争发动者的主要罪行。你们应当——为这个罪行——忏悔。""我写这些话，不只是让你们为发动战争而忏悔，也是提醒你们，任何想通过战争解决人类问题的人，思想都是落后的。"二是揭示了日本人发动战争的思想基础。"你们的侵略基于五十年前的思想"，即中日甲午战争时期的日本侵略者的侵略思想，钱默吟说日本的侵略思想没有变，而"中国人却在摸索着前进"，增强着抵抗外敌的能力。三是暴露战争的野蛮性，揭露日本侵略者的兽性行为。钱默吟列举自己所受的酷刑折磨和亲眼所见的热爱和平的青年学生遭到的迫害,以及他听到的南京大屠杀和日本人在其他城市所做的"连禽兽都不会做的事情",揭露战争的残酷性、野蛮性。四是揭穿日本人的战争谎言。日本人把侵略战争说成是为了东亚,为了世界而负有的神圣使命,其实他们只会折磨一个爱和平的学生。日本人说他们的国土小、人口多,"所以必须侵略中国",钱默吟说:"让我们反过来想一想。中国难道不是从来就人口过多吗?中国种的粮食,自己的人吃还不够。加上日本人,就够吃了?小孩子都能看出来,这个想法多么愚蠢。"五是从人性的角度思考问题,指出日本人最基本的错误就是不把中国人当人,而把日本人看成"天之骄子"。他们"以兽性对付中国人",破坏中国人的尊严,欲把中国人变成驯服的动物。六是比较中日两国的民族性,认为日本人的思想是从天皇、首相或者将军那里借来的,他们听从地位高的人发号命令,把天皇、首相或者将军的命令当成永远的原则,而去欺负别人;而中国人则会用自己的脑子,也会尊重别人的意见,"每个人都有自己的思想与主意",所以日本能组织一支正规军,而"我们却长于打游击战","假若失去司令官,你们就溃不成军,可是一旦有需要,我们每个人都能独自作战",这就保证了日本必败,中国的抗战必胜。七是希望消灭战争,建立世界和平。中日两国人民要互相尊重、互相帮助,"我们有相同的问题和困难,假若能坐下来,诚恳的,讨论我们的问题,就肯定能想出解决它们的正确的办法"。老舍在这里已经提出了解决世界争端问题的正确办法,即不用战争,通过谈判解决问题。最后,钱默吟写道:"我领略到战争的滋味,我反对战争。战争是你们发动的,所以我诅咒你们,直到你们放弃战争,关心和平,真心的拥护和平。"[①]把消

[①] 以上钱默吟"悔过书"中的引言均见老舍《四世同堂·饥荒》,赵武平译,《收获》2017年第1期,第184—186页。

灭战争,建立永久的世界和平作为人类的理想,这是老舍对战争反思的最高思想境界。

第三节　在纵向和横向的比较中,凸显其思想艺术的创新性

《四世同堂》的文化思想艺术内涵非常丰富,上述的战争叙事和战争反思,是其文化思想艺术内涵的独特之处。将《四世同堂》的战争叙事与战争反思置于老舍自身创作和抗日战争文学史乃至中国现代文学史中,进行纵向的审视和横向的比较,更能凸显其思想艺术的独特性、创新性。

《四世同堂》以宏阔的战争叙事,展现了抗战八年间北平市民生活的广阔画卷,刻画了各色各样人物的文化心理状态,同时又将他对战争的深刻反思,升华至消灭战争,建立永久的世界和平的人类理想的高度,这在老舍的小说创作中是个特例,更是他小说创作发展至高峰的标志。在此之前的20世纪二三十年代,老舍的小说创作多以北京为叙事背景,描绘城市中下层各色各样市民人物的精神状态和心理诉求,塑造了城市中下层市民、知识分子的形象。像《老张的哲学》中的老张,《赵子曰》中的赵子曰,《骆驼祥子》中的祥子、虎妞,《离婚》中的老李、张大哥,《我这一辈子》中的巡警,《月牙儿》中的母女,《微神》中的"我"与"她",等等,成为中国现代文学不可多得的典型形象。他的小说创作填补了中国现代文学反映市民社会生活之不足。但是,这些小说并没有将市民人物生活及精神状态放在民族生存危亡中加以展示,展示的多是一幅幅由社会的黑暗、腐败造成的底层市民人物的悲剧画卷。到了抗战时期,老舍满腔热情从事抗战文学写作,在抗战初期创作了大量的通俗文艺、散文、杂文,以宣传抗战,弘扬爱国精神,激励民族志气。到了抗战中后期,他才开始创作长篇小说。老舍于1943年8月至12月写《火葬》,1944年初开始写《四世同堂》

的第一部《惶惑》。老舍在1944年元旦写《〈火葬〉序》时,即感到当时国内战争文学之阙如,反而让威尔基的《天下一家》与格鲁的《东京归来》风行一时,成了畅销书。因此,《火葬》的出现,在一定程度上弥补了战争文学之阙,它描写战争,关心战争,"它要告诉人们,在战争中敷衍与怯懦怎么恰好是自取灭亡"①。老舍既肯定了《火葬》描写战争、表现抗战精神的意义,又感到自己缺乏写沦陷了的"文城"的生活经验。而当老舍把审视战争的视角投到北平时,他便依托以往他最熟悉的北平生活经验,配以从夫人胡絜青那里听来的沦陷中的北平的故事,再加上他本人战时的现实生活体验,写出了《四世同堂》这部表现北平沦陷八年的战争苦难以及各色人物的人性心态的史诗级作品。所以,同是展示战争中的各色人物的文化心理,但《四世同堂》又是沿着《火葬》的战争叙事思路发展的,其文化思想艺术达到了空前的高度与深度。

从抗日战争文学史以及中国现代文学史方面考察,更能发现《四世同堂》独特的思想艺术特色。抗战初期,出于宣传鼓动的需要,产生了较多的抗战短篇小说,像《一个连长的战斗遭遇》(丘东平)、《刘粹刚之死》(萧乾)、《差半车麦秸》(姚雪垠)和中篇小说《北运河上》(李辉英)、《东战场别动队》(骆宾基),等等。它们都具有民族意识、爱国激情、战斗精神,但限于小说的短篇体式,无法与抗战中后期的长篇小说尤其像老舍的史诗巨著《四世同堂》的文化思想容量相比。当抗战进入中期以后,小说家们进入理性沉思的创作状态,因而此阶段的长篇小说创作的思想内容、艺术成就,都更加成熟、丰富与多样。老舍的《四世同堂》是老舍对抗战八年间的北平社会生活和市民精神状态的理性透视,带有同时期长篇小说的思想艺术的成熟、丰富的共同特点,然而与同时期的以战争为背景,展现人心、人性、人情的长篇

---

① 老舍:《〈火葬〉序》,《老舍文集》第3卷,人民文学出版社1982年版,第342页。

小说相比,老舍的《四世同堂》又是独特的。

应该说,与老舍的《四世同堂》写作和发表的时间、叙事时间的长度、长篇体式的宏大相近的是路翎的长篇小说《财主底儿女们》。路翎此部小说的上卷于1943年11月写完,南天出版社1945年11月出版;下卷于1944年9月写完,上海希望社1946年2月出版。其叙事时间从上海"一·二八"事变至苏德战争爆发(1941年6月22日)。这部小说约80万字。老舍的《四世同堂》第一部写于1944年初,同年11月10日至1945年9月2日在《扫荡报》连载,良友复兴图书印刷公司1946年1月初版;第二部《偷生》写于1945年,同年发表在重庆《世界日报》"明珠"副刊上(1945年5月1日至12月15日),初版于1946年;第三部《饥荒》于1947至1949年在美国写成。整部《四世同堂》计百万字。可见,两部小说的创作时间、叙事时间长度、体式容量是相近的,但老舍的战争叙事的艺术特色和战争反思的深刻思想,则是路翎的《财主底儿女们》所不具备的。

路翎的《财主底儿女们》将蒋氏大家族放在上海"一·二八"事变至苏德战争爆发的历史背景下加以审视,其中也有战争事件的时间叙事,主要集中于上卷,但其中的战争事件只为人物的活动提供时间支撑。比如上卷第一章写道:"九一八"事变前半年,蒋少祖回上海;"一·二八"事变使他经历到空前的兴奋和紧张;1932年伪满洲国在东北成立,1934年3月1日,溥仪在伪满洲国登基称帝;1936年12月12日的"西安事变"给南京造成了空前的政治紧张;"西安事变"和平解决,南京市民庆祝领袖脱险。这些战争事件并没有像《四世同堂》那样全面、系统,紧紧与各色人物的心理情感相连。至于下卷,从南京沦陷开始,第一章写了蒋纯祖在陷落的南京城听到远处的飞机声和爆炸声,看到街上的散兵和难民以及堆积的尸体,此时的南京已处在可怕的混乱、阴沉中。写这些是将其作为蒋纯祖逃亡的背景,但作者没有像老舍那样去审视亡城里的各色人物的战争文化心理。当然,《财主底儿女们》下卷主要写蒋纯祖从南京逃亡到重庆的生活和心灵历程,直至苏德战争爆发,其间没有涉及重要的战争事件,因而蒋纯祖的心灵并没有在民族战争中得到新生,最后他在贫病交加和失恋的精神重压下死去。《四世同堂》也展示了祁瑞宣的心路历程,但祁瑞宣的心灵时时随着抗日战争的发展而变化,先前在家尽孝的"家"的意识逐渐为对国家、民族尽忠的思想所代替,最后他成为一位为国家尽忠,为抗战效力的战士。

表面上看,两部小说都写了家族的命运。《财主底儿女们》上卷展示了蒋氏大家族的破败,作家揭示蒋家破败的原因不是战争,而是这个封建大家庭出了叛逆子弟蒋少祖、蒋纯祖,而出身于大讼师之家的长媳金素痕,阴险毒辣地掠走了蒋家的财富,一面与蒋家兴讼,一面过着淫荡的生活,以致气死蒋捷三,逼疯蒋蔚祖,造成了蒋氏家庭的破败。而《四世同堂》展示的是以祁老人为代表的祁家这个"四世同堂"的家族,因日本发动的侵略战争而饱受迫害以致血脉残缺的遭遇:祁天佑被日本人安上莫须有的"奸商"罪名游街示众,他不甘受辱,跳护城河自杀,祁家第二代血脉中断;第三代分化,老二祁瑞丰当了小汉奸,老三祁瑞全离家参加抗战;第四代小妞儿因日本人制造的饥荒而被活活饿死。小说不仅描写了祁家所受的战争灾害,更展示了祁家包括思想守旧的祁老人等,在战争中挺过来了的状貌,民族精神在他们身上焕发出光彩。所以在某种程度上,《财主底儿女们》上卷是家族小说,但《四世同堂》却是体现民族精神、民族魂的民族小说。

《财主底儿女们》下卷描写了蒋家儿女们在抗战期间的生活道路和心灵轨迹,主要展示以蒋纯祖为代表的知识分子的心灵历程。胡风曾评价:"路翎所追求的是以青年知识分子为辐射中心点的现代中国历史底动态。"①小说具有独到的思想艺术成就,但也留下路翎在题记中所说的"我没有能力创造一部民族战争底史诗"②的遗憾。而《四世同堂》则通过战争事件的时空叙事,构建了中华民族不屈不挠地反抗日本侵略者的民族战争史、民族精神史。更为可贵的是老舍以国际主义视野对战争做了跨民族的全面而深刻的反思,表现消灭战争,建立世界和平的理想。《财主底儿女们》也有对时代的反思,但它反思的是在"五四"过后近20年,重提"五四"时代的历史命题,强调在民族危亡时代更需要个性解放精神。这种反思在蒋纯祖的心灵感悟中反映出来:"我们中国也许到了现在,更需要个性解放吧,但是压死了,压死了!……一直到现在,在中国没有人底觉醒,至少我是找不到。"③这里的时代反思也含有作者的失望情绪,而不是对战争的反思和对民族精神的张扬。而《四世同堂》对战争的反思既全面、系统,又非常深刻,不仅以身受战争之害的日本老太太的悔悟、"赔罪道歉"做超过了种族、国籍与宗教等成见的战争反思,更集中地选择祁瑞宣、钱默吟两个主要人物进行战争反思,尤其是《饥荒》的结尾通过整整一章的钱默吟的"悔过书"做总括式的战争反思和关于人性的深刻解剖。这些是老舍所独有的,不仅在路翎的小说中找不到,就是在整个中国现代小说中也很难见到。可见,《四世同堂》是独特的,经典的,是中国现代文学史上的一座丰碑。

[原载《民族文学研究》2018年第3期]

---

① 胡风:《〈财主底儿女们〉序》,载路翎著《路翎文集》第1卷,安徽文艺出版社1995年版,第1页。
② 路翎:《〈财主底儿女们〉题记》,《路翎文集》第1卷,安徽文艺出版社1995年版,第1页。
③ 路翎:《财主底儿女们》,人民文学出版社1985年版,第1211页。

第十章　老舍散文中的抗战文化心理透视

1937年"七七"抗战全面爆发后,受战局的影响,北平、上海两个文化中心相继沦陷,大批作家被迫开始流亡。老舍适时"由青岛跑到济南,由济南跑到武汉,而后跑到重庆","到处,我老拿着我的笔"①,为抗战尽力,为抗战服务。在八年抗战中,老舍共发表了近百篇散文②,这些散文记录的"是流亡,是酸苦,是贫寒,是兴奋,是抗敌"③,是他抗战文化心理和生命精神的真实反映。这些散文映现出来的老舍抗战文化心理:一是个人生命价值的实现,二是对家庭的眷恋保护,三是"国家至上"的爱国情怀,四是对民族复兴"梦"的追寻。

第一节　战时生命价值的实现

战争改变了老舍的日常生活及心理状态,战局的变化时时牵动着作家的精神世界。从1937年1月至6月,老舍散文中呈现的还是日常生活心理状态,他在青岛正常地进行写作,多次在青岛青年会做学术、创作演讲,时而到公园一游,有时晚上还去看看电影,保持了作家日常生活较平稳的心态。但是到7月29日北平沦陷,30日天津沦陷,青岛、济南吃紧的时候,他的生活开始有了变化。老舍在1937年

---

①老舍:《八方风雨》,《老舍全集》第14卷,人民文学出版社2013年版,第379页。
②据《老舍全集》第14卷所载,自1937年7月至1945年9月2日中国抗日战争暨世界反法西斯战争胜利结束,老舍共发表92篇散文,当然,全集不一定"全",但笔者所论,即以这92篇散文为主体,加之像《八方风雨》这样的记述抗战生活和心理情感的散文,大致百余篇,透视其抗战文化心理。
③老舍:《八方风雨》,《老舍全集》第14卷,人民文学出版社2013年版,第379页。

11月1日发表的《友来话北平》中记述了老向、《实报》社社长管先生、周先生等从北平逃难至济南的一些情况,并谈及众人逃难中的遭遇,如挚友赵水澄过天津被敌人毒打,北平的平民遭轰炸,学生失踪,等等。周先生说北平"尚无恐怖,只是恐慌"。平民的恐慌心理,文人、作家们的纷纷逃难,也促使老舍不得不作逃难的思考,逃难逃到哪里?逃难如何逃?老舍感到"顾虑而迟疑"①。这种由逃难而引起的"顾虑而迟疑"的矛盾心理,又与他对家的眷恋有关。独自逃亡,他不忍心;带着全家逃亡,又危险。11月15日,老舍痛别妻子儿女,离开济南去了武汉。他到了武汉,还写了一首小诗,描述了他与妻儿别离时的悲伤情景:"弱女痴儿不解哀,牵衣问父去何来?话因伤别潜成泪,血若停流定是灰。已见乡关沦水火,更堪江海逐风雷;徘徊未忍道珍重,暮雁声低切切催。"②作家含泪与妻儿告别,弱女痴儿不堪与父亲分离,他们强忍心中悲痛互道珍重。

　　老舍别离妻儿独自逃难,并不是因为个人的心理恐惧和逃避现实,而是为了坚守他在战时的生命价值观以及实现他的生命价值。当老舍欲逃离济南时,在"心中盘旋"的问题即是一不做俘虏,二不当汉奸,因为"一个读书人最珍贵的东西是他的一点气节"③。而这个最珍贵的文人的气节就是"奋斗的生活,光荣的死,活得有劲,死得有价值"④。那么如何实现这种生命的价值呢?首先就是要保住个人的生命,在《三个月来的济南》一文中,他不仅记述了逃离济南的经过,而且表达了他逃难的意图是为了自救,"必先自救,而后能救国","逃亡激进了努力","奔往异地坚定下打回故乡"。并且他还进一步说明:

---

① 老舍:《友来话北平》,《老舍全集》第14卷,人民文学出版社2013年版,第88页。
② 老舍:《八方风雨》,《老舍全集》第14卷,人民文学出版社2013年版,第380页。
③ 老舍:《八方风雨》,《老舍全集》第14卷,人民文学出版社2013年版,第379页。
④ 老舍:《大家都成为英雄吧》,《老舍全集》第14卷,人民文学出版社2013年版,第345页。

"在这生死关头,真正爱国的人必须认清我们的长处,同时也必须承认我们的弱点。"①从军事上说,国军的士兵是"非常优良的","兵是好兵",但部队没有新式武器,"没有坚固的防御工事",更重要的是当时的政府"也没想到全面抗战必须军民合作",轻易放弃了"民间的力量"②。"北方军事上的失败有许多原因,可是军队与军队,军队与人民之间的毫无联络,民间的毫无组织,不能说不是致命伤。"③老舍在分析了"我们的长处"和"我们的弱点"后,即形成了他散文中的"歌颂与暴露"的情感旋律。

"歌颂英雄的战绩"是"战时文艺的常道"④。老舍满怀对抗战英雄的崇拜,突出了抗战文艺这一"常道",满腔热情地歌颂抗战将士、抗战英雄。他在《轰炸》一文中,既暴露了日军对武汉的轰炸罪行,又记述了三次空战大捷,歌颂了我国空军英勇战斗、不怕牺牲的民族精神,"我们的空军没有惜命的,自一开仗到如今,我们的空军是民族复兴的象征!"⑤在《张自忠将军的战绩与殉国经过述略》中,既记述了张将军的殉国经过,留下了珍贵的抗战英雄史料,又以英雄崇拜的心理歌颂张自忠的战绩,称"从抗敌到殉国,张自忠将军一贯的是战则在前,退则居后。这是舍身报国的决心,与'身先士卒'的实践。每次战役,张将军都以必死的决心给敌人以有力的打击,以殉国的精诚感召

---

①老舍:《三个月来的济南》,《老舍全集》第14卷,人民文学出版社2013年版,第94页。

②老舍:《三个月来的济南》,《老舍全集》第14卷,人民文学出版社2013年版,第98页。

③老舍:《写家们联合起来!》,《老舍全集》第14卷,人民文学出版社2013年版,第104页。

④田仲济:《中国抗战文艺史》,《田仲济文集》第3卷,江苏文艺出版社2007年版,第11页。

⑤老舍:《轰炸》,《老舍全集》第14卷,人民文学出版社2013年版,第162页。

部下去拼命。他战胜,他战死,都同样的光荣"①。随张将军殉国的官兵"不下百余名",尤其令老舍敬仰的是高级参谋张敬,"张高级参谋敬年壮气刚,始终随张将军督励士众……遇难时,张高级参谋已身中数刀,仍发手枪,毙敌数人,壮哉!"②老舍以对张自忠的英雄崇拜为心理情感基础,还创作了话剧《张自忠》。在《张自忠》剧本的《写给导演者》一文中,老舍称"张将军在抗战中几乎是每战必胜",剧本除了写"战争而外,他的治军方法,对百姓的态度,和他自己的性格,自然也都须描写",全面写了他的"战功与人格"③,塑造了张自忠这一可歌可泣的民族英雄形象,表现了伟大的抗战精神。他在为冯玉祥将军的《抗战诗歌集》作序时,高度赞扬冯将军的抗战精神,他说冯将军送给朋友的茶杯上面都写着"非抗日不能救国"这几个字,"他寝食不忘的是抗战,奔走呼号的是抗战。抗战第一,所以作诗也是为了抗战"④。老舍以将军的抗战精神鼓舞士气民气。

抗战英雄不仅来自军队的将士,也有许多来自民间,老舍对民间的抗战英雄同样加以热情歌颂。《归自西北》记述了老舍随北路慰劳团到陕甘绥等地慰劳抗战将士一事。当他行至豫西黄龙山等处这些一向被称为"土匪窝"的地方时,发现如今"全无匪迹"。匪到哪里去了?老舍非常欣喜地告诉人们,"请到抗战英雄的行列中去探询"。由"匪"成为抗战英雄的变化令老舍感受到了不仅是西北而且是整个

---

① 老舍:《张自忠将军的战绩与殉国经过述略》,《老舍全集》第 14 卷,人民文学出版社 2013 年版,第 248 页。
② 老舍:《张自忠将军的战绩与殉国经过述略》,《老舍全集》第 14 卷,人民文学出版社 2013 年版,第 251—252 页。
③ 老舍:《写给导演者》,《老舍文集》第 10 卷,人民文学出版社 1986 年版,第 113 页。
④ 老舍:《〈抗战诗歌集〉(二辑)序》,《老舍文集》第 15 卷,人民文学出版社 1990 年版,第 375 页。

中华民族的"精神都是非常的焕发"①。在《悼赵玉三司机师》中,他同样怀着崇敬的情感,悼念为抗战服务而牺牲的普通汽车司机,称他是为抗战而"光荣的死去"的英雄,"在抗战的今日,凡是为抗战舍掉自己性命的,便是延续了国家的生命"②。

歌颂抗战英雄,高扬民族精神,成为老舍为抗战服务、为抗战尽责而实现人生价值的重要方面。与"歌颂"相对应的"暴露",也同样能体现他宣传抗战、激励民气,做一个战时"文艺界尽责的小卒"的心理诉求。"生死有什么关系呢,尽了一名小卒的职责就够了!"③老舍在散文中"暴露"的对象有两个方面:一是暴露敌人的暴行,二是暴露社会民间存在的文化思想弱点。

老舍从战时生活出发,用大量的笔墨暴露了日本侵略者灭绝人性的暴行。随着作家战时的迁移,每到一地,他都会经历敌机轰炸的残酷现实。老舍于1937年8月13日至济南时,济南人据说已逃走20万,"八月初与十月初的两次迁逃,使济南差不多成了空城"④。济南已变成灰色的济南,济南"已被敌人的炮火打碎","济南是久已死去,美丽的湖山只好默然蒙羞了"⑤。老舍"吊济南"的悲愤声,照见了日本侵略者残害中国大好河山的暴行。而《且讲私仇》则直接控诉了日本鬼子在东北、平津、上海烧杀抢掳的残暴罪行,"日本鬼子并不讲什么情理",由天津打到上海"论万的杀人"⑥。"杀人放火,把自己变

---

① 老舍:《归自西北》,《老舍全集》第14卷,人民文学出版社2013年版,第229页。
② 老舍:《悼赵玉三司机师》,《老舍全集》第14卷,人民文学出版社2013年版,第300页。
③ 老舍:《入会誓词》,《老舍全集》第14卷,人民文学出版社2013年版,第135—136页。
④ 老舍:《三个月来的济南》,《老舍全集》第14卷,人民文学出版社2013年版,第93页。
⑤ 老舍:《吊济南》,《老舍全集》第14卷,人民文学出版社2013年版,第115页。
⑥ 老舍:《且讲私仇》,《老舍全集》第14卷,人民文学出版社2013年版,第122页。

为野兽,把别人看成猪狗","正好证明了日本野蛮,中国文明"①,而中国的抗战正好代表了正义。这里既暴露了敌人的罪行,又彰显了中华民族的文明与正义。敌人的烧杀抢掠,"论万的杀人",敌机的狂轰滥炸,使中国大地充满了血腥恐怖。《轰炸》一文记述了敌人对武汉的轰炸一事,仅1938年7月19日这一天,民众就被敌机轰炸得血肉横飞,"死伤过千"②。老舍在武昌也身受敌机轰炸之苦,为躲空袭炸弹,曾藏在华中大学图书馆的地窖里。《血债——敌机狂炸重庆》不仅记述了重庆遭受敌机"五月里四次轰炸"的情况,而且表达了中国人民并没有被敌人的烧杀抢掠、狂轰滥炸吓倒,"中国人不怕饥荒,不怕死亡"的精神旗帜仍在中华大地上高高飘扬。更令人气愤的是日本侵略者把轰炸当作游戏,"用各种花样来轰炸。有时候是天天用一二百架飞机来炸重庆",有时候用三五架、一二架"自晓至夜的施行疲劳轰炸"。老舍说他随北路慰劳团至陕西时,差一点被炸死,"在陕州,我几乎被炸死"③。敌人的轰炸,炸毁的是物质、人的肉体,但炸不掉中国人民的抗战精神、"抗到底"的勇气,"敌人能攻破我们的城池,但绝不能攻破我们的心"④。老舍虽经历战争带来的流亡痛苦以及"几乎被炸死"的生命悲境,但他仍在险境中坚持抗战,"抗战第一。我的力量都在一枝笔上,这枝笔须服从抗战的命令"⑤,他"服从抗战的命令",一直书写着抗战文章。

敌机的轰炸给中国人民造成巨大的丧亡,但轰炸有时还可躲避,而日本侵略者制造的"饥荒",则使成千上万的人无法逃避。老舍在

---

① 老舍:《新气象新气度新生活》,《老舍全集》第14卷,人民文学出版社2013年版,第137页。
② 老舍:《轰炸》,《老舍全集》第14卷,人民文学出版社2013年版,第165页。
③ 老舍:《八方风雨》,《老舍全集》第14卷,人民文学出版社2013年版,第398页。
④ 老舍:《友来话北平》,《老舍全集》第14卷,人民文学出版社2013年版,第88页。
⑤ 老舍:《这一年的笔》,《老舍全集》第14卷,人民文学出版社2013年版,第157页。

1944年1月1日发表的《新禧！新禧！》中写道："我问儿女们可曾玩过走马灯？可曾吃过杂拌儿？他们没有玩过吃过。他们只告诉我，街上如何有饿死的人，和行人如何夺小孩和妇女手中拿着的食物。北平已不是我的记忆中的乐园，而是饥寒交迫的地狱。"①不单是北平，日本侵略者每到一处，都在人为地制造"饥荒"。老舍在逃亡中即看到了人民遭受"饥荒"困境，并亲身体验了"饥荒"的痛苦，所以后来在国外写《四世同堂》的第三部《饥荒》时，才会有敌人在北平制造的地狱似的"饥荒"惨状的描写，才会有北平人民与"饥荒"抗争，最终取得抗战胜利的欣喜情景的展现。

老舍不仅用笔暴露敌人的罪恶，而且暴露了社会民间存在的文化思想弱点。在民族危亡之时，许多人认为捐点钱捐点物，"发点善心"即可聊以自慰了。老舍对如此"善心"不以为然，他在《善心》中告诫民众不要只顾及"发点善心"，重要的是要"把前方战士放在你的心坎上"②，给抗战将士以精神的支持和心灵的慰藉。在《是的，抗到底！》中，老舍既批判了那种麻木不仁、逍遥世外的思想行为，又批驳了那种"加入反共协定"与敌人"讲和"的实则卖国的思想行为。老舍满怀希望奔赴抗战中心武汉，本想感受武汉积极抗战的精神状态，可呈现在眼前的却是"消极抵抗"的景象，武汉的"一切都在动、挤、乱，全无办法"，"武汉确实成了一切的中心，吃喝玩乐在其中矣"，这让老舍感到痛心。由此他召唤人们"有血性者理当切齿复仇"③。在《事情要大家作》中，老舍特别指出，最可怕的倒不是现有的这一批大小汉奸，而是这种怕汉奸心理的普遍，"汉奸真可怕"是一种可耻的心理，

---

① 老舍：《新禧！新禧！》，《老舍全集》第14卷，人民文学出版社2013年版，第349页。
② 老舍：《善心》，《老舍全集》第14卷，人民文学出版社2013年版，第85页。
③ 老舍：《到武汉后》，《老舍全集》第14卷，人民文学出版社2013年版，第127页。

汉奸不是"可怕"的问题,而是"可恨""可杀"①!在敌人的轰炸中,人们普遍的心理是生命不能自保,"胆寒""愤恨""渺茫""飘忽"②,面对这种普遍的文化心理,老舍呼吁人们要复仇雪耻,"以雪耻复仇的决心答复狂炸"③。老舍在成都,看到成都人平和从容的生活现状和心理状态后,希望成都人改变这种"从容"的心理,在抗战中"能更紧张一些"。"只是街平,房老,人从容,是没有多大用处的。北平的陷落,恐怕就是吃了'从容'的亏。"④在整个抗战期间,老舍始终用笔宣传抗战,唤醒民众,激励民气,让人们的精神振奋起来,勇敢地投入抗战洪流中去。

第二节 从事抗战文艺运动和抗战文艺创作

抗战时代只允许时代选择作家而作家无力选择时代,作家的文学创作只能服从时代的需要而不能游离于时代之外,老舍呼吁作家们的写作要"服从时代与社会的紧急命令"⑤。他紧随时代,服务抗战,不仅在散文中突出"歌颂与暴露"的主题,显见作家的责任感,实现作家的生命价值,而且积极从事抗战文艺运动和抗战文艺创作,以实现他的"奋斗的生活""活得有劲"的生命价值。抗战需要结成广泛的民族统一战线,在"中华全国文艺界抗敌协会"成立之前,老舍就在济南撰文召唤"文艺家联合起来",有组织地开展"集团创作","用文

---

① 老舍:《事情要大家作》,《老舍全集》第14卷,人民文学出版社2013年版,第117页。
② 老舍:《轰炸》,《老舍全集》第14卷,人民文学出版社2013年版,第164页。
③ 老舍:《以雪耻复仇的决心答复狂炸》,《老舍全集》第14卷,人民文学出版社2013年版,第222页。
④ 老舍:《在成都》,《老舍全集》第14卷,人民文学出版社2013年版,第206页。
⑤ 老舍:《写家们联合起来!》,《老舍全集》第14卷,人民文学出版社2013年版,第102页。

艺作品作一种抗战的武器"①。"文协"成立后,"文艺界已恢复了他们的常态,文协包括了全国各派的作家,开始以集体的力量为抗战而服役"②。早已盼望作家们联合起来的老舍,对"文协"的成立更充满了一般作家所未有的心理情感和价值期盼。他在《我们携起手来》一文中,向人们表露了他参加"文协"筹备会的心情,"我快活,而有些泪横在心中"③,他心里"快活得要飞了"④。在《记"文协"成立大会》一文中,他表露了自抗战以来前所未有的欣慰心情,"今天不但文人们和和气气的坐在一堂,连抗日的大将也是我们的会员呀"⑤(抗日的大将指冯玉祥)。文人们多么需要"文协","文协"也为全国各派作家带来了联合起来从事抗战文艺创作的新机遇,而作为被全国各派作家推选出来的"文协"的总务部主任(实际上的总负责人)⑥,老舍还负有处理"文协"全部工作的责任。在《关于"文协"》⑦一文中,老舍记述了"文协"的艰难困境以及他为"文协"所做的艰苦努力。"文协"穷,靠借款、捐款。因为穷,办事难,办事再难,但大家精诚团结,还是办了许多有利抗战的事。办会刊,慰劳将士,开茶会、讨论会、座谈会等事项,全都落在老舍身上,而老舍又是在"穷,病"⑧的现状下,为"文协"

---

①老舍:《写家们联合起来!》,《老舍全集》第14卷,人民文学出版社2013年版,第103页。
②田仲济:《中国抗战文艺史》,《田仲济文集》第3卷,江苏文艺出版社2007年版,第27页。
③老舍:《我们携起手来》,《老舍全集》第14卷,人民文学出版社2013年版,第130页。
④老舍:《快活得要飞了》,《老舍全集》第14卷,人民文学出版社2013年版,第133页。
⑤老舍:《记"文协"成立大会》,《老舍全集》第14卷,人民文学出版社2013年版,第145页。
⑥"文协"没有会长和理事长,只规定了常务理事分担各部的主任,老舍是总务部主任。事实上,总务部主任就是对外的代表,和理事长性质差不多,主持全协会的日常工作。
⑦老舍:《关于"文协"》,《老舍全集》第14卷,人民文学出版社2013年版,第167页。
⑧老舍:《生日》,《老舍全集》第14卷,人民文学出版社2013年版,第208页。

卖命,为"文协"尽责的,他的生命价值在"文协"的成立与发展中闪耀出光芒。

老舍在抗战中的生命价值还表现在他对《抗战文艺》的巨大贡献上。他把《抗战文艺》视为"五四"新文艺的传承与发展,"新文艺假若是社会革命的武器,现在它变成了民族革命抵御侵略的武器"[①]。老舍在《八方风雨·抗战文艺》中特别记叙了《抗战文艺》的发展历程、刊物的宗旨及其特色。《抗战文艺》最初是3日刊,出到第5期改为周刊,在武汉出了20期(连同4期特刊),自第17期起,即在重庆复刊。重庆印刷条件差,用的都是"土纸"。从"文协"周年纪念日起,它由周刊改为半月刊,后来又改为月刊。到日本投降时,共出了70期。老舍提供的刊物发展史料,为之后的有关抗战文艺以及文学史的研究所接受。关于"文协"的办刊宗旨,老舍说它要"在抗战文艺的大前提下,容纳全体会员的作品,成为'文协'的一面鲜明的旗帜"。它的特色:"它要稳健,又要活泼;它要集思广益,还要不失了抗战的,一定的目标;它要抱定了抗战宣传的目的,还要维持住相当高的艺术水准。这不大容易作到。可是,它自始至终,没有改变了它的本来面目。始终没有一篇专为发泄自己感情,而不顾及大体的文章。"而且《抗战文艺》刊登的文章,均集中于讨论两个问题,"一个是如何教文艺下乡与入伍,一个是怎么使文艺效劳于抗战"[②]。从老舍对《抗战文艺》的真实记述中,我们看到了"抗战文艺"与老舍生命相连,体味到了《抗战文艺》每一页所蕴含的老舍的抗战精神和生命价值。

抗战时代,由于战争的影响,作家们不可能静下心来,从容地进行文学创作,战前日常生活状态下写作的心态被打破,因而作家文学

[①] 老舍:《八方风雨》,《老舍全集》第14卷,人民文学出版社2013年版,第389页。
[②] 老舍:《八方风雨》,《老舍全集》第14卷,人民文学出版社2013年版,第390—391页。

创作的艺术形式、风格都发生了重大变化。老舍把抗战文艺称为"怒吼的文艺"①,为创作这种"怒吼的文艺"以达到为抗战服务的目的,老舍特别强调文艺必须"住脚在民间",用民间的言语道出民间的热情与共感②。因此,面向民间,从事通俗化的文学创作,成了老舍抗战时期的重要艺术追求。老舍说:"在抗日战争以前,无论怎样,我绝对想不到我会去写鼓词与小调什么的。抗战改变了一切。我的生活与我的文章也都随着战斗的急潮而不能不变动了。"③他又说:"在战争中,大炮有用,刺刀也有用,同样的,在抗战中,写小说戏剧有用,写鼓词小曲也有用。我的笔必须是炮,也须是刺刀……我不因写了鼓词与小曲而觉得有失身分。"④老舍在武汉的8个多月时间里,就写了10篇鼓词、6出旧戏、1部旧型通俗小说和好几个小曲、快板。后来到了重庆,他从这些在武汉用"旧瓶装新酒"的办法写成的通俗文艺作品中,选出了3篇鼓词(《王小赶驴》《张忠定计》《打小日本》)、4出京剧(《新刺虎》《忠烈图》《王家镇》《薛二娘》)、1篇通俗小说(《兄妹从军》),汇印成册,共6万字,取名为"三四一"。此书在重庆3个月内连出5版,很受民众欢迎。除了这些通俗文艺作品外,老舍还创作了戏剧、小说,据他自己在《八方风雨》中所记:抗战八年中,写了"鼓词,十来段。旧剧,四五出。话剧,八本。短篇小说,六七篇。长篇小说,三部。长诗,一部。此外还有许多篇杂文"⑤。而且这些作品大都是老舍在贫病交加中写出来的,它们生动地展示了老舍的抗战精神和

---

① 老舍:《一年来之文艺》,《老舍全集》第14卷,人民文学出版社2013年版,第151页。
② 老舍:《三个月来的济南》,《老舍全集》第14卷,人民文学出版社2013年版,第99页。
③ 老舍:《我怎样写通俗文艺》,《老舍文集》第15卷,人民文学出版社1990年版,第218页。
④ 老舍:《八方风雨》,《老舍全集》第14卷,人民文学出版社2013年版,第386页。
⑤ 老舍:《八方风雨》,《老舍全集》第14卷,人民文学出版社2013年版,第402页。

生命价值。

老舍个人生命价值的实现,不仅体现在他所从事的抗战文艺运动和抗战文艺创作上,而且还体现在他对抗战文艺的价值评价和理论的探讨上。老舍在抗战期间发表了许多篇有关"文协"工作的文章和会务报告,以及时对抗战文艺进行经验总结,促进抗战文艺运动的健康发展。在《三年来的文艺运动》一文中,老舍认为抗战文艺"在全部中华历史上,甚至世界史中,还没有与它相同的运动"①。它的成因:一是"时代的伟大",伟大的时代产生了伟大的抗战文艺;二是"战争的性质"决定了文艺"必为抗战与胜利的呼声";三是抗战文艺传承了新文艺为革命的传统;四是抗战文艺是为社会的需要而产生发展起来的。抗战文艺呈现的新面貌:一是具有清醒的责任感;二是具有乐观的心态,"抗战文艺就是胜利的信心";三是直接为"百姓士兵"服务;四是有组织地开展文艺运动。抗战文艺有其独特的价值,但也存在不足,老舍对其提出批评:在人事方面,团结各派作家"有极大的成功",但受客观条件的限制,培养青年作者做得不够。在文艺方面,"抗战文艺的质和量都还差得很多"。对抗战文艺"质"方面有一种态度是否定的,将抗战文艺视为抗战八股;又有一种态度是肯定的,说它是军事第一、胜利第一、宣传抗战有功。老舍对这两种态度均不赞成,他主张对抗战文艺要以"客观的态度去探讨","精深与俗浅,艺术与宣传,抗战中必须兼容并纳"②。在《文章下乡,文章入伍》中,他充分肯定并高度评价了"文协"提出这一口号的价值意义:新文艺发展了20多年,"它在扫荡封建的思想上,在培植革命的精神上,的确是

---

① 老舍:《三年来的文艺运动》,《老舍文集》第15卷,人民文学出版社1990年版,第417页。
② 老舍:《三年来的文艺运动》,《老舍文集》第15卷,人民文学出版社1990年版,第424页。

树立了不少功绩"。可是群众与新文艺太隔膜了,"一个村子里连鲁迅这个光耀的名子都不知道",而抗战文艺则弥补了新文艺的缺陷,以"文章下乡,文章入伍"为导向,将"精神的食粮必须普遍的送到战壕内与乡村中"①。抗战文艺走的是战时文艺的"正路",它具有"爱国家民族的诚意",团结一致抗敌的精神,自家的语言形式风格。"顺着这条正路往下走,它将由狭小而伟大。"②所以,创建伟大的抗战文艺,成为老舍抗战文化心理的价值追求。

第三节 家国情怀,对民族复兴"梦"的追寻

实现个人生命价值,固然是老舍抗战文化心理的诉求,而对家庭的眷恋保护,"国家至上"的爱国情怀以及对民族复兴"梦"的追寻,更是老舍抗战文化心理的核心价值和情感表现的主体内容。

前文已论及老舍在离家逃亡时的矛盾心理和凄凉情感,从中已透视出他对家的依恋。他爱家、顾家,"离家之时,他将绝大部分的积蓄都留给了妻子,为得是让她日后用以奉养婆母和抚养孩子们"③。为何离家?老舍说他"从家里跑出来,是为作一点有助抗战的事",但离别妻儿后"四年没听见她的语声了"④,又经常忍受思念的痛苦。老舍每到一地,妻儿形象总是蕴藏在心中,他眷念"家"、顾盼"家"。他每到一处,都写文表达思家之情。他在北碚养病,"既病,又值新年,故有游离之感",作小诗一首,以谴思乡之情:"雾里梅花江上烟,小三峡外又新年;病中逢酒仍须醉,家在卢沟桥北边!"⑤老舍说他在抗战

---

① 老舍:《文章下乡,文章入伍》,《老舍文集》第15卷,人民文学出版社1990年版,第469页。
② 老舍:《略谈抗战文艺》,《老舍文集》第15卷,人民文学出版社1990年版,第472页。
③ 关纪新:《老舍评传》,重庆出版社1998年版,第290页。
④ 老舍:《自述》,《老舍全集》第14卷,人民文学出版社2013年版,第257页。
⑤ 老舍:《自谴》,《老舍全集》第14卷,人民文学出版社2013年版,第263页。

中,家属留在北平,"我自己在武汉,在陪都,随着大家庆贺年节,可是我的心却在北平"①。在《八方风雨·望北平》中,老舍以七律《乡思》中的"无限乡思秋日晚,夕阳白发待归鸦"诗句,寄托思乡之情。思乡恋家情感之深,给老舍带来忧伤、痛苦,而家属的到来,又使老舍欣慰欣喜,"家"给了他动力。老舍在《八方风雨》中记述:"家眷由北平逃到了重庆。"妻儿到了他身边,向他讲述了北平沦陷后的情况,激发了老舍写《四世同堂》的欲望。老舍说他从1944年元月开始写《四世同堂》,这一年就写了30万字,可见,"家"的动力在一定程度上催生了《四世同堂》。

老舍爱家,恋家。但他更爱国、爱中华民族,"为国卖命,事体更大,使家庭吃点亏,也就无法"②。在老舍的文学创作中始终贯穿着爱国思想、民族精神。早期长篇小说《二马》通过老马、小马在英国遭受民族歧视的独特感受(同时也是老舍自身的感受),表达了"国家衰弱,抗议是没有用的;国家强了,不必抗议,人们就根本不敢骂你"的民族自强意识和强烈希望中国富强起来的民族振兴精神。20世纪20年代,老舍在英国期间时时关心中国的命运与前途,他说,"我们在伦敦的一些朋友天天用针插在地图上:革命军前进了,我们狂喜;退却了,懊丧"③。爱国情感在国外表现强烈。而老舍回国后,他在30年代创作的小说大都以暴露、批判现实为主调,但在暴露、批判中蕴含着忧国忧民的爱国情感、民族精神。到了抗战时期,老舍的满腔爱国热情和强烈的民族精神在其作品中表现得更加突出、更加鲜明。

"国家至上",国家、民族的利益高于一切,为国家、民族献身,这

---

① 老舍:《新禧! 新禧!》,《老舍全集》第14卷,人民文学出版社2013年版,第348页。
② 老舍:《答友人书》,载舒济编《老舍书信集》,百花文艺出版社1992年版,第69页。
③ 老舍:《我怎样写〈二马〉》,《老舍文集》第15卷,人民文学出版社1990年版,第173页。

是老舍抗战散文中反复张扬的爱国意识、民族精神。抗战初期,老舍就召唤民众要把国家放在心上,"国家是我们今日的爱人,我们必须为她死,为她流血"①,"有国家,全好;亡了国,全完"②。他鼓动全民抗战,精忠报国,"要做今天的岳武穆,文天祥"③。老舍"以热血写出民族挣扎的真象"④,鼓舞士气民气,弘扬抗战精神,宣传中华民族的爱国主义传统。同时他还告诫民众,"爱国家爱民族须先明白国家与民族"⑤,要让广大民众明白中国是最讲文明的,中华民族是热爱和平的,"中华文化精神是忠恕仁义,孝悌廉耻,能宽恕别人的过错,而不能屈膝受辱",中华民族自古以来,就有抵御外敌的不屈不挠的抗争精神,"中华民族是明礼知耻的民族,人民肯用血去争取解放与自由"⑥。老舍召唤人们,"日本强盗来了,我们便迎杀上去","我们非全心全力的杀上去不可"⑦。老舍在散文中,多次鼓动全国人民要复仇雪耻。面对日本侵略者发动的"灭种灭族"的民族战争,他写道:"此仇必报!""有血性者理当切齿复仇。"⑧老舍在《述志》中联系自身遭受的战争灾难,下定决心要向侵略者复仇。他说:"'一·二八'上海的大火,烧掉了我的《大明湖》……'七七'后,敌人又劫夺了我所有的书

---

①老舍:《新气象新气度新生活》,《老舍全集》第14卷,人民文学出版社2013年版,第139页。

②老舍:《善心》,《老舍全集》第14卷,人民文学出版社2013年版,第85页。

③老舍:《战》,载曾广灿、吴怀斌编《老舍新诗选》,花山文艺出版社1983年版,第85页。

④老舍:《"一·二八"感言》,《老舍全集》第14卷,人民文学出版社2013年版,第204页。

⑤老舍:《血点》,《老舍全集》第14卷,人民文学出版社2013年版,第200页。

⑥老舍:《以雪耻复仇的决心答复狂炸》,《老舍全集》第14卷,人民文学出版社2013年版,第222页。

⑦老舍:《新气象新气度新生活》,《老舍全集》第14卷,人民文学出版社2013年版,第139页。

⑧老舍:《到武汉后》,《老舍全集》第14卷,人民文学出版社2013年版,第127页。

籍字画与文稿。"他痛恨敌人,要报仇雪恨,"我想报个人的仇,同时也想为全民族复仇"①。他在散文中时常透露为全民族复仇,为国捐躯,"死而后已"的高尚情操。他自身具有民族骨气,又向民众宣传要保持民族骨气,他说:"有骨头的才肯为国捐躯,有骨头的才肯死里求生;有骨头的今日死,有骨头的明日生;这就是民族的复活。"②他在重庆时,就做好了准备,敌人如果打进来,滚滚的嘉陵江"便是我的归宿!我决不落在日寇手里,宁死不屈!"③老舍此间还写了不少诗篇,以抒发报国雪耻、扫荡日寇的雄心壮志和死而后已、为国捐躯的爱国情怀:"忍听杨柳大堤曲,誓雪江山半壁仇"(《贺全国文艺界抗敌协会成立》);"死而后已同肝胆,海内飞传荡寇旗!"(《沔县谒武侯祠》)可以说,"国家至上"的爱国意识,为国捐躯的民族精神,成为老舍抗战时期文学创作的中心主题。

为国家、民族献身只是老舍抗战文化心理的一个重要层面,还有一个重要层面就是老舍对民族复兴"梦"的追寻。老舍在《双十》一文中,就明确表示:"为了民主政治,为了国民的共同福利,我们每个人须负起两个十字架——耶稣只负起一个;为破坏、铲除旧的恶习,积弊,与像大烟瘾那样有毒的文化,我们必须预备牺牲,负起一架十字架。同时,因为创造新的社会与文化,我们也须准备牺牲,再负起一架十字架。"④为创造新的社会与文化,必须树立民族复兴的信心,"我们须在民族复兴的信念,与驱击暴敌的努力中,造出一种新的风气,

---

① 老舍:《述志》,《老舍全集》第14卷,人民文学出版社2013年版,第324页。
② 老舍:《是的,抗到底!》,《老舍全集》第14卷,人民文学出版社2013年版,第106—107页。
③ 萧伯青:《老舍在武汉、重庆、北碚》,《新文学史料》1979年第2期。
④ 老舍:《双十》,《老舍全集》第14卷,人民文学出版社2013年版,第366页。

新的生活精神"①。在民族危亡之时,老舍常常"默祷民族的复兴"②。他从台儿庄我军对日作战的胜利中,发觉"在血染过的战场上会生出民族复兴的新芽来"③。为了民族的复兴,老舍把抗战与建国联系起来思考问题,认为学生是"国宝",他不反对把青年学生送到战场上去,但强调要把青年学生用到"建国"上来,"建国的伟业不仅需要力与血,更需要智与才"④,他主张把青年学生送到后方,让他们多学些知识与技能,以备将来建国之用。为了民族的复兴,老舍甚至提出了"新的西北"建设方略。他把西北视为一块宝地,提出移民到西北,建设新西北,具体途径办法:一是略通民族语言;二是培养人才;三是种树与开渠,美化环境,开发水利;四是禁私与禁烟。⑤ 而且在他的民族复兴"梦"中,到处充满着对真理、文明、和平、自由的追求,"人类文化的明日,恐怕不是家家造大炮,户户有坦克车,而是要以真理代替武力,以善美代替横暴"⑥。如果我们将老舍追寻民族复兴"梦"的散文篇章与其剧作《大地龙蛇》联系起来,就可以看到老舍对民族复兴"梦"的追寻,不仅有民族的识见,而且有世界的眼光。老舍在《〈大地龙蛇〉序》中说剧本表现的"文化是三段——过去,现在,将来;抗战也是三段——自己抗战,联合东亚的各民族,将来的和平"。尤其是第三幕写"中华胜利后,东亚和平的建树","写了天下太平"⑦。戏的结

---

① 老舍:《新气象新气度新生活》,《老舍全集》第14卷,人民文学出版社2013年版,第138页。
② 老舍:《到武汉后》,《老舍全集》第14卷,人民文学出版社2013年版,第125页。
③ 老舍:《致台儿庄战士》,载舒济编《老舍书信集》,百花文艺出版社1992年版,第77页。
④ 老舍:《"国宝"》,《老舍全集》第14卷,人民文学出版社2013年版,第172页。
⑤ 老舍:《归自西北》,《老舍全集》第14卷,人民文学出版社2013年版,第229—231页。
⑥ 老舍:《可爱的成都》,《老舍全集》第14卷,人民文学出版社2013年版,第315页。
⑦ 老舍:《〈大地龙蛇〉序》,《老舍文集》第10卷,人民文学出版社1986年版,第291页。

尾以游行合唱之曲,表达了作家对于世界和平的畅想:文化的将来,中华民族和东亚各民族建立友谊,那将是一个天下太平的世界,是一个"美满的生活,坚定的生活,教真理正义,管领着人生"的世界,是一个"永久的和平!"的和谐温馨的"大同世界"!

[原载《中国现代文学研究丛刊》2015年第9期]

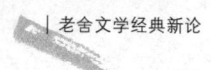

第十一章 老舍对布莱希特的接受与创新——兼及《茶馆》与《四川好人》之比较

从《茶馆》于 1980 年到欧洲演出被誉为"东方舞台上的奇迹"以来,世界戏剧舞台上就掀起了《茶馆》的传播接受"热",一直到现在,《茶馆》的"世界热"仍然"热"而不断。① 为何会出现《茶馆》"世界热"的艺术现象,除了西方想了解中国社会文化、了解中国话剧的艺术水准外,更深层原因在于《茶馆》所具备的民族化与现代性。民族化的《茶馆》让西方人看到了自戊戌变法后至新中国成立之前的中国社会的人生百态,了解了中国 50 年来的近代史,让西方人感到《茶馆》中的很多角色也生活在他们的社会现实之中,他们能在其中发现自己熟悉的身影。正如乌苇·克劳特所说:"《茶馆》是很道地的中国话剧,但却反映了人类共同的东西。演出过程中,观众发自内心的欢笑和经久不息的掌声充分证明,他们高兴地看到了他们的生活经历同剧中人的相似之处。"② 他意识到《茶馆》具有普世化的人生意义。具

---

① 《茶馆》于 1980 年 9 月 25 日至 11 月 11 日,在西德、法国、瑞士等 3 国 15 座城市共演出 25 场;1983 年 9 月 6 日至 10 月 5 日,在日本东京、京都、大阪、广岛 4 座城市,共演出 23 场,场场爆满,座无虚席;1986 年 4 月 30 日至 5 月 28 日,在加拿大温哥华演出 12 场,轰动全加;1986 年 6 月 14 日至 27 日,在新加坡演出 6 场,被誉为"再生的火凤凰";2005 年 10 月赴美国演出,在华盛顿、旧金山、休斯敦、洛杉矶、纽约等 5 座城市演出 16 场,市民老太太穿礼服进剧场,观看《茶馆》这一"殿堂艺术";2016 年,北京人艺赴加拿大演出《茶馆》,创造了加拿大"老舍热";2019 年 3 月 23 日,为纪念老舍 120 周年诞辰,中英双语版《茶馆》在美国纽约上演。

② [西德]乌苇·克劳特:《〈茶馆〉在西欧》,《东方舞台上的奇迹——〈茶馆〉在西欧》,文化艺术出版社 1983 年版,第 9 页。

有现代性的《茶馆》更让西方人看到了《茶馆》与欧美现代戏剧的联系,尤其是与布莱希特史诗戏剧的关系,所以《茶馆》在欧洲演出时,曼海姆民族剧院院长阿诺尔德·佩特森就认为它"在很大程度上效仿了西方话剧,特别是其叙事诗般的讲述方式与贝尔托德·布莱希特的剧作十分相似"①。瑞士评论家马丁·克拉夫特认为"《茶馆》可能受布莱希特(叙事史诗)的影响"②。施伦克尔在《老舍和布莱希特》一文中也谈到了《茶馆》的叙事形式和布莱希特戏剧的相似性。③ 这几位国外学者仅仅把老舍与布莱希特的关系绑定在"可能影响""效仿""相似"上面,并且也都是从布莱希特的戏剧理论上去找"相似""影响"的关系,谈到具体的作品,也只是言及《茶馆》和《大胆妈妈和她的孩子们》"相似",而没有对两部作品做出详细分析。或许是受了国外学者提出的老舍与布莱希特的关系的启示,国内学者也发表了为数不多的从戏剧理论层面探讨老舍与布莱希特之间的关联的文章,其中只有一篇文章比较分析了《茶馆》与《大胆妈妈和她的孩子们》④。但是,迄今为止,还无人对以下几个问题做深入探讨:一是老舍何时接受布莱希特的影响以及接受了布莱希特的哪些影响;二是他接受了布莱希特影响后创作的《茶馆》与此前的戏剧创作相比有哪些突出的变化;三是《茶馆》不仅和《大胆妈妈和她的孩子们》"相似",而且与《四川好人》相近,因此将《茶馆》与《四川好人》比较,探讨老舍在接受布莱希特的影响时是如何超越与创新的。

---

① [西德]阿诺尔德·佩特森:《老舍的〈茶馆〉——社会的熔炉》,载乌苇·克劳特编《东方舞台上的奇迹——〈茶馆〉在西欧》,文化艺术出版社 1983 年版,第 49 页。
② [瑞士]马丁·克拉夫特:《初会中国舞台》,载乌苇·克劳特编《东方舞台上的奇迹——〈茶馆〉在西欧》,文化艺术出版社 1983 年版,第 85 页。
③ [德]施伦克尔:《老舍和布莱希特》,舒雨译,《外国文学评论》1991 年第 2 期。
④ 邵莹:《〈茶馆〉与〈大胆妈妈和她的孩子们〉比较》,《戏剧之家》2015 年第 04(上)期。

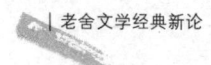

第一节 老舍接受布莱希特的影响

老舍是在旅美期间接受布莱希特影响的。老舍应美国国务院的邀请,于1946年3月抵达美国讲学,做文学创作、翻译,做中外文化艺术交流,至1949年10月回国,在美国住了3年6个月。布莱希特从1941年7月抵达美国到1947年10月离开,在美国流亡了6年3个月。布莱希特在美国住在好莱坞,并常去百老汇,为百老汇写剧演剧。其实在布莱希特去美国之前的1935年,美国工人剧团"戏剧联盟"就决定将他改编的高尔基的《母亲》搬上舞台,那时美国无人知道"史诗剧"。1936年剧院排演了他的《圆头和尖头》这部寓言剧。从20世纪30年代在美国产生的布莱希特戏剧影响,到40年代布氏流亡美国并在好莱坞、百老汇从事戏剧创作和演出,布莱希特戏剧在美国形成了传播接受的高潮。他的《四川好人》自1943年首演以来,成为世界范围内演出次数最多的剧本。他为妻子海伦娜·魏格尔写戏,《大胆妈妈和她的孩子们》中的许多表演也都是魏格尔首创的。他的《高加索灰阑记》是受百老汇委托创作的一部剧,而且女演员路易丝·赖讷于1944年3月还曾向百老汇介绍过这个戏。[1] 1946年秋天,他的《第二次世界大战中的帅克》在百老汇上演,同时他又在好莱坞同劳顿筹备《伽利略传》的演出。[2] 1947年春天,他把果戈理的短篇小说《外套》改编成电影剧本,并希望能在瑞士出售这个剧本。就在布莱希特的诸多戏剧在好莱坞、百老汇演出与传播期间,老舍于1946年4月抵达纽约。老舍和曹禺到美国后,首先会见了旅美的中

---

[1] [西德]克劳斯·费尔克尔:《布莱希特传》,李健鸣译,中国戏剧出版社1986年版,第416页。

[2] [西德]克劳斯·费尔克尔:《布莱希特传》,李健鸣译,中国戏剧出版社1986年版,第416页。

国电影演员王莹,并在王莹的安排下与美国著名女作家赛珍珠座谈了两次。两人又经王莹的引见,拜访了旅美的德国戏剧家布莱希特。布莱希特深爱中国文化,在其戏剧创作中,对中国戏曲多有借鉴。能在美国见到中国有影响的作家和戏剧家,布莱希特喜出望外,与老舍和曹禺谈得很高兴,并与夫人以丰盛的酒菜招待他们。布莱希特和老舍交谈甚欢,他们谈戏剧创作理念,谈布氏戏剧在美国的演出。而老舍在纽约定居后,在好莱坞和百老汇看了大量的欧美电影和现代戏剧,其中也包括布莱希特的戏剧,由此,布莱希特戏剧影响因素在他脑海里深深积淀下来。这种影响因素,在他以后从事戏剧创作时,会潜移默化地融入作品中,使其戏剧创作发生新的变化。

如果以老舍接受欧美现代戏剧尤其是布莱希特戏剧的影响作为分界线,那么在这一分界线之前的抗战时期,老舍创作的话剧基本上属于宣传抗战、高扬民族精神、为现实斗争服务的宣传戏、政治戏。这些抗战话剧以歌颂和暴露为主题,既有歌颂抗日将领、民族英雄的《张自忠》,赞扬为人师表的气节和操守的《桃李春风》,彰显回汉民族联合抗日的《国家至上》;又有讽刺民族败类、暴露汉奸丑恶的《残雾》,奚落固守"面子"旧习的《面子问题》,等等。这些话剧在政治思想上的确发挥了教育人民、鼓舞人民的作用,但在话剧艺术上又有不足,主要是对舞台艺术重视不够。因为老舍是以小说家的技法写戏的,注重写人写故事,而不大懂得舞台艺术技巧,正如他自己所说:"我写惯了小说,我知道怎样描写人物。一个小说作者,在改行写戏剧的时候,有这个方便,尽管他不大懂舞台技巧,可是他会三笔两笔画出个人来。"①这些不大懂得舞台艺术技巧的抗战戏剧与布莱希特的史诗剧式"陌生化"叙事艺术相去甚远。但是,老舍在布莱希特

---

① 老舍:《〈龙须沟〉的人物》,《老舍文集》第 16 卷,人民文学出版社 1991 年版,第 242 页。

的戏剧影响下,在新中国成立后写的第一部话剧《方珍珠》即发生了新的变化。老舍不仅写了人,还注意到了舞台,且用新旧时代对比的方法写了鼓书艺人的新生,这是一部艺人成长戏、艺术新生戏。新旧时代的对比在《龙须沟》中表现得更加明显,沟与人、人与沟和舞台的密切关系,透视出了时代的变迁,新社会、新气象以及人民的新生活、新面貌。沿着以"龙须沟"为地点透视时代面貌的路子走下去,老舍以"茶馆"为窗口透视世界。一个大茶馆即一个小社会,现实与历史的联系,充满了认识现实与历史的辩证本质,这正如布莱希特提出的观点"如果不认识现实的辩证本质"就无法表现现实。他认为有必要"突出现状、事件和人物的充满矛盾的、发展的特点"[1]。《茶馆》所表现的过去时态的现实是从戊戌变法失败的清末到军阀混战的民国初年再到抗战后的国民党统治的黑暗年代的现实。这三个时代的社会变迁、人物命运,突出了"现状、事件和人物的充满矛盾的、发展的特点",使被表现的事件历史化,充满着历史的沧桑感、时代的悲凉感。这凸显了《茶馆》接受布莱希特影响的特色:一是寓意剧式的;二是开放的、现实主义的、象征的、隐喻的;三是陌生化(间离)的。因此,《茶馆》与布莱希特的《四川好人》《大胆妈妈和她的孩子们》等史诗剧相似,然而它的民族性、北京味又是独特的、无与伦比的。

第二节 《茶馆》与《四川好人》比较

按照老舍的说法,"戏剧是文艺中最难的"[2],剧作家创作一部戏剧,要经过较长时间的苦思运作,《茶馆》与《四川好人》都经历了一个由前文本到正式文本的创作运思过程。《四川好人》的前文本是《商

---

[1] 参见[西德]克劳斯·费尔克尔《布莱希特传》,李健鸣译,中国戏剧出版社1986年版,第334页。
[2] 舒舍予:《文学概论讲义》,北京出版社1984年版,第157页。

品与爱情》,这个剧本是作者于1930年在柏林进行写作时创作的,其实他早在1927年,就草拟了一个关于该戏的故事大纲,那时它既不称《商品与爱情》,也不称《四川好人》,而是称《范尼·克雷思或妓女的唯一朋友》。1939年布莱希特从自己的箱子里翻出《商品与爱情》旧稿,在其中4场戏的基础上进行创作加工,又借鉴了他从书写中国故事的小说中接触到的"四川女王""四川"地名等,于是将剧本定名为《四川好人》。与《四川好人》的创作过程相似,《茶馆》也经历了从《一家代表》到《秦氏三兄弟》再到正式文本《茶馆》的过程。当第一届全国人民代表大会召开并通过中华人民共和国第一部宪法之后,老舍萌生写一部歌颂社会主义民主的作品的想法,并于1956年8月完成了初稿《一家代表》。当老舍将剧本朗读给北京人艺的导演、演员等艺术家们听后,大家觉得第一幕清末民初的一家大茶馆写得精彩,建议就写一个茶馆的变迁。老舍以这个剧本的第一幕为基础,创作了一个多幕剧,于是就有了前文本《秦氏三兄弟》。《秦氏三兄弟》写完后,又得到北京人艺的艺术家们的建议,老舍便以第一幕第二场为模板重写一个以茶馆为中心的戏,于是就有了《茶馆》的诞生。可见,《茶馆》和《四川好人》这两部剧作的生成过程相似,都经历了由前文本到正式文本的过程。但是,《茶馆》集中体现了老舍和艺术家们的智慧,且《茶馆》是从生活中来的,从现实中来的,"茶馆"是北京的茶馆,从历史、现实中都能找到这样的"茶馆"。而《四川好人》中的"四川"不是现实中的真实的"四川",而是来自剧作家的阅读经历,是从小说文本中接受过来的。

其实"茶馆"或"四川"不管是从生活中来的还是从阅读接受中来的,它们都是一个地点,具有寓意性,象征性。老舍以一个大茶馆寓意一个小社会,布莱希特以"四川"象征一个世界、一种社会。布莱希特开创了寓意剧《四川好人》,而老舍的《茶馆》也是寓意剧。

寓意剧首先在创作方法上运用现实主义和比喻象征的手法。布莱希特在《现实主义写作方法的广度和深度》一文中提出了"要更广泛更多样化的、更现实的理解现实主义概念"①，这是一种开放的现实主义。这种开放的现实主义既包括他在论述社会主义现实主义中的辩证的发展的观点，也含有他早期剧作中的表现主义、象征主义的东西。而《四川好人》主要运用了现实主义和象征主义相结合的方法。剧作中展现的是三教九流式的人物：有善良仁慈、乐于施舍、帮助穷人的好人——妓女沈黛，有狡诈多端、冷酷无情的坏人——沈黛的表兄隋达（其实是沈黛的化身），有在艰难痛苦中挣扎的卖水人老王，有骗情骗钱的失业飞行员杨森，有穷苦的老太太，有木匠、理发师、失业工人，等等。在《四川好人》的世界里做好人受惩罚，做坏人得犒赏，"这个世界太可怕了，这城市就是一座地狱"，这个城市的人们，"他们像牲口一样在这座城市里你咬我，我咬你，互相残杀！"②这是现实主义的批判，但在这种现实主义的批判上面又蒙上了象征主义的神秘面纱。该剧现实的暴露是在三个神仙的引领下去找"好人"的情境中进行的，而且剧中不时出现象征、隐喻，比如在第七场中，当沈黛发现自己怀有身孕后，她将她的想象在舞台上表演出来了：她牵着小男孩的手踱来踱去，与他说话，递杯子，偷樱桃，逃跑，领着孩子边走边唱。这一切都是虚设的。其实，观众在舞台上根本就看不到小孩，这一串的表演都是通过语言和动作来表现的，都是运用了象征、隐喻的手法的。和布莱希特运用的手法相似，《茶馆》是现实主义的、批判的，也用了象征、隐喻手法，但它没有《四川好人》象征主义的神秘色彩。以

---

① 参见［西德］克劳斯·费尔克尔《布莱希特传》，李健鸣译，中国戏剧出版社1986年版，第336页。
② ［德］贝托尔特·布莱希特著，张黎主编：《布莱希特戏剧集》第2卷，安徽文艺出版社2001年版，第441页。

第一幕为例,所有的剧情都是那个时代的社会生活的真实写照:一群地痞流氓为争一只鸽子打群架;乡下农妇卖女儿;善扑营当差的、特务们横行霸道,到茶馆打人、砸东西;吃洋饭信洋教的马五爷以镇住二德子而彰显洋人威风;庞太监出钱娶老婆;常四爷因讲了一句"大清国要完了"的话被特务抓捕;秦仲义"讲维新"要办工厂却遭到庞太监的反讽;最精明能干的茶馆老板王利发已感到了生意的"危机"重重。"头一幕说的是戊戌政变那一年的事","那时候的政治黑暗,国弱民贫,洋人侵略势力越来越大,洋货源源而来(包括大量鸦片烟),弄得农村破产,卖儿卖女"①,那个时代的社会状貌在这一幕中全都真实地呈现出来。虽然有一些荒诞、夸张的情节,像太监娶老婆,但在那个黑暗、腐朽的年代,也让人感到非常真实。同时,《茶馆》也用了象征、隐喻手法,比如第一幕的结尾:庞太监看到康顺子晕倒,大喊:"我要活的,可不要死的!"然后正与茶客乙下棋的茶客甲叫了声:"将!你完啦!"这正象征着太监得势的时代结束了。

其次,寓意剧重在对现实社会中的矛盾和对立、人与人之间的关系进行哲理性的概括。它对社会矛盾的揭示、主题的表达具有哲理的深度。《四川好人》中善良的沈黛接待下凡寻找"好人"的神仙,神仙受感动赏给她银圆,她用赏钱开了一个香烟店。在香烟店里,她以一颗博爱的心对待世间的人们,也以真诚之心对待爱情,成为远近闻名的"好人",本地人都称她是"城郊天使"。但就是这样一个世界"好人",却遭到一连串的敲诈勒索、欺骗迫害,以致其"香烟店"趋于倒闭,她几乎成了乞丐。此时,她不得不化身表兄隋达,隋达冷酷盘剥,使用各种手段,赚了大钱,于是开工厂、办商店,成了富翁。剧中好人得不到好的结局,坏人却有个好的境遇的呈现,哲理性地概括出富有深意的主题:要想改变人,就必须改变人生活于其中的现实社会。同

---

① 老舍:《谈〈茶馆〉》,《老舍文集》第 16 卷,人民文学出版社 1991 年版,第 470 页。

样,《茶馆》也对时代社会中的矛盾和对立、人与人之间的关系,进行了哲理性的概括,对社会矛盾的揭示、主题的表达也具有哲理的深度。与布莱希特相比,老舍的理性思维、主题的哲理表达,又是多极的、多义的。他不仅从三个时代的历史变迁中,概括出"葬送三个时代"的社会主题,而且通过三个老人对自己的人生做出的富有哲理的总结,加深了对旧时代旧社会的诅咒。王利发开茶馆,为了活下去,用尽了方法进行改良。他说:"我可没作过缺德的事,伤天害理的事,为什么就不叫我活着呢?我得罪了谁?谁?皇上,娘娘那些狗男女都活得有滋有味的,单不许我吃窝窝头,谁出的主意?"这里以悲愤的控诉,完成了对旧社会的诅咒。常四爷一辈子盼望的是有一个谁也不欺侮谁的公平社会,可是到头来,像松二爷那样的好人,也都饿死了,自己也临近死亡。他说:"我爱咱们的国呀,可是谁爱我呢?"表达了在那个腐朽的社会里,生命无望、爱国无着的无奈。秦仲义终身从事实业救国,他开工厂办实业,可他的工厂被腐败的政府给拆了,他拿着被拆的机器小零件,向王利发悲愤地诉说:"你应当劝告大家,有钱哪,就该吃喝嫖赌,胡作非为,可千万别干好事!"[1]还有剧中人李三说的话:"改良!改良!越改越凉,冰凉!"充满了对时代越变越坏的绝望。吴祥子要抓捕常四爷,常四爷说:"我是旗人!"吴祥子说:"旗人当汉奸,罪加一等!"这又引起人们对清末民初旗人困境以及他们遭歧视冷遇的哲理思考。

最后,在结构叙事形式上,布莱希特将戏剧分为两大类,一类是亚里士多德式戏剧,一类是非亚里士多德式戏剧。他创作的是非亚里士多德式戏剧,即突破"三一律"写法,不求矛盾冲突的一线贯穿,不以戏剧性的紧张或几个特殊人物去打动观众,而是广阔地叙述,用历史化、史诗式的叙事形式,陌生化"间离"的方法,开创了世界三大

---

[1] 老舍:《茶馆》,人民文学出版社2016年版,第81—82页。

戏剧体系之一的布莱希特戏剧体系。老舍于20世纪30年代在齐鲁大学讲授文学理论时,编撰了《文学概论讲义》,书中将古希腊戏剧与西洋现代戏剧做比较,"我们立刻发现了现代戏剧的发展是在表现真实方面",古代戏剧多取材于伟人的故事,"近代戏剧的结构的取材多是平凡的事实","结构便较比古代的散漫一些"①。他看到了现代西洋戏剧在表现真实、写平凡的事实以及结构上的散漫等特点,于是在创作《茶馆》时,他更明确地表示:"我的写法多少有点新的尝试,没完全叫老套子捆住。"②这里所说的"新的尝试"即受布莱希特影响,运用史诗剧的叙事形式,陌生化"间离"的方法,而突破的"老套子"即"三一律"的写法。

先看史诗剧叙事形式。《茶馆》三幕剧展现了三个时代的社会变迁,描绘了从戊戌变法失败后的清末到辛亥革命失败后军阀混战期的民国初年,再到抗战胜利后的国民党统治时期的时代面貌,力图揭示社会发展中的某些规律和历史动向,极大地扩张了戏剧的容量和表现力,这的确具有史诗戏剧的特点。《四川好人》在时间跨度上不像《大胆妈妈和她的孩子们》那样横跨30年,史诗化、历史化表现得很明显,它的时间跨度是不确定的,时间的线性是生长的。从沈黛的香烟店开业到遭受厄运趋于倒闭,再到隋达接手香烟店生意发达成为烟厂富翁,每一场戏都未标明时间,时间的不确定性正好暗示了时间的无限性,再加上地点由"香烟店"到"四川"再到整体的世界,隐晦地表现了广阔的历史化的叙事特点。

再看陌生化"间离"的方法。按照布莱希特所说,陌生化是"对一个事件或一个人物进行陌生化,首先很简单,把事件或人物那些不言

---

① 舒舍予:《文学概论讲义》,北京出版社1984年版,第163页。
② 老舍:《答复有关〈茶馆〉的几个问题》,《老舍文集》第16卷,人民文学出版社1991年版,第473页。

自明的,为人熟知的和一目了然的东西剥去,使人对之产生惊讶和好奇心"①。《四川好人》中的沈黛与隋达合二为一,当沈黛的香烟店处于危急情境时,她穿上外衣戴上面具成为隋达;当众人控告隋达要找回沈黛时,隋达则取下面具脱下外衣变成了沈黛。这一切都会让观众产生惊讶和好奇,让观众保持"间离"去冷静地思考人性的变化等诸多问题,而不会将全部情感沉浸到舞台的故事中去。为了创造"间离"效果,剧本第1、3、6、7、9场后面用幕间戏,以卖水人老王和神仙的口吻介绍前场情节,同时也陈述老王的悲苦;第5场用幕前的幕间戏,以沈黛的面目转换,唱着《神仙与好人无力自卫之歌》揭示黑暗社会的本质:"在我们这个国家,好人当不长,碗里吃空了,食客互相殴打。唉,神仙戒律,也救不了缺吃少穿"②;第6场也用了幕前的幕间戏,这里沈黛作新娘打扮,准备婚礼,紧接着第6场一开始就写了举办婚礼的情景。戏剧最后,一个演员走到大幕前面,对着观众朗诵一段《收场白》,告诉观众"大幕闭上了,一切问题没有答案",让观众去沉思"是改变人,还是改变世界?""是靠神仙,还是靠好人?"③和《四川好人》相似,《茶馆》也用了"幕间戏",让打竹板的"大傻杨"介绍故事情节,造成"间离"效果。将民间艺术打竹板说唱形式用到"间离"中来,是老舍的独特创新。还有一些创新,比如剧中的诸多情节,像太监娶老婆,两个逃兵合买一个老婆,甚至剧中人物说的话,比如唐铁嘴说:"大英帝国的烟,日本的'白面儿',两大强国伺候着我一个人,

---

① [德]贝托尔特·布莱希特:《布莱希特论戏剧》,丁扬忠等译,中国戏剧出版社1990年版,第62页。
② [德]贝托尔特·布莱希特著,张黎主编:《布莱希特戏剧集》第2卷,安徽文艺出版社2001年版,第423页。
③ [德]贝托尔特·布莱希特著,张黎主编:《布莱希特戏剧集》第2卷,安徽文艺出版社2001年版,第488页。

这点福气还小吗?"①常四爷说:"我爱咱们的国呀,可是谁爱我呢?"离奇的故事情节、幽默风趣的语言,这些都起到了让观众产生惊讶和好奇心的陌生化的效果。

第三节 《茶馆》和《四川好人》的先锋戏剧传播

在《茶馆》和《四川好人》近年来的传播中,出现了一个共同的文化艺术现象:它们都经历了先锋戏剧的改编、解构、颠覆和重构。《四川好人》既有川剧版的《四川好人》,又有孟京辉先锋版的《四川好人》;《茶馆》既有李六乙川话版《茶馆》,又有王翀版的《茶馆2.0》,更有孟京辉先锋版的《茶馆》。它们都具有先锋性,但先锋性的程度不同;它们的先锋性都具有当代戏剧审美价值。

布莱希特叙事剧属于西方20世纪先锋派戏剧的一种,他早期实验过达达主义和表现主义,虽然他后期的剧作旨在真正地改变现实:"先锋派艺术否认并竭力从美学上消灭的现实是间离效果的出发点和目的。"②但他的经典戏剧《四川好人》仍留有"先锋派"痕迹,因而川剧版的《四川好人》基本上忠实于原作,比较完整地凸显了它的先锋性特色。而孟京辉版的《四川好人》于2014年7月在澳大利亚演出,产生了爆炸性的效应,这"爆炸性"除了来自原作的"先锋"色调之外,又加进了孟氏的先锋导演风格,融合了街头智慧与即兴喜剧,它夸张的故事情节融合了说唱的节奏。演员随时随地的合唱,双重角色的扮演,在健身房锻炼的舞步,以及带有政治意味和道德说教的歌曲,使这部戏剧既充满娱乐味道,又富有教育意义。在表达主题上面,《四川好人》更多的是在探讨社会性的问题,而孟版《四川好人》则强

---

① 老舍:《茶馆》,人民文学出版社2016年版,第34页。
② [德]贝托尔特·布莱希特著,张黎主编:《布莱希特戏剧集》第2卷,安徽文艺出版社2001年版,第330页。

调沈黛和杨森的爱情,借爱情的背叛,渲染人性的阴暗和情感上的暴力。按照孟京辉所说,他这个版本是一个比布莱希特的冷酷故事"更黑暗、更暴力"的版本,它质疑了一个人在命运挑战面前的善良。

与《四川好人》的先锋戏剧传播不同,《茶馆》是以现实主义为主体,融合了布莱希特的戏剧因素的,况且《茶馆》已有了焦菊隐演剧体系经典版本,因而对其做先锋式的改编演出,必须突破老舍《茶馆》文本经典和焦菊隐演剧经典,这就有了李六乙川话版《茶馆》、王翀导演的《茶馆2.0》和孟京辉先锋版《茶馆》的经典重塑形态。

川话版《茶馆》于2017年11月30日至12月3日在北京天桥艺术中心演出。它在故事内容上忠于老舍的原著,除了将对话改成四川方言以外,几乎没有对台词做任何修改。它的创新之处首先是采用倒叙的方法,第一幕一开场,王利发、常四爷、秦仲义三位主角以步履蹒跚的老年状态出场,用四川方言诉说过往。萧瑟悲凉的气氛中,舞台灯光忽然大亮,茶客们纷纷登场,叫卖声四处响起。王掌柜脱下厚重的外套,从老迈状态瞬间进入壮年时代,整个故事也从头开始讲起。一开场即突破了《茶馆》以往的演剧形态,给观众带来新鲜感。川话版《茶馆》的又一创新之处即突出了巴蜀文化特色,将京味文化的茶馆变为川味文化的茶馆,大碗茶变成了盖碗茶,四川特色竹椅取代了北京长凳,还有悬挂着的钟水饺、春熙坊、德仁堂、悦来客栈等四川特色牌匾,真是"川味"十足。川话版《茶馆》的再一创新之处即舞美设计采用了不少新颖、先锋的表现手法,呈现出令人耳目一新的舞台效果。场景中有正在采耳的茶客,还有背景音中"冰粉儿、凉糕、凉粉儿、凉面"的吆喝声,茶客身下"吱吱喳喳"作响的竹椅,春熙坊、钟水饺特色牌匾等舞台布景,等等。总之,川话版《茶馆》的叙事方法、人物的形体动作、幽默搞笑的四川语言,以及人物活动的环境背景、舞美设计等都具有比较鲜明的先锋性。

王翀版《茶馆2.0》[①]的先锋性表现为两点。一是突出了批判现实的残酷性,呈现一个没有"茶"而只有残酷校园的世界。戏剧开演前,观众拿到一份《查报》,《查报》中的新闻摘自真实的新闻报道,大部分与校园有关,包括《南京一学校女生在校园KTV做三陪》《湖南小学生杀死老师判决结果　湖南三名小学生杀死老师原因》《警惕"吸毒低龄化"》等。演出还未开始,就以触目惊心的事件报道,暴露了社会、教育的一些阴暗面。第一幕里教师(秦二爷)向学生(王利发)索要房租钱,呈现诡异的师生关系。第二幕里"坏女孩"(刘麻子)成了被欺凌的对象,班长(王利发)作伪证,致使这个"坏女孩"被处分,后来精神失常。在第三幕的高三班的毕业季,看不到毕业生对学校的感念之情,反而拍毕业合影时,学生们把手中的试卷、作业抛向天空,大喊着"我爱大清国,可谁爱我呀",表现了学生们对学校、对教室的厌弃。这些对应了王翀的理念:"茶馆跟教室有很多相通之处,当时社会茶馆的崩溃,在当代可能转化为教室的崩溃,或学校的崩溃。"二是王翀版《茶馆2.0》重构了老舍《茶馆》中的情节内容、叙事结构,戏仿《茶馆》中角色、情节、对话形式,染上了一定的"荒诞"色调。首先是剧中人物的转换,它将"茶馆"中人变成校园中人,给人以新奇感:王利发成为女班长,秦二爷成了老师,李三儿是生活委员,吴祥子、宋恩子成了纪检委员,庞总管依然是总管,刘麻子则成了染着黄发、文身的"坏女孩"。其次是叙事结构的重构,三幕剧分别置于课间、课余和毕业季,没有时间概念,也没有舞美舞台,只有教室校园。最后它戏仿了《茶馆》中角色、情节、对话形式,当秦二爷以老师的姿态说出"小王,这儿的房租是不是得往上提那么·提呢?当年你爸爸给我的,那点租钱,还不够我喝茶用的呢!"像是在威胁"班长"王利

[①] 王翀版《茶馆2.0》于2017年7月21日在北京师范大学第二附属中学高三班教室演出,2017年9月24日至25日在北京中学演出。

发,"你这班长还想不想当了?"一种诡异的师生关系呈现在观众面前。第二幕的结尾,"坏女孩"刘麻子成了被欺凌的对象,老林、老陈和两个逃兵正在欺辱刘麻子,忽然军官来了,纪检委员吴祥子、宋恩子反而指认刘麻子是"逃兵",身为班长的王利发也只得作伪证,在众人的"就是她"的呼喊声中,刘麻子(坏女孩)被绑走。这些均与原作看起来相似,却又有些不同。这里的重构、戏仿增添了诡异、荒诞色彩,也产生了喜剧性的娱乐效果。

孟京辉导演的《茶馆》①其实就是一部先锋戏剧,这部先锋戏剧在抽象现实主义表现中,融合了象征主义、表现主义、达达主义等戏剧因素。首先,它解构和颠覆了原作的"茶馆"的叙事场景。北京老裕泰茶馆的具象不见了,取而代之的是一幅钢筋构架的巨轮,抽象的巨轮取代了具象的"茶馆",象征隐喻客体的"人"被时代巨轮不断碾压,会时时发出复杂的呻吟、呼喊、愤怒等挣扎反抗、悲悯感伤的声音。这样就从客观现实"茶馆"的叙事走向了主观性、内向性的直觉表现,会让观众从"一个大茶馆,就是一个小社会"的时代变迁中飞跃至无限广阔的时空中,去拷问人类的进程,思考人间的沧桑。从开头巨轮的呈现到结尾巨轮的滚动,重复演绎三个人的死亡,纸屑、纸钱充斥了整个舞台,在空中缓缓飘落,在地上层层堆积,给人以心灵的震撼和长久的深思。其次,孟京辉先锋版《茶馆》以主观遐想、打破人物角色认同的表现主义的戏剧形式,对原作中的三个主要人物进行了大胆、新奇和颠覆性的重塑。王利发变成不反抗的个人主义者,戏剧前面的一小部分展示的是似曾相识的原来的王利发,而后面发展下来

---

① 孟京辉版《茶馆》于2018年10月18日在第六届乌镇戏剧节上演出,2019年6月29日至30日在南京戏剧节上演出,2019年7月9日在法国第73届阿维尼翁戏剧节上演出,2019年11月8日至13日在北京保利剧场演出,2019年12月6日至8日于湖南长沙演出,等等。

的大部分的王利发只代表了一种欲望,成为个人主义的苦闷者。秦仲义是"资本"欲望的追求者,而布莱希特对资本主义金钱的批判意味又在此显现。常四爷以反抗者、革命者的身份出现,追求"革命"欲望,这就连接上了《秦氏三兄弟》的文本,移进了秦伯仁的故事和"革命"的精神状态,从而显示"革命被消解后反抗被系统化的当代,也隐喻着思想需要新的讲述和存在的形式"①。这三个主要人物都追求一种"欲望",又都在时代巨轮的碾压下走向死亡,生命不可知,宇宙充满了几多奥秘。再次,先锋版《茶馆》似乎让我们看到了孟京辉带着德国戏剧构作塞巴斯蒂安·凯撒,以印象主义的解读方式走进原著作灵魂冒险式的旅游,他们既将原作三幕的精华纳入剧中,对原作台词不做什么修改,又依据老舍的其他作品进行了细密的延伸,这些作品有《茶馆》的前文本《秦氏三兄弟》,还有收入小说集《赶集》的《微神》和《也是三角》。《微神》和《也是三角》再连带起康顺子、小丁宝而引申出的爱情的花絮,引起读者和观众对老舍爱情世界的思考:既有对初恋的永久记忆,又有对爱情冷酷的揭示,而人性、善良和爱情存在的冷酷世界,往往都走向毁灭,从而产生灵魂的强烈震撼!同时,这部先锋戏剧还拼贴了布莱希特的戏剧片段、陀思妥耶夫斯基的作品独白,更凸显了先锋色彩。最后,先锋版《茶馆》的先锋性表现在舞台上,以抽象的舞台美术手段,造成能强烈震撼观众心灵的舞台效果,显示出孟京辉对布莱希特舞台美学的接受。在舞台上,我们可以看到原作中未曾有过的现代生活场景,比如在麦当劳的柜台前,有人要一个深海鳕鱼堡,不要面包,不要生菜,不要鳕鱼,不要沙拉酱,她想去阿拉斯加……还有人想要一份自由。这些植入了某种暗喻的商业场景,包含着波普艺术及达达主义的意味。总之,象征主义、表

---

① 参见《有关孟京辉的〈茶馆〉和与导演的 Q&A(问答)》,原文载公众号"安妮看戏 wowtheatre",2018 年 10 月 23 日。

现主义、达达主义、布莱希特的史诗（叙事）剧形式和舞台美学等，这些先锋派戏剧因素，都在孟京辉导演的《茶馆》中得以展现，构成了一部先锋戏剧《茶馆》，使其具有独特的戏剧美学价值。

[原载《民族文学研究》2021年第2期]

第十二章　老舍的《茶馆》与郭沫若的《屈原》之戏剧美学比较论析

郭沫若和老舍堪称中国现代文学史上的两座丰碑,而《屈原》和《茶馆》则是中国现代戏剧史上的双璧,双璧生辉,光照中外剧坛。它们在戏剧的题材、主题、人物、结构形式、语言艺术等方面,为后代戏剧创作提供了学习、借鉴的经典范式。本文拟从历史与现实、情感与人物、结构与冲突等方面,比较论析《茶馆》和《屈原》之相同或相异的戏剧美学特征,以此显示这两部戏剧经典的艺术价值。

第一节　历史与现实性

谈到戏剧创作,郭沫若是以历史剧创作为主,老舍则以现实题材的剧作为主。《屈原》是郭沫若的最著名的历史剧。老舍的《茶馆》算不算历史剧呢?按照郭沫若的解释:"只要是用历史的题材写的剧本,就可以叫做历史剧。"①《茶馆》是用历史题材写成的剧本,自然也是历史剧。虽然《茶馆》和《屈原》同是历史剧,但它们在历史与现实的关系上,体现出两位剧作家不同的审美理想和审美情趣。

老舍没有全面系统的历史剧的专论,但从他的《文学概论讲义》对戏剧的审美认知上,以及他在新中国成立以来的两次历史剧讨论前后所发表的演讲和论文中,可以看出他的史剧观是以"真实"为核心建立起来的。老舍认为"中国的戏剧差不多是取材于历史的",②而

---

① 王训昭等:《中国文学史资料全编(现代卷)·郭沫若研究资料(上)》,知识产权出版社 2010 年版,第 296 页。
② 老舍:《文学概论讲义》,《老舍文集》第 15 卷,人民文学出版社 1990 年版,第 146 页。

取材于历史,写历史的重要处"多在于表现真实,而真实是多于生命的","戏剧总是表现人生真实的,而不是只表现一些日常的事实"①。写历史不能违背历史的真实,"历史是历史,我们若忠实于历史,便很难找到恰足以影射现今的故事。若在故事中更添上原来所没有的,使月下老人提倡婚姻自由,或叫王昭君去团结少数民族,就都成了笑话"②。可见"真实"是其历史剧创作最核心的审美观念。按照这样的戏剧美学观念来审视《茶馆》,那么《茶馆》的确达到了历史的真实与现实的真实的统一。

《茶馆》共三幕,"叙述了三个时代的茶馆生活,头一幕说的是戊戌政变那一年的事","那时候的政治黑暗,国弱民贫,洋人侵略势力越来越大(包括大量鸦片烟),弄得农村破产,卖儿卖女"③。第一幕叙述的大事件是通过庞太监的台词:"天下太平了,圣旨下来,谭嗣同问斩!告诉您,谁敢改祖宗的章程,谁就掉脑袋!"将戊戌变法失败这一历史大事件真实地告诉了读者和观众。这就宣告了"中国光绪年间现代政治改革的第一次尝试,结果以失败告终"④。这一幕所有的剧情,也都是那个时代的社会生活的真实写照:一群地痞流氓恶棍为争一只鸽子打群架;乡下农民卖女儿,人的命运还不如一只鸽子值钱;善扑营当差的、特务们横行霸道,到茶馆打人、砸东西;吃洋饭信洋教的马五爷以镇住二德子而彰显洋人威风;社会腐败到了连庞太监都出钱娶老婆的地步;常四爷因讲了一句"大清国要完了"的话被特务抓捕;秦仲义"讲维新"要办工厂却遭到庞太监的反讽;最精明能干的茶馆老板王利发已感到了生意的"危机"重重。你看"头一幕说的是

---

① 老舍:《文学概论讲义》,《老舍文集》第15卷,人民文学出版社1990年版,第147页。
② 老舍:《新文艺工作者对戏曲改进的一些意见》,《老舍文集》第16卷,人民文学出版社1991年版,第255页。
③ 老舍:《谈〈茶馆〉》,《老舍文集》第16卷,人民文学出版社1991年版,第470页。
④ 老舍:《作家谈写作》,《老舍全集》第14卷,人民文学出版社2013年版,第666页。

戊戌政变那一年的事"全都真实地呈现出来。虽然有一些带有荒诞、夸张的情节,像太监娶老婆,但在那个黑暗、腐败的年代,也让人感到是真实的社会存在。

同样,第二幕写的也都是真实的历史。这一幕写到了民国军阀混战的社会面貌。其中的剧情也不少:长辛店开战,在战乱中,为自保,茶馆做了改良,后面设了公寓,招住大学生,可是"改良!改良!越改越凉,冰凉";巡警、大兵来茶馆敲诈;年头越乱,看相算命的唐铁嘴生意越好,他穿上了绸缎大衫,由抽大烟改抽"白面"了;常四爷改做小买卖,以卖菜求生,吃皇粮的松二爷也为衣食担忧了;军阀的特务胡作非为,来茶馆诈钱;庞太监失势,被侄子们给饿死;庞太监一死,康顺子、康大力被太监的侄子们轰出门,只好到茶馆谋生;两逃兵合买一个女人做老婆,未买成,现大洋却被特务诈去。第二幕正如老舍所说:"这一幕的事情虽不少,可是总起来说,那些事情的所以发生,都因为军阀乱战,民不聊生。"[1]"军阀乱战,民不聊生"正是民国初期军阀混战的真实的社会情景。

第三幕写的是1945年抗日战争胜利后的国民党统治时期的北平。老舍说这一幕"最惨,北京被日本军阀霸占了八年,老百姓非常痛苦,好容易盼到胜利,又来了国民党,日子照样不好过,甚至连最善于应付的茶馆老掌柜也被逼得上了吊。什么都完了,只盼着八路军来解放。"[2]这一幕大致写了9个大小事件:贫穷饥饿威胁着人们,王利发的孙女连热汤面也吃不上了;说评书、唱戏的上不了座,卖画的画卖不出去;党部特务镇压学生运动;国会议员退隐念经修持,三皇道坛主想登基做皇帝;小刘麻子建立统管妓女的"托拉斯";特务、打手以抓乱党为名残酷敲诈茶馆;秦仲义的工厂破产;茶馆被曾做过日

---

[1] 老舍:《谈〈茶馆〉》,《老舍文集》第16卷,人民文学出版社1991年版,第470页。
[2] 老舍:《谈〈茶馆〉》,《老舍文集》第16卷,人民文学出版社1991年版,第470页。

本宪兵的沈处长霸占;三个老人撒纸钱自祭。从这些事件中体现出来的真实的社会现状的确是"最惨"的,在这"最惨"的社会表象下,由康大力到西山参加游击队以及学生的反抗、罢课运动,"人们已经能够感到正在兴起的革命浪潮"①。总之,《茶馆》三幕,写了3个时代,50多年的历史,剧作家并没有正面详述那些大的事件,只是通过一个茶馆和一些茶馆里的小人物来反映。而反映出来的半个世纪的历史,恰恰是老舍一生经历过的历史,这个历史是以过去时态的现实表现出来的,它不像郭沫若那样追求的是在古代的历史与现代的现实的相似相合处,而是在真实的历史陈述中,让生在当今社会的人们将历史与现实相对照,从而"明白为什么我们今天的生活是幸福的"②,以此体现历史与现实的统一。

与老舍不同的是,郭沫若一直从事历史剧创作,而且在每一部历史剧创作的基础上,都能提炼、总结创作经验,表达他对历史剧创作的独特的美学认知,形成了他在处理历史与现实关系上的较全面系统的史剧观。郭沫若于1923创作了《卓文君》《王昭君》,1925年创作了《聂嫈》,这3部历史剧后来续集出版时,合称《三个叛逆的女性》。它们以历史故事为触媒,表现反帝反封建的五四时代精神,洋溢着强烈的现实倾向性。到了抗日战争时期,1942年12月至1943年3月,他创作了《棠棣之花》《屈原》《虎符》《高渐离》《孔雀胆》《南冠草》6部历史剧。这个时期他更追求历史与现实的结合,借古讽今,写古代历史为现实斗争服务。郭沫若认为历史剧写历史与史学家研究历史不是一回事,"历史研究是'实事求是',史剧创作是'失事求似'"。"史学家是发掘历史的精神,史剧家是发展历史的精神"③。"剧作家的任

---

① 老舍:《作家谈写作》,《老舍全集》第14卷,人民文学出版社2013年版,第667页。
② 老舍:《谈〈茶馆〉》,《老舍文集》第16卷,人民文学出版社1991年版,第471页。
③ 郭沫若:《历史・史剧・现实》,1943年4月重庆《戏剧月报》1卷4期。

务是在把握着历史的精神而不必为历史的事实所束缚。历史的事实并不一定是真实"。剧作家要"具体地把真实的古代精神译到现代"①。郭沫若结合自己研究历史的结果,认为"战国时代是中国历史转变最重要的关键,最重要的转折点。那时正是由奴隶社会转变到封建社会的历史阶段"。"目前的社会转变和战国时代的社会转变,有着某种程度的相似,也正是历史人物创造大悲剧的时代。从今推古,在战国时代的史实去找寻给予现代深刻教训的题材"②。"失事求似","从今推古",借古讽今,从历史与现实的时代精神的契合上,"去找寻给予现代深刻教训的题材",这在《屈原》剧本中充分体现出来。历史上的屈原所处的时代正是战国后期,那时的秦国为了吞并关东六国,首先要打破楚齐联盟,对楚国一方面采取诱降分化的策略,一方面屯兵以向,虎视眈眈。因此,合纵与连横的斗争,反映在楚国内部,就形成了抗秦还是降秦,爱国还是卖国的斗争。由于秦国派张仪在楚国大搞离间活动,使得四周群小包围了楚怀王。怀王听信谗言,贪图小利,怀疑屈原,于是改变国策,由联合关东六国抗秦,变为亲秦、降秦。郭沫若紧紧把握历史时代特点,进行了提炼加工。舍弃了关东六国之间的错综复杂的关系,以楚国为主体,集中描写了爱国与卖国,反抗侵略与妥协的斗争,特别突出怀王转变国策这一关键。这不仅反映了历史的本质与特征,而且极有针对性地影射1943年前后一段时期中国的政治形势。

当时,日本帝国主义早已改变了策略,对国民党反动派以军事进攻为辅,以政治诱降为主,把矛头集中对准中国共产党。国民党反动

---

① 王训昭等:《中国文学史资料全编(现代卷)·郭沫若研究资料(上)》,知识产权出版社2010年版,第254页。
② 王训昭等:《中国文学史资料全编(现代卷)·郭沫若研究资料(上)》,知识产权出版社2010年版,第299页。

派也为了适应日本侵略者的需要,专门研究一套对付共产党的办法,确定了"反共、溶共、限共、灭共"的反动方针,一连发动了三次"反共"高潮。郭沫若执笔写《屈原》时,正值第二次"反共"高潮,国民党发动了"皖南事变"。在国统区,特务横行,白色恐怖浓重,人们好像完全是生活在一个庞大的集中营里。郭沫若后来回忆说:"我写这个剧本是在一九四三年一月,国民党反动派的统治最黑暗的时候,而且是在反动统治的中心——最黑暗的重庆。不仅中国社会又临到阶段不同的蜕变时期,而且在我的眼前看见了不少大大小小的时代悲剧。无数的爱国青年、革命同志失踪了,关进了集中营。代表人民力量的中国共产党在陕北遭受着封锁,而在江南抵抗日本帝国主义的侵略最有功劳的中共所领导的八路军之外的另一支兄弟队伍——新四军,遭了反动派的围剿而受到了很大的损失。全中国进步的人们都感受着愤怒,因而我便把这时代的愤怒复活在屈原时代里去了。换句话说,我是借了屈原的时代来象征当前的时代。"[①]"借了屈原的时代来象征当前的时代",以实现历史与现实的时代精神的契合,这正是《屈原》与老舍的《茶馆》将历史与现实相对照,从而让人们认识到旧时代必然灭亡,以达到埋葬旧时代的创作旨意之不同处。

第二节 情感与人物

戏剧创作最重要的是塑造人物,而剧作家在塑造人物时,必然伴随着自身的情感投入,剧作家会将自己的情感自觉或不自觉地融入人物身上或具体的情境中去。从情感表现与人物塑造的关系上可以看到,郭沫若与老舍有着共同的审美情感:即崇尚真善美,批判假恶丑,扬善惩恶,扬忠惩奸,以此审美情感设置人物,便形成了他们剧本

[①]郭沫若:《序俄文译本史剧〈屈原〉》,《郭沫若全集》第 17 卷,人民文学出版社 1992 年版,第 250 页。

中的忠奸分明、善恶对立的两种类型人物。虽然他们在审美情感倾向上相同,但他们在审美情感的表现方式以及人物塑造的方法上不同,郭沫若以浪漫主义的主观抒情为主调,老舍则以现实主义的客观描写为依托。

郭沫若说他是在读了希腊悲剧和莎士比亚、歌德等的剧作后,受他们的影响而从事史剧和诗剧创作的。他说:"我读过了些希腊悲剧和莎士比亚、歌德等的剧作,不消说是在他们的影响之下想来从事史剧或诗剧的尝试的。"[1]他早期的诗剧主要受歌德的影响,抗战时期的历史剧既有歌德又有莎士比亚的影响。歌德、莎士比亚都是浪漫主义的大师,郭沫若是具有强烈浪漫气质的诗人、戏剧家,他的戏剧想象丰富,热情奔放,具有强烈的理想色彩。《屈原》塑造了屈原这一伟大爱国诗人和政治家的光辉形象。这个艺术形象,既有历史上屈原的原型,又融进诗人自身的审美思想和感情,因此,他带有郭沫若的影子。郭沫若自己也承认:屈原就是我。新中国成立后他写《蔡文姬》时,他又对别人讲:我就是蔡文姬,"蔡文姬就是我"[2]。当然,这样说并不是把屈原完全等同于郭沫若,而只是强调屈原已不完全是历史上的屈原,已是郭沫若审美思想和感情化了的屈原,是剧作家借着屈原完成了他在抗战时期的爱国情怀和民族精神的自我表现。

郭沫若为了表现自己的爱国主义和民族精神,在剧中采用了诗歌与散文相间的写法,随着主观情感和审美理想的涌动,时而插入诗歌,使剧本更富诗意,情感更加浓烈。譬如,全剧以屈原朗诵《橘颂》开始,结合屈原对于《橘颂》内容的阐发,展现了屈原的人生抱负:"在

---

[1] 王训昭等:《中国文学史资料全编(现代卷)·郭沫若研究资料(上)》,知识产权出版社2010年版,第250页。
[2] 王训昭等:《中国文学史资料全编(现代卷)·郭沫若研究资料(上)》,知识产权出版社2010年版,第236页。

这战乱的年代,一个人的气节很要紧。太平时代的人容易做,在和平里生,在和平里死,没有什么波澜,没有什么曲折。但在大波大澜的时代,要做成一个人实在不是容易的事……我们生要生得光明,死要死得磊落。"因此,屈原时时以橘树的"内容洁白""植根深固""秉性坚贞"自励并教育宋玉等人,要他们"志趣坚定","心胸开阔",气度"从容""谨慎""至诚",特别是要"不挠不屈,为真理斗到尽头!"而在婵娟牺牲后,《橘颂》再次出现,首尾呼应,形成了为突出"不挠不屈,为真理斗到尽头!"的主旋律。尤其到了第五幕全剧的高潮,屈原因身于东皇太一庙,剧作家给他安排了长段的诗独白《雷电颂》,使诗人积蓄在内心的痛苦与愤怒全部迸发出来。诗人在这里控诉了黑暗的统治者,歌颂象征革命暴力的雷、电、风,渴望革命暴力把黑暗的宇宙摧毁。屈原在漆黑的牢狱里发出了震撼人心的怒吼:

"电,你这宇宙中的剑,你劈吧,劈吧,……把这比铁还坚固的黑暗,劈开,劈开,……"

屈原大骂太阳神及其喽啰没有德能,"只是产生黑暗的父亲和母亲。"他高呼:

"鼓动吧,风!咆哮吧,雷!,闪耀吧,电!把一切沉睡在黑暗怀里的东西,毁灭,毁灭,毁灭呀!"

屈原的呼声"比雷霆还要有威势",冲破了牢笼,响彻云霄。他身在监狱,还思念着祖国人民。他焦虑楚国被人出卖了,他说:"我真不忍心活着看见它会遭遇到悲惨的前途呵。"这说明他始终是忧国忧民的。

《雷电颂》不仅表现屈原诅咒黑暗、埋葬黑暗的坚定意志,而且也表现了他追求光明、渴望光明的坚强信念。他希望在炸毁旧世界中迎来灿烂炫目的光明,他说:

"光明呀,我景仰你,我要向你拜手,我要向你稽首。"

"我知道你就是宇宙的生命,你就是我的生命。"

"我这快要使我全身炸裂的怒火,难道就不能迸射出光明了吗?"

在这里,我们看到了诗人20年代在《女神》中表现出来的反抗黑暗、追求光明的汹涌澎湃的爱国激情,发展到了抗日战争时期,其爱国主义精神更加高扬,革命意志、民族品格更加坚定。《雷电颂》具有狂飙突进的气势,我们读了屈原的这些台词,我们的心胸也像要爆炸似的,有一种气吞山河之感。全剧就在这种强烈的抒情气氛中,把屈原的思想情感推到一个高峰,从而完成了这一形象的塑造。总之,郭沫若是以浪漫主义的主观抒情为主调来塑造屈原形象的,《屈原》是剧更是诗,是一部洋溢着浓郁深厚而又热烈奔放的爱国主义的抒情史诗。

与诗人、戏剧家郭沫若的浪漫抒情不同,老舍是小说家、戏剧家,他是在小说创作取得成就后从事话剧创作的。老舍说:"我写惯了小说,我知道怎样描写人物。一个小说作者,在改行写戏剧的时候,有这个方便,尽管他不大懂得舞台技巧,可是他会三笔两笔画出个人来。"[1]他是用现实主义的客观写实的方法来写人的。当然,客观写实并不是不渗透剧作家的审美理想和审美情感,只是剧作家把自己的审美理想和审美情感隐含于人物的言语动作之中,这样就造成了老舍塑造人物的审美情感的流露具有幽默含蓄的特点。《茶馆》第一幕一开始写了二德子在茶馆里横行霸道,他动手打人,还砸茶馆,就在这时,从角落里出现了马五爷,于是发生了这么一段对话:

马五爷:(并未立起)二德子,你威风啊!
二德子:(四下扫视,看到马)喝,马五爷,您在这儿哪!我可

---

[1] 老舍:《〈龙须沟〉的人物》,《老舍文集》第16卷,人民文学出版社1991年版,第242页。

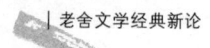

眼拙,没看见您!(过去请安)。
　　马五爷:有什么事好好地说,干吗动不动地就讲打?
　　二德子:嗻!您说的对!我到后头坐坐去。李三,这儿的茶钱我候啦!(往后面走去)
　　常四爷:(注:是二德子吵架的对方)(凑过来,要对马五爷发牢骚)这位爷,您圣明,您给评评理!
　　马五爷:(立起来)我还有事,再见!(走出去)

马五爷是"吃洋教"的,很有势力。他只对二德子说了句"你威风啊",便把二德子给镇住了。"你威风啊!"这句话是含蓄的,如果换成"你给我住手!"或是"你耍什么威风!"那就显得锋芒毕露了。像马五爷这种狗仗人势、"吃洋教"的人,在这种场合,也不必露出凶狠的真相,何况是对二德子这么一个小小的无赖、打手呢?他随口那么一说,二德子就住了手,这不正说明马五爷的威风吗?"你威风啊!"正是马五爷要在众人面前表露自己的"威风"。要知道,马五爷耍威风不是为了助弱惩强,而是要通过治强者更进一步地治弱者。因为在前面,常四爷痛斥了二德子"要耍威风,跟洋人干去,洋人厉害!"这其实已戳到马五爷的要害处,眼下,马五爷把二德子给镇住了,也是让常四爷看看他马五爷的"威风",也即是洋人的"威风",以洋人的"威风"来恐吓常四爷。这段对话既刻画了人物性格,又显示了作者对社会丑恶势力的憎恨情感。

老舍用对话刻画人物,在刻画人物中显露自己的审美情感。在第二幕里,王利发将茶馆做了一番改良,还未开张,宋恩子和吴祥子这两个军阀的特务,便来进行敲诈勒索了。于是,出现这么一段对话:

王利发：二位，二位！您放心，准保没错儿！

　　宋恩子：不看。拿不到人，谁给我们津贴呢？

　　吴祥子：王掌柜不愿意咱们看，王掌柜不会给咱们想办法！咱们得给王掌柜留个面子！对吧？王掌柜！

　　王利发：我……

　　宋恩子：我出个不很高明的主意：干脆来个包月，每月一号，按阳历算，你把那点……

　　吴祥子：那点意思！

　　宋恩子：对。那点意思送到，你省事，我们也省事！

　　王利发：那点意思得多少呢？

　　吴祥子：多年交情，你看着办！你聪明，还能把那点意思闹成不好意思吗？

　　这段对话既幽默又含蓄。这两个流氓并没有向王利发破口大骂，他们是在嬉笑中说出来的，语气很轻松，但又非常霸道。表面看来，不怎么凶狠，把钱说成了"意思"。其实，这"意思"一说出口，人们就不难听出他们是在诈钱，而且这"意思"前面还加上"那点"，显得轻松。但不要忘记他们的确是为"那点意思"而来，为了捞到"那点意思"，还警告王利发不要"把那点意思闹成不好意思"，这句出现两个"意思"，内涵不同，软中带硬，凶狠、贪婪、无情。语调是商议的口气，说要给王利发留面子，其实却死死卡住王利发的脖子，让他透不过气。王利发并不是不明白那"意思"是什么，他只顺着他们的意思能应变多少就给他们多少"意思"。王利发是怯弱的，善于应变但处于无奈。所以，围绕"意思"这么一段含蓄幽默的对话，把冲突双方的人物性格充分展示出来。在这后面，当两个流氓要离开茶馆时，他们对王利发说"别忘了"这件事时，王利发的回答也很含蓄："我忘了姓什么,也忘不了你二位这回事!"言下之意,我永远忘不了你们干的坏事。"这回事",含有对他们的刻骨仇恨,但这种仇恨,又不能向外发泄,还必须表面装得平和,面带笑容地应付他们。复杂的心理状态,人物的精神面貌,以及剧作家的同情、憎恶的情感也就在这段含蓄凝练的对话中表达出来。

不仅是对话,《茶馆》的情节穿插,也是自然谐和、情感蕴藉的。到第三幕时,王利发决心把儿媳、孙女送走,因为茶馆要面临一场大的灾难,他也做好了与茶馆一起灭亡的准备,因此,这次的离别,既是生离,又是死别。这是一个小悲剧。老舍没有在舞台说明中写他此时的心情,但从他将所有的钱和一张旧照片交给儿媳、孙女的动作,以及"都别难过"的台词,显示了王利发欲悲不能而强作轻松以忍住那"悲"的心情,在这里,老舍为演员留下了充分的再创作的余地。北京人艺著名演员于是之在演王利发时,成功地演绎了王利发此时对"悲"的控制,以强作欢笑的含蓄感人的表演姿态出现,将观众的情感很快拉进具体的戏剧情境中去。最后,三个老人撒纸钱的情节更是悲愤蕴藉、忧伤含藏的。秦仲义、常四爷、王利发三人为祭奠自己,竟在舞台上撒起纸钱来了,而且是边喊边撒。剧作家没有让他们大声斥骂、奋力诅咒那个社会,而让他们以撒纸钱的特殊方式,尽了送葬旧时代的义务。三个老人的人生道路不同,但他们的归宿却是相同的。秦仲义这个民族资本家,企图以实业救国,奋斗一辈子,结果破了产;常四爷是个好人,但那个社会偏偏容不得他的存在;王利发走改良主义道路,但走不通,最后彻底失败。旧社会葬送了他们,他们也在诅咒旧社会。如果说他们撒纸钱是为了祭奠自己,那么,老舍让他们撒纸钱,则是为那个社会唱葬歌。老舍在向人们预示:旧时代必然灭亡,新时代必将诞生。虽然剧中人物退场的时候离新中国建立还有一些年,但剧作家根据的是自己对过去那个时代和那些人物的新的认识、新的评价,所以在撒纸钱的片段中,又渗透了老舍自己独特的审美理想和审美情感,这就使三个老人的艺术典型,既是生活真实的某些本质方面的形象反映,又是作家在他所能达到的思想高度上对过去的时代生活所做的独特认识和评价。

第三节　结构与冲突

在结构与冲突方面,《茶馆》与《屈原》更为我们提供了不同的美学经典范式。《茶馆》运用人物展览式戏剧结构,以人物带动故事,把众多人物的生活片段巧妙地同作品的主题罗织在一起,组成若干幅时代的剪影,表现了鲜明的时代特征和社会心理。全剧的整体冲突是人民与旧时代的矛盾,人物与人物之间以矛盾交接点的碰撞而随即散开,从不让矛盾冲突尖锐化、激烈化。"屈原的悲剧身世太长。在楚怀王时代做左徒时未满三十,屈原在楚襄王二十一年郢都陷落而殉国时,年已六十有二。三十多年的悲剧历史,怎样可以使它被搬上舞台呢?这实在是一个大问题!"①郭沫若则把屈原长达三十年的政治生涯加以高度概括,从一天之内的冲突落笔,采取环环紧扣的结构方式,以屈原与南后、靳尚、张仪的主要矛盾斗争线索贯穿始终,达到情节结构的高度集中、统一。

首先结合剧本,具体分析《茶馆》的结构与冲突的美学特征。老舍运用人物展览式戏剧结构,充分发挥了小说家展示人物、刻画人物性格的特长。"一个大茶馆就是一个小社会"②,剧中的人物三教九流,各色人等,计70多个,出场人物就有50多个。每个人物的三言

---

①王训昭等:《中国文学史资料全编(现代卷)·郭沫若研究资料(上)》,知识产权出版社2010年版,第257页。
②老舍:《答复有关〈茶馆〉的几个问题》,《老舍文集》第16卷,人民文学出版社1991年版,第472页。

两语都能体现其性格,话到人到,人到性格到;每个人物的登场离去,又都在统一的主题意图下进行。第一幕幕启后即让我们看到了戊戌年老北京裕泰大茶馆面貌格局:屋子非常大,摆满了茶座儿。后院高搭着凉棚,棚下也有茶座儿。屋里和凉棚下都有挂鸟笼的地方。各处都贴着"莫谈国事"的纸条。到了第二幕,民国军阀混战时期的裕泰已改变了样子和作风,前部仍卖茶,后部却改成了公寓。茶座减少且一律用小桌与藤椅。"莫谈国事"的纸条仍然存在。可见,茶馆每况愈下,面貌日非一日。到了第三幕抗日战争胜利后的国民党统治北平时期,茶馆更加暗淡无光,而"莫谈国事"的纸条更多,字也更大了,在其旁边还贴上了"茶钱先付"的新纸条。茶馆老板尽管不忘改良:卖茶不行开公寓;公寓没了添评书;评书不叫座,添女招待。但他却改变不了茶馆的衰落命运,到最后茶馆彻底被反动势力霸占,老板自杀身亡。以茶馆的日渐衰败,展现了三个时代的社会越来越黑暗,越来越腐败。

当然,老舍展示的不单是茶馆,更重点描绘的是在茶馆里活动的三教九流的各色人物。对这些小人物和剧情的安排,老舍采用了四个办法,而这四个办法也是他在运用人物展览式戏剧结构上的创新。第一,"主要人物自壮到老,贯穿全剧"①。裕泰茶馆的掌柜王利发善于经营、谨小慎微,虽然有着买卖人的自私,为人却还本分。为了在那个社会里求得一席生存之地,他苦心改革自己的经营方式,使之跟得上社会风气的流变。他"作了一辈子顺民,见谁都请安、鞠躬、作揖",但最后他还是没能争得自己的生存,被那个社会逼上了绝路。常四爷是一个"旗人",是属于享有"铁杆庄稼"(吃皇粮)特权的一类人。他性格耿直、刚强,有强烈的正义感和爱国心。面对清朝的腐

---

① 老舍:《答复有关〈茶馆〉的几个问题》,《老舍文集》第 16 卷,人民文学出版社 1991 年版,第 472 页。

败,他激愤地说:"大清国要完!"因而坐了牢。他参加过义和团的反帝战斗,后来成为一个自食其力的卖菜人。和"作了一辈子顺民"的王利发不同,常四爷"一辈子不服软,敢作敢当,专打抱不平"。他"只盼国家像个样儿",但结果是"一事无成"!最后他说的一句充满感愤的话,对他的性格作了生动的总结:"我爱咱们的国呀,可是谁爱我呢?"王利发的房东秦仲义,原是一个掌握着相当家产的血气方刚的阔少,后来主张"实业救国",成了一个立志维新的资本家。但由于半殖民地半封建社会的反动统治,尽管他惨淡经营几十年,最后还是彻底破产。他在"事业"失败后自我嘲讽地说:"应当劝告大家,有钱哪,就该吃喝嫖赌,胡作非为,可千万别干好事!告诉他们哪,秦某人七十多岁了才明白这点大道理!他是天生来的笨蛋!"用这三个自壮到老的主要人物的命运,既联结了三个时代,又实现了老舍"葬送三个时代"[1]的创作目的。第二,"次要的人物父子相承"[2]。这类父子相承的次要人物也帮助联结了三个时代。第三,剧中"每个角色都说他们自己的事,可是又与时代发生关系"[3]。像第一幕庞太监买康顺子做老婆,而康顺子又饿又气昏过去了,庞太监的一句话"我要活的,可不要死的"正显露了戊戌变法失败、太监得势的时代特点;唐铁嘴的"大英帝国的烟,日本的'白面儿',两大强国侍候着我一个,这点福气还小吗?"正是这位靠算命相面欺骗诈钱的人,年头越乱生意越好的写照;像名厨去包办监狱的伙食,顺口说出这年月就是监狱里人多;像说书的先生抱怨生意不好,也顺口说出这年头就是邪年头,真玩意

---

[1] 老舍:《答复有关〈茶馆〉的几个问题》,《老舍文集》第16卷,人民文学出版社1991年版,第473页。
[2] 老舍:《答复有关〈茶馆〉的几个问题》,《老舍文集》第16卷,人民文学出版社1991年版,第472页。
[3] 老舍:《答复有关〈茶馆〉的几个问题》,《老舍文集》第16卷,人民文学出版社1991年版,第473页。

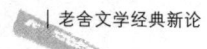

儿要失传。这些都能反映时代的面貌。第四,"无关紧要的人物一律招之即来,挥之即去,毫不客气"①。这样,老舍用四个办法,组织安排了所有的人物和故事情节,使之在其创作观意图和审美旨意的统率下,实现了结构的完整与统一。

《茶馆》不仅在戏剧结构上创新,而且在戏剧冲突上也独具特色。老舍说他的"温情主义多于积极的斗争"②,说他天生的不爱打架,因而也写不出斗争激烈的戏。他的戏多不以尖锐、激烈的矛盾冲突取胜,大都以矛盾交接点的碰撞而随即散离见长。《茶馆》设置人物与人物之间的矛盾交接点,从不让他们把矛盾充分展开、交织发展成尖锐、激烈的一线贯穿的冲突。请看第一幕:先出现的是王利发与唐铁嘴关于"相面"的对话,含有引领读者观众"相世面"的意思,并没形成王、唐之间的冲突。由"鸽子事件"引出常四爷与打手二德子的矛盾,二德子要动手打常四爷的时候,从角落里来了个马五爷,马五爷讲:"二德子,你威风啊!"二德子这时慌了手脚:"喝,马五爷,您在这儿哪!我可眼拙,没看见您!"马五爷说"有什么事好好地说,干吗动不动就讲打?"马五爷是"吃洋饭的",有钱有势,在任何场合下都要显示一下威风,他喝令二德子,好显示一下马五爷的威风,也顺带敲打了常四爷。刘麻子上场引出康六卖女儿,庞太监买康顺子做老婆,在这里,刘麻子与康六,康六、康顺子与庞太监的矛盾,也未形成贯穿发展下去的冲突。秦仲义来茶馆巡视,先是带出房东与房租之间的矛盾,可王利发的巧于应付又化解了他与秦仲义的矛盾。而秦仲义遇见庞太监,庞、秦二人各代表顽固派与维新派的利益展开了一场唇枪舌

---

① 老舍:《答复有关〈茶馆〉的几个问题》,《老舍文集》第16卷,人民文学出版社1991年版,第473页。

② 老舍:《〈老舍选集〉自序》,《老舍文集》第16卷,人民文学出版社1991年版,第224页。

剑,但这一对冲突以互为反讽消解,也没有纠缠发展下去。常四爷讲了一句"大清国要完"的话,被特务宋恩、吴祥子抓捕;黄胖子出场,分明是报告"鸽子的纠纷"已被他调解,并没把双方的冲突由内里拉向外表。与第一幕相似,全剧中的人物与人物之间的冲突,也都以矛盾交接的方式呈现一对一对的冲突点,闪耀着众多冲突点的火花,又都在"茶馆"这一地点和三个时代的时间顺序中集中、统一起来。

其次结合剧本,具体分析《屈原》的结构与冲突的美学特征。与老舍的温情主义、不善于写斗争激烈的戏不同,郭沫若是积极乐观的战斗者、激情奋发的革命者,他善于写充满革命激情、具有很强的战斗力的戏,善于组织尖锐、激烈的矛盾冲突刻画人物。《屈原》表现的是以屈原为代表的楚国爱国力量与以楚怀王为代表的卖国统治集团之间的一场尖锐斗争。戏剧以屈原与南后、靳尚、张仪之间的矛盾冲突为主线,且这条矛盾冲突主线步步推进,不断强化,直达高潮,完成了对屈原这一光辉形象的塑造。

戏剧第一幕拉开,屈原还处在"顺境"之中,表面看起来还比较平静。屈原正在叫宋玉誊写致齐王敦睦邦交的国书。这一幕是以《橘颂》作为细节贯穿起来。通过《橘颂》,初步展现了屈原的至诚坚贞、独立难犯的精神境界。婵娟上场,言南后的剧情,说南后准备调她进宫。其中必有文章,让人看到"外状若宁,暗流乃伏"的情状。子兰上场报告消息,说他妈妈要请先生去,又说张仪没有面目回秦国,准备到魏国选美人送给楚王。这一场戏,也使屈原感到,"那些鬼家伙在作怪"。可见,第一幕的"顺境"情势开始波动。到了第二幕,屈原被推向"逆境"之中。屈原遭诬陷,感到极大痛苦,在痛苦中坚持向楚怀王陈辞,规劝楚王。屈原的陈辞的结果并没有使楚怀王醒悟,反而给自身带来极大打击。屈原被罢官、流放。第三幕安排了群众为屈原"招魂"的场面,群众有一部分是受了蒙蔽的,而大多数人抱着怀疑态度,因为他们不相信屈原会做出那般无耻之事,定是那伙奸佞小人的蓄意诬陷。第四幕,屈原明白了他遭陷害的真相后,与南后、张仪等在桥头相遇,直接交锋。南后羞辱屈原,屈原斥张仪,并揭露南后贿赂张仪,结果被囚禁。第五幕写屈原被囚禁,在东皇太一庙。南后、张仪等要加害他,要毒死他。结果婵娟替先生饮了毒酒。在全剧的高潮中,剧作家给屈原安排了《雷电颂》,把痛苦、愤怒全部喷吐出来,抒发了他的满腔的爱国主义情怀。从以上分析可见,剧情开展的方法是由"顺境"到"逆境",而且在"逆境"中不断加"逆"的成分,步步紧逼,愈演愈烈,直至高潮。而高潮后的结尾,则代表了郭沫若的审美理想,他让屈原受婵娟献身精神的鼓舞及卫士的援救,感受到人民的力量,决心和楚怀王集团决裂,出走汉北,到人民中间去,更升华了屈原形象的精神境界。总之,郭沫若将屈原一生高度概括集中于一天,从主题的中心直入,把屈原置身于爱国与卖国的尖锐冲突中,从而在激烈的冲突中,一步一步揭示屈原性格,完成屈原形象的塑造,这种戏剧结构和戏剧冲突方式,与老舍《茶馆》在人物展览式戏剧结构和戏剧冲突上的创新,均成为戏剧创作和戏剧美学的经典范式。

[原载《安徽师范大学学报》(人文社会科学版)2017年第3期]

第三编
艺术人生新论

第十三章　论老舍的京剧创作

老舍是一位多才多艺的"人民艺术家",其小说、话剧创作成就显著,经典纷呈,其散文、诗歌、文论、曲艺等创作,也都绽放着思想的火花和艺术的光彩。尤为难得的是他一生还创作了 8 部京剧,成为在现代作家中能创作京剧且富有成就的屈指可数的作家之一。对老舍的京剧创作的艺术成就,从未有人做过专门的系统的论述,本文欲补这一缺憾,将从其京剧创作的思想发生、时代特征、审美艺术等方面做全面论述。

第一节　抗战京剧的鲜明的时代精神

老舍的京剧创作始于抗战时期。抗战时期,老舍的创作思想发生了重大变化,创作思想的变化催生了他的京剧创作。1937 年 11 月 15 日,老舍惜别妻子儿女,只身离济南去武汉。他舍小家顾大家,奔赴武汉的目的是为了投笔从戎,从事抗战文艺的创作。那时,由于受战争的影响,作家们不可能静下心来,从容地进行文学创作,战前日常生活状态下写作的心态被打破,因而作家文学创作的艺术形式、风格都发生了重大变化。老舍把抗战文艺称为"怒吼的文艺"①,为创作这种"怒吼的文艺"以达到为抗战服务的目的,老舍特别强调文艺必须"住脚民间",用民间的言语道出民间的热情与共感②。因此,面向

---

① 老舍:《一年来之文艺》,《老舍全集》第 14 卷,人民文学出版社 2013 年版,第 151 页。
② 老舍:《三个月来的济南》,《老舍全集》第 14 卷,人民文学出版社 2013 年版,第 99 页。

民间,从事通俗化的文学创作,成了老舍抗战时期的重要艺术追求。老舍说:"在抗日战争以前,无论怎样,我绝对想不到我会去写鼓词与小调什么的。抗战改变了一切,我的生活与我的文章也都随着战斗的急潮而不能不变动了"①。他又说:"在战争中,大炮有用,刺刀也有用;同样的,在抗战中,写小说戏剧有用,写鼓词小曲也有用。我的笔必须是炮,也须是刺刀……我不因写了鼓词与小曲而觉得有失身份。"②老舍在武汉的8个多月时间里,就写了10篇鼓词、6出旧戏、1部旧型通俗小说和好几个小曲、快板。而在6出旧戏中,即包括从1938年3月至6月间,他创作并发表的5个京剧剧本:《新刺虎》《忠烈图》《薛二娘》《王家镇》《忠贤会》③。这些京剧紧密地适应了时代需要,配合了抗战宣传,发挥了抗战文艺的鼓舞民心、激励民气、弘扬爱国精神的教化作用。

《新刺虎》书写了一位普通妇女保家卫国、设计杀敌的故事。戏中康氏的丈夫到前线杀寇,家中只有她带着七岁的儿子和三岁的女儿。战火烧到家门,她让父亲康老丈带着她的两个儿女逃难,自己守在家中,设计为国杀敌。当敌军来到,康氏和使女春香假献殷勤,以酒灌醉敌军官兵,将其砍杀。她们还准备若敌军再来,人少,仍照此法消灭,人多,就烧房和敌人同归于尽。康氏心里蕴含着为国捐躯、为民族献身的精神。

《忠烈图》的故事发生在山东省春县,其现实性、时代主题、民族精神更加鲜明。如果说《新刺虎》中的康氏做好了为国献身的心理准备,《忠烈图》则呈现了一幅陈氏满门为国捐躯的壮烈图景。陈自修

---

① 老舍:《我怎样写通俗文艺》,《老舍文集》第15卷,人民文学出版社1990年版,第218页。
② 老舍:《八方风雨》,《老舍全集》第14卷,人民文学出版社2013年版,第386页。
③ 老舍的抗战京剧《忠贤会》,李斌新发现的原载香港《东方画刊》1938年第1卷第6期,新载《新文学史料》2017年第3期。

与陈自励兄弟出身诗书门第,日寇入侵,弟弟自愿投笔从戎赴前线杀敌,英勇牺牲。陈自修在日本兵和土匪夹攻春县的情势下,携家人及弟媳陈寡妇母子弃家逃难。仆人刘忠则将陈家粮米运到城外山林,邀集四邻青年埋伏杀敌。此时,山大王赵虎入城抢劫,路遇陈自修一行,抢走陈寡妇强令其作妻。陈寡妇提出今后不抢百姓,专打日本,方可从之;赵虎应允,带领部下,与民团联合,进山伏击日军。刘忠、赵虎率众打败日军,而陈自修却在战争中被敌人杀害。

《薛二娘》(又名《烈妇殉国》)中烈妇薛二娘为打击敌人、惩治汉奸而视死如归,舍生殉国。她痛恨丈夫刘璃球当汉奸,斥责其欲害兄嫂之罪。刘璃球到汉奸县长高四虎那里告密,以图杀害其兄,谋取钱财,取悦敌人。薛二娘得知丈夫与高四虎的诡计后,火速赶回家中劝刘忠义夫妇离家逃走。刘忠义根据薛二娘的建议,联合爱国的赵先生等人,趁高四虎、刘璃球到赵家捕人之机,火烧了高四虎的巢穴高家庄。薛二娘在家中遭到汉奸们的严刑拷打,她视死如归,被敌人活活烧死。最后,高四虎等被刘忠义所率兵士们歼灭。这是一出烈妇殉国的悲壮之戏。

《王家镇》一方面展现了日寇入侵给山东省王家镇制造了深重灾难,民众身受战争的煎熬,薛成义一家老小被杀;一方面张扬了团结抗日,奋勇杀敌的斗争精神。薛成义逃至鲁西南后,发动群众,宣传团结抗日。他宣传联合了村上各有钱的大户,出钱出粮,支援抗日保家乡。广大群众得到粮食,有了枪支,积极练兵。在一次和敌人的战斗中,人人奋勇,打败了敌人。剧中的王老二,战死了手里还拿着日本人头,报国杀敌精神感人!剧本最后写道:此次的胜利,使大户王万发看清了"日本可恨,而不可怕",坚定了战胜日寇的信心。

《忠贤会》则以忠奸为线划分人物,一方是忠于国家民族的抗日志士、抗日民众,一方是汉奸、日本鬼子,剧本不仅揭露了汉奸、侵略者罪恶,而且高扬了抗日民众惩治汉奸、报国杀敌的大智大勇的斗争精神。全剧最后以章氏的"中华好比天罗网,百万贼兵要丧完"念词结束,展现出中华奋起,全民族抗战,日本侵略者必亡的雄壮图景。

综上所述,老舍抗战时期的5出京剧全都面向现实,紧跟时代,表现抗战时代主题:展示战争灾难,暴露汉奸、侵略者罪恶;表现抗日民众团结奋起、打击敌人的战斗精神,歌颂抗日志士为国捐躯的英雄行为,弘扬爱国主义和民族精神,真正体现了老舍"我的笔必须是炮,也须是刺刀"的"怒吼的"文艺思想。

第二节 历史题材京剧的思想教育主题

如果说老舍在抗战时期的京剧创作是从现实出发,体现时代精神,那么到了五六十年代,他一方面从事戏曲改革尤其是京剧改革的理论探索,一方面改编、创作了3部京剧历史剧:《十五贯》(1956)、《王宝钏》(1963)、《青霞丹雪》(1959),体现了从现代向传统回归的创作思想,从传统中找出思想教训,以发扬历史中的民族精神。

老舍从新中国建立初期,即参与戏曲改革运动,并对戏曲改革做理论上的探讨。从1949年至1951年,为了适应新体制下的文化艺术建设的需要,全国文化系统开展了戏曲改革运动。当时国家文化部下设专门从事戏曲改革组织领导工作的戏曲改进局,1950年7月11日,中央人民政府文化部戏曲改革委员会成立,老舍是43位委员之一。同年11月27日在北京召开了全国戏曲工作会议,老舍为会议的主席团成员之一,并在大会上做了题为《新文艺工作者对戏曲改进的一些意见》[①]的发言。继之,老舍在1950年12月1日《文艺报》上发表了《略谈戏改问题》。1951年5月5日,中央人民政府政务院

[①] 老舍的大会发言收录在1952年2月上海晨光出版公司出版的老舍曲艺作品集《过新年》。

颁发了《关于戏曲改革工作的指示》文件,文件提出了戏曲改革的中心任务是发扬人民新的爱国主义精神,鼓舞人民在革命斗争中和生产劳动中的英雄主义,反对鼓吹奴隶道德、野蛮恐怖或猥亵淫罪行为,反对丑化或侮辱劳动人民。文件规定要用主要力量审定流行最广的旧有剧目,对其中的不良内容和表演方法进行必要的和适当的修改。老舍的戏改文章,充分体现了中央关于戏曲改革"推陈出新"的总体精神。他认为戏曲改革首先要"从京戏下手",而不是简单的演技等问题,重要的是思想问题,"在这里所谓的思想问题,包括着艺人思想的改进,与戏剧的思想教育"①。老舍特别重视京剧的思想教育,但思想教育的内容要用京剧的艺术形式、技巧表现出来,所以他又提出思想教育不能单靠"说教",要把传播的新思想"消化在艺术形式中"②。他提出,对京戏要不断地加以修改,"好多旧戏的一个大毛病是写得粗枝大叶",反对老戏老演,不做修改,而要不断地修改加工,"要用很大的力量整理剧本,先把不通的去掉,慢慢地再让词句精彩。演出的剧目需要不断的加工,一丝不苟地加工,尽管是保留剧目也得加工。戏是不怕改的,一个戏在不同的历史时期演出总要有所改动"③。

从50年代初开始,老舍一直没有放松对京戏的改革。他不仅对戏曲改革做理论上的探讨,而且以改编、创作的京剧,呼应、实践了他的戏曲改革的理论思想。他改编创作的新《王宝钏》,即体现了他的戏改思想。此剧是对原《武家坡》的改编,原十折戏减为五折。新《王宝钏》计五幕。第一折:三击掌;第二折:投军别窑;第三折:探寒窑;

---

① 老舍:《新文艺工作者对戏曲改进的一些意见》,《老舍文集》第16卷,人民文学出版社1991年版,第251页。
② 老舍:《新文艺工作者对戏曲改进的一些意见》,《老舍文集》第16卷,人民文学出版社1991年版,第255页。
③ 老舍:《戏剧漫谈》,《老舍文集》第16卷,人民文学出版社1991年版,第672页。

第四折:武家坡;第五折:大登殿。由《武家坡》到新《王宝钏》,改掉了原本不合理、低级趣味的东西,比如夫妻十八年未见面,而见面了就马上开玩笑,不合情理,"理当抱头痛哭啊";原剧中"一会儿,薛平贵进窑洞,碰了头;一会儿,窑门又夹住了他的腿",这些低级趣味的东西也改掉了。新《王宝钏》突出了王宝钏,而且"叫她始终一个劲儿,既不受调戏,也不跪下讨封,而薛平贵也既不娶两个老婆,又不'大登殿'"①。这就改掉了原剧中的不良内容和表现方法,提升了思想教育和审美情趣。

老舍改编传统旧戏是从现代思想教育出发,以进步的政治文化思想教育人的。老舍于1956年将传统昆曲《十五贯》改编成同名京剧,其剧情为:无锡肉铺老板尤葫芦借得十五贯本钱做生意,他对女儿(苏戍娟)开玩笑说是卖她的身价钱,女儿信以为真,当夜逃走。深夜,赌徒地痞娄阿鼠闯进尤家,为还赌债盗走十五贯钱并杀死尤葫芦,过后反诬告苏戍娟犯了谋财杀父罪。戍娟出逃后,与不相识的客商伙计熊友兰同行,邻人发现产生怀疑,而熊身上正巧带钱十五贯,于是两人被扭送县衙见官。知县过于执听信诬告,定戍娟勾奸夫、盗钱杀父之罪,判苏、熊二人死刑。监斩官况钟觉得内中有冤,力争缓斩。他详细调查,发现娄阿鼠破绽,继而又乔装算命先生,套出娄阿鼠杀人的口供,最后将娄带回县衙,升堂问罪,澄清了黑白是非,使杀人者伏法,蒙冤者昭雪。老舍说改编本在情节上与原本大致相同,"没有太大的改动,涉及迷信的一概删去"②。这里所说的删去"涉及迷信的"情节,主要是删去况钟宿庙、神明托梦的情节。这就突出了况钟的为民负责,敢担风险,坚持实事求是、深入调查研究的勇气和

---

① 老舍:《新〈王宝钏〉》,《老舍文集》第16卷,人民文学出版社1991年版,第643页。
② 老舍:《〈十五贯〉改编说明》,《老舍文集》第16卷,人民文学出版社1991年版,第399页。

斗争精神,富有现实教育意义。

《王宝钏》则从传统中找出思想教训,以发扬历史中的民族精神。它描写唐朝宰相王允之女王宝钏,美丽聪明,待字闺中。一日,她奉旨抛彩球择配,选中乞丐薛平贵。王允不允,逼女儿退婚,改嫁新科状元。宝钏恨父嫌贫爱富,誓不从命。遂与父亲三击掌,脱下绣裙锦衣,离开相府,与平贵同去武家坡寒窑成亲。后平贵降服了红鬃烈马,奉命出征来犯的西凉国兵。而作为元帅的魏虎投敌,为敌国引路杀向长安,在危急之中,平贵挺身请战,挂帅出征,生擒了敌国代战公主,又率兵乘胜追击,取得报国杀敌的胜利。这出戏一是歌颂了王宝钏敢于向封建的等级思想挑战,体现了中华民族优美高尚的传统道德精神,二是张扬了薛平贵报国杀敌的爱国主义精神。同样,《青霞丹雪》以忠奸之争,展现中国民间普遍的情感共鸣:痛恨奸臣,赞赏忠良,为民除恶,崇尚善良,具有广泛的思想情感教育意义。

再进一步联系新中国成立后历史剧创作情况,可以看出这三部京剧是在50年代末、60年代初"历史剧"创作热潮时期产生的,具有历史剧创作以"现实为体,历史为用"的鲜明的政治文化时代特征。新中国成立后,50年代初期由杨绍萱的新编历史剧《天河配》的上演以及他所发表的关于谈历史剧问题的文章,引发了有关历史剧问题的讨论和对其历史剧"反历史主义"的批评。1960年,吴晗发表《谈历史剧》,再次引发关于历史剧问题的论争。五六十年代关于历史剧问题的讨论,尽管有诸多观点,但最终还是归结到"古为今用",以"现实为体,历史为用"上来。或许是以往的历史剧创作和关于历史剧问题的讨论,引发了剧作家们对历史剧创作的热情,从1958年到1962年,出现了一个历史剧创作的热潮。其间产生的优秀历史剧主要有:郭沫若的《蔡文姬》《武则天》,田汉的《关汉卿》《文成公主》,老舍的《神拳》,曹禺的《胆剑篇》,朱祖贻的《甲午海战》等。这些历史剧适应了时代的政治文化的需要,有对历史人物进行重新评价,为历史人物翻案的,如郭沫若的《蔡文姬》和《武则天》;有传承历史精神,不忘复国雪耻,卧薪尝胆以砺其志来鼓舞今人的,如曹禺的《胆剑篇》;有歌颂历史上的某些有影响的人物和事件的,如田汉的《关汉卿》《文成公主》;有总结历史教训以儆后人的,如朱祖贻的《甲午海战》。老舍当时不仅创作了历史剧话剧《神拳》,而且改编、创作了三部京剧历史剧,尤其是新编历史剧《青霞丹雪》的创作,既与这个时期历史剧创作的政治思想文化精神相谐和,又具有老舍自身历史剧创作的思想艺术特色。

《青霞丹雪》根据《今古奇观》第13回《沈小霞相会出师表》改编而成。故事写明嘉靖年间,丞相严嵩之子严世蕃,官居工部侍郎,严氏父子恃宠专权,残害忠良,误国殃民,罪恶滔天。京中官员沈青霞,秉性刚烈,因坚持"吏肃惟遵法,官清不为钱"而得罪了富豪权贵,被贬为京城小官。他每日抄诵《出师表》,痛骂严嵩父子。后因参劾严嵩父子,被毒打发往边疆保安为民。严世蕃派爪牙杨顺将其杀害。杨顺为斩草除根,特派人捉拿了沈青霞长子沈小霞。在押解途中,沈小霞用计,逃至父亲旧交冯丹雪(侍郎)府中。冯丹雪助小霞复仇除奸,率小霞夫妇冒险奔至保安,沿途察看杨顺劣迹。适逢杨顺罪行败露,沈青霞得以平反昭雪,小霞与母亲团聚。冯丹雪决定护送青霞尸骨入京,参倒严家父子,严办杨顺等贼,以绝后患。老舍在写这出戏之前,曾提出"演义戏"或"古代故事戏"的概念,他说:"旧戏中的历史戏,实在很少是严格遵照历史书写成的,所以我管它们叫作演义戏。"[1]他提出这种"演义戏"要在戏剧的效果上达到发扬历史中的民族精神或从中找出思想教训。《青霞丹雪》即是老舍所说的"演义戏",它既体现了老舍的"演义戏"的发扬历史中的民族精神的史剧观

---

[1] 老舍:《谈〈将相和〉》,《老舍文集》第16卷,人民文学出版社1991年版,第236页。

念,又与50年代末、60年代初"历史剧"创作的"古为今用",以"现实为体,历史为用"的精神相谐和。

第三节 老舍京剧创作独特的审美艺术

写京剧必须精通京戏。老舍精通京戏,他从小在旗人的生活环境里,就培育了对戏曲、曲艺的情趣爱好,20来岁开始学京戏,之后不断与京剧名家交往,结下深厚京剧情谊。他还常在不同场合清唱京戏,他唱京戏的艺术水平很高,唱《黄鹤楼》能"一赶三",即一人唱老生(诸葛亮)、小生(周瑜)、花脸(张飞),使人能从他的声音中辨别出谁是周瑜、孔明和张飞;他唱京戏有时达到了与京剧名家同台演出的程度。比如1953年在朝鲜战场上的一次慰问演出中,马连良开场唱了《马鞍山》和《三娘教子》,接着周信芳唱了一段《追韩信》,梅兰芳演唱了一段《玉堂春》,这些都是大师们的拿手戏,此时,老舍也不示弱,唱了一段《钧金龟》,成龚云甫的腔儿。他对京戏各流派、各名家的唱腔表演艺术风格,各行当的演技特点等等,无不熟稔于心。正是这种深厚的京剧艺术修养,才使他明知京剧难写而执意创作出具有京剧艺术审美特点的8出京剧,尤其是他为马连良和北京京剧团创作的京剧《青霞丹雪》(该剧由北京京剧团演出,主要演员有:马连良、谭富英、张君秋、周和桐等名家),更能体现他的京剧创作的审美艺术特点。

老舍京剧创作的审美艺术特点首先表现在人物描写和角色设置上。在老舍看来,一出戏能吸引住观众,写好人物、设计好角色非常重要。他不是专业的京剧作家,而是以小说家的特长去描写人物,对京剧人物进行审美观照和角色设计的。老舍在《〈忠烈图〉小引》中称赞传统京剧经典"四郎探母"中有那么多角色,那么多事件,可是一气呵成,越唱越紧。它'整',所以好。《打渔杀家》,《空城计》,《连环套》等佳剧,都是如此"。他的创作也以求"整"为好。要做到"写得整",就"不敢多用角色",他的5部抗战京剧即做到了角色不多,人物较少,事件简明,矛盾集中,"在简单中求生动"①。比如,《新刺虎》中主要人物康氏(正旦),还有仆女春香、康老丈、敌将及几个敌兵,人物集中于康家,康氏设计杀死敌人。《忠烈图》比《新刺虎》篇幅稍长一些,同样是角色较少,剧中人物陈自修(生)、陈寡妇(正旦)、仆人刘忠、汉奸刘璃球(丑)、山大王赵虎、敌将和敌兵若干。人物不多,忠奸善恶分明,矛盾集中,突出民族矛盾,最后是抗日民众打败敌人。其他三部抗战京剧也都"在简单中求生动"设置角色,利于开展抗敌情节的描述,便于宣传演出。但抗战京剧的角色设计也遇到了一个问题,就是"剧中的日本人,很难摆弄"②,扮花脸不妥,用丑角也不合适,干脆还原成日本人样子,不必穿戏装画花脸。到了五六十年代写《青霞丹雪》时不一样了,这是为北京京剧团创作的新编历史剧。同样是求"整",《青霞丹雪》不以简单明了见长,而在人物较多,情节较为复杂,时间流动、地点多变中一气呵成,求得完整。全剧共24场,主要角色6人,次要角色12人,角色行当"生、旦、净、丑"样样俱全,生里面有老生沈青霞、小生沈小霞、娃娃生(沈家二子);旦里面有老旦沈夫人、正旦沈娘子;净里面有净角严世蕃、副净杨顺,丑角有路楷等5人,再加上扮演主要角色的演员多为名师,所以这部戏演起来很能让观众叫好!

老舍说他描写京剧中的人物"略用小说的写法"③。用小说的写法写京剧、写话剧是老舍的特长,他擅长写人物性格,突出个性,写活人物。如果说老舍小说中少有热血喷涌、疾恶如仇的烈妇节女形象,

---

① 老舍:《〈忠烈图〉小引》,《老舍文集》第15卷,人民文学出版社1990年版,第365页。
② 老舍:《〈忠烈图〉小引》,《老舍文集》第15卷,人民文学出版社1990年版,第365页。
③ 老舍:《〈忠烈图〉小引》,《老舍文集》第15卷,人民文学出版社1990年版,第365页。

那么在他的抗战京剧中,则出现了这类热血报国、疾恶如仇、奋勇杀敌的烈妇节女形象,生动感人。老舍笔下的烈妇节女,性格鲜明,个性突出。如《新刺虎》中的康氏,机智勇敢,巧于设计,诱敌杀敌;《忠烈图》中的陈寡妇如要为抗日牺牲的丈夫守节,就不能嫁山大王赵虎,如要为国效力、打击日寇就得应允山大王赵虎逼婚的要求,在"忠"与"节"的矛盾冲突中,她选择"为国舍身理应当,国家事大贞节忘",突出其为"忠"失节;同是烈妇,《薛二娘》中的薛二娘则背叛亲情,谴责丈夫汉奸罪行,为国除奸,大义凛然,献身火海;《忠贤会》中的烈妇方氏,刚烈勇敢,一口咬住日军龟二郎司令的耳朵,而后在众人打击下敌人丧命。塑造以上这些烈妇节女形象,在抗战时代更能激起人们奋起杀敌的勇气。

在京剧剧本中,老舍还擅长用对话凸现图景,写活人物。他在《〈忠烈图〉小引》中谈到他"略用小说的写法"时举了些例子,"如陈自修嘱仆人刘忠去预备祭墓的酒果,仆答以市面慌乱,无处买酒果;如在墓前,陈先生问侄,谁杀你父,答以日本人……都是用对话引起更多的图象,或激起爱国仇日的热情,最动人的《天雷报》,甚会利用此种写法"①。《忠贤会》共4场,写对话较多,多用对话呈现图景,以动作展示人物,从而写活人物。比如第4场,方氏口咬龟二郎耳朵、章氏怒斥日寇、众人杀敌的情景。香港《东方画刊》在刊发这个剧本时,给每场都配了一幅图,颇为生动,其因由恐怕在于剧本多用对话动作写活人物,有利于配图。

老舍的京剧创作又特别遵循京剧艺术形式的审美规范,他在评京剧时强调"批评京戏应从京戏的形式着眼,不应从别种形式说起"②。他创作京剧注重从京剧艺术形式着眼,在"唱、做、念、打"上凸

---

① 老舍:《〈忠烈图〉小引》,《老舍文集》第15卷,人民文学出版社1990年版,第365页。
② 老舍:《谈〈将相和〉》,《老舍文集》第16卷,人民文学出版社1991年版,第235页。

显审美特点。老舍深谙京剧的唱腔板式，他很了解戏曲观众爱听歌唱，所以他特别注重唱词的撰写和唱腔板式的设计。他根据人物的情感境界和情绪变化，以"西皮"和"二黄"两大声腔安排角色唱腔。老舍的京剧剧本，像《新刺虎》《忠烈图》等剧，从头至尾角色的唱腔都标明声腔板式，如《新刺虎》，开头康氏上台唱西皮原板，以中速节奏进行叙事、抒情：

> 儿的父，去从军，英雄好汉。
> 我在家，教儿女，看守庭园。
> 听说是，日本兵，来到邻县。
> 这几天，倒教我，心神不安！（坐，诗）
> 可恨敌兵太不仁，
> 攻城放火杀良民！
> 自怜家有小儿女，
> 难作冲锋娘子军！

这段唱后是念白，介绍家境。当康氏听说敌军临近，说声"哎呀，不好了"，接着唱"摇板"，用于单句对唱，像对话。当老爹爹康老丈到来，她心情看急，欲与爹爹商量对敌计谋时唱"慢三眼"，然后当她决定坚守家园欲与敌拼命时，又回到"摇板"。当她把一双儿女交给爹爹带走，自己流泪唱"二黄滚板"，正好符合旦角"哭叙"时使用"滚板"的特点。《忠烈图》写墓祭一场，"陈自修（叫头）兄弟！自励！兄弟吓！"陈自修念过之后，不要过门，立即开唱第一句"衣冠墓，不由人，珠泪滚滚！（顶板）"第二句"为国家，丧了命，赤胆忠心！（原板）"由顶板转到原板，旋律平稳，便于抒情。紧接着用多句唱词抒唱弟弟为保国土，舍身上阵，万古流芳，是在赞颂弟弟的卫国献身的精神。《王宝钏》中的不少唱词都是给王宝钏和薛平贵的,因为两主角唱词多,所以老舍还在剧本的《前言》中说明"为保护演员的嗓子,建议在演完第三折可以休息。休息后两位主角可以换人扮演"①。以保证第四、第五折中的大段歌唱不受影响。在《青霞丹雪》中,沈青霞抄诵《出师表》以示其志,感情激越,唱西皮倒板,接唱西皮原板,抒发与奸贼势不两立之情;当严世蕃设宴欲收买他时,沈去严府,

> 沈青霞(内)走啊!(上,唱流水板)
> 来到了相府莫羞惭,
> 正人哪怕见奸官,
> 昂头阔步赴酒宴,
> 乘机会细端详那严世蕃!

这里用流水板,以中快速节奏演唱,与此时人物的情感相谐。而沈青霞在酒宴上,当面摔杯斥责严世蕃时的一段唱,则未标明板式。全剧中,有标明板式的,也有未标明板式的。未标明板式的由演员自行安排,发挥特长。老舍在多部剧中,对多种唱腔板式均有安排,且恰到好处。未标明唱腔板式的,交由演员自己发挥特长,有利于演员的创造。这里要特别提出的是老舍京剧中的"唱"词,多为七字句或十字句,且都押韵,利于演唱。如《王宝钏》"全部唱词都是上下句押韵的(叠翠)"②,以求完整动听。至于他剧本中的念白,全都字正腔圆、简捷明快。他要求演员口必清楚,吐字准确,这样与唱腔韵律结合起来,很能让人进入艺术美的境地。比如他改编、创作的《十五贯》"在

---

① 老舍:《王宝钏》,载胡絜青、王行之编《老舍剧作全集》第4卷,中国戏剧出版社1982年版,第366页。
② 胡絜青、王行之:《老舍剧作全集》第4卷,中国戏剧出版社1982年版,第366页。

文字上,原本歌唱部分用的是文言,在对白部分往往运用苏白,不适用于京剧;因此,改编本的戏词全部重新写过,不是原文的普通话翻译。改编本所用语言是照顾到京剧传统的,如'适才间'、'待我看来'等等都依样保存,不大像话的陈词滥调,如'地流平'、'马走战'等等,则加以淘汰"①。可见老舍追求的是语言文字的经典化,京剧语言的审美化。至于老舍京剧中"做"的演技,有的加以说明,有的交给导演和演员自行设计。比如在《王宝钏》中,老舍说:"对于做派也未随时详加说明,这请导演须在字里行间找出戏来。在京剧的《三击掌》、《探寒窑》里,老生、老旦的动作不多,不大活泼。在我编的词儿里,我预备下一些可以做戏耍身段的地方,虽未尽注明,可是细看一看便可发现。"②这就有利于演员发挥特长进行再创造了。与"做"相联系的是"打",老舍京剧中的"打"的设计安排,同样生动精彩。他的抗战京剧,主要安排抗战人物与日本官兵的武打,在《王家镇》剧本中,特别对人物的武打做了说明:"剧中以薛成义为主角。扮此角者须长于说白,并会武功,因后有开打也","小生在前半穿富贵衣,以示穷困;后半则改为武装,以便开打"③。为武打设计,对演员的演技、着装都提出严格要求,真是一丝不苟!总之,老舍的京剧创作,遵循京剧的艺术规律,讲究"唱、做、念、打"的艺术形式,具有较高的艺术水平!

统观老舍的京剧创作,其创作思想的发生来自抗战时期,是时代的需要、民族的呼唤、爱国热情的激荡,促使作家从事抗战京剧的创作的,而这些抗战京剧又表现了鲜明的时代特征:以爱国主义为主体的民族精神。新中国成立后,老舍又在从事戏曲改革运动和对戏曲

---

① 老舍:《〈十五贯〉改编说明》,《老舍文集》第 16 卷,人民文学出版社 1991 年版,第 399 页。
② 胡絜青、王行之:《老舍剧作全集》第 4 卷,中国戏剧出版社 1982 年版,第 366 页。
③ 老舍:《王家镇》,载胡絜青、王行之编《老舍剧作全集》第 4 卷,中国戏剧出版社 1982 年版,第 65 页。

改革的理论探讨基础上,进行京剧的旧戏改编和历史题材的京剧创作,从历史中发掘民族精神,从而实现思想教育的主题。因此从抗战京剧发展到历史题材的京剧创作,都具有鲜明的时代特征和思想价值。同时,他的8部京剧均遵循京剧艺术创作规律,在人物描写,角色配置,"唱、做、念、打"的艺术形式上,创造了独特的审美艺术价值。老舍的京剧创作也留下了创作经验的重要启示:作家要紧随时代,为时代需要而创作,为人民需要而创作,为弘扬中华民族的核心价值观爱国主义、民族精神而创作!

[原载《安徽师范大学学报》(人文社会科学版)2019年第2期]

第十四章　老舍的京剧人生

老舍一生有着深厚的京剧情缘,他喜京剧、爱京剧、懂京剧、唱京剧、写京剧,从事戏曲改革,改编传统京剧,他的小说中,常出现京戏剧目和京剧名家,为其叙事情节、人物描画,增添了京腔京味的艺术光彩。他的话剧、戏曲创作,有些也得益于京剧艺术修养。老舍的京剧人生,有说不完的故事,道不尽的精彩!

第一节　老舍京剧情缘的生成

老舍京剧情缘的生成,起始于小羊圈胡同(小杨家胡同)的旗人的生活环境。旗人的生活环境培育了老舍的京剧情趣、艺术爱好。老舍夫人胡絜青说过:"老舍小的时候,满族人中还有很多人会吹拉弹唱,不少家庭中有三弦、八角鼓这类简单的乐器,友人相聚的时候,高兴了就自弹自唱起来,青年人也往往以能唱若干大鼓或单弦而自傲。"①旗人有着天生的音乐天赋,吹拉弹唱,京剧、岔曲、八角鼓、单弦等等,样样都能来一手。这种情景在小说《正红旗下》有着生动描述,小说写道:"戏曲和曲艺成为满人生活中不可缺少的东西,他们不但爱去听,而且喜欢粉墨登场。他们也创作,大量地创作,岔曲、快书、鼓词等等。"旗人尤其对京剧,有天生的喜好,"有的王爷会唱须生,有的贝勒会唱《金钱豹》,有的满族官员由票友而变为京剧名演"②。《正红旗下》中的大姐的公公是个四品顶戴的佐领,他会唱京戏、联珠快

---

①胡絜青:《老舍和曲艺》,《曲艺》1979 年第 2 期。
②老舍:《正红旗下》,人民文学出版社 1980 年版,第 10 页。

书,还加入了票社。尽管老舍从小不大喜爱姑母,他说姑母常以"大姑子"的名义支使他的母亲,常用烟袋锅子敲他的头,发起脾气来"她的有神的眼睛就变成有鬼,寒光四射,冷气逼人"①!可是,在老舍笔下,他的姑母也有可爱的地方,即是姑母喜欢京戏:"她还会低声地哼几句二黄。据说:她的丈夫,我的姑父,是一位唱戏的!"但是,姑父艺名叫什么,是唱小生还是唱老旦的,"不得而知"。"姑母经常出门:去玩牌、逛护国寺、串亲戚、到招待女宾的曲艺与戏曲票房去听清唱或彩排,非常活跃"②。姑母不一定带过老舍到票房听过京剧清唱或彩排,但她有时哼几句二黄,每每喝过两盅酒之后说出一句"唱戏的也不下贱啊!"姑母对京剧的喜好,对老舍会有一定的影响。不仅如此,常到老舍家里来的,老舍从小就很喜欢的"福海二哥","他会骑马射箭,会唱几段(只是几段)单弦牌子曲,会唱几句(只会几句)汪派的《文昭关》,会看点风水,会批八字儿"③。如果说福海二哥会唱的京剧不多,只会几句汪派的《文昭关》,那号称"霜清老人"的定大爷才学出众,"能够唱整出的《当锏卖马》,文武双全"④,则是老舍所欣赏的。老舍欣赏的人物还有金四把叔叔,他说"四叔的嗓子很好,会唱几句《三娘教子》。虽然不能上胡琴,可是大家都替他可惜,凭这条嗓子,要是请位名师教一教,准成个大名角儿!"⑤《正红旗下》所写的姑母、大姐公公、福海二哥、定大爷、金四把叔叔,等等,"都有实际的原型可查,老舍家中确有过其人,而且他们的社会地位也大体相当"⑥。他们的京剧爱好、艺术才华对老舍有着较深的影响,但影响毕竟是影响,老

---

① 老舍:《正红旗下》,人民文学出版社1980年版,第5页。
② 老舍:《正红旗下》,人民文学出版社1980年版,第23页。
③ 老舍:《正红旗下》,人民文学出版社1980年版,第31页。
④ 老舍:《正红旗下》,人民文学出版社1980年版,第69页。
⑤ 老舍:《正红旗下》,人民文学出版社1980年版,第73页。
⑥ 胡絜青:《写在〈正红旗下〉前面》,载老舍著《正红旗下》,人民文学出版社1980年版,卷首第6页。

舍对京剧的爱好、艺术修养,远远超越了那些影响他的人物,就唱京剧来说,老舍就比他们高明得多。

第二节　老舍唱京剧

据舒乙所言,老舍学戏始于1920年。"老舍学的戏里,英雄豪杰的居多,正气凛然的居多。老舍说过,他年轻的时候是个悲观主义者,性格孤僻,内向,清高,总有一种压抑感,心里常是郁闷的。借着唱戏,他能喊出积淤在胸中的不快和苦闷"。老舍的好友罗常培先生"保留着一张早年的照片,罗先生扮黄天霸,老舍扮窦尔墩。二十年代初,他们有一个时期曾在北京一中共事,罗是代理校长,舒是国文、修身、音乐教员。舒老师不仅在音乐课中把昆曲当作教材,而且在国文课上也唱过戏,这使学生们大为惊讶。有一次他讲解诸葛亮的《出师表》,大讲《失街亭》里的诸葛亮,如何心胸开阔,肯于律己,便学着当时红极一时的名演员谭鑫培的念白'悔不听先帝之言,错用马谡,乃亮之罪也!'他告诫学生们说:'以后听戏,不要只听那些味儿,要看有益身心的感人之处,诸葛亮就知错认过嘛!'说得学生们都笑了起来。还有一次,讲解骆宾王的文章,突然唱起了昆曲《弹词》,只见他一板一眼地打着拍子,一本正经地唱下去,学生们又惊又喜,从来不曾上过这样的图文并茂、文武双全的课"[①]。1936年,老舍为祝贺母亲80大寿,特意唱了一段京剧《捉放曹》,以祝母亲诞辰快乐。抗战期间,在"文协"第一次筹备会上,老舍唱了自己创作的抗战京剧《忠烈图》。1939年,老舍随全国慰劳总团北路分团到达延安。晚宴后听《黄河大合唱》,老舍深受感动,登台为延安父老和毛主席清唱京剧。据舒乙介绍:"1946年他和曹禺到美国去讲学,临行前文艺界在上海为他们践行,大家说了许多鼓励的话,会后聚餐,聚餐之后余兴,由老

[①] 舒乙:《老舍的关坎和爱好》,中国建设出版社1988年版,第35页。

舍带头唱,热闹了一番之后又由老舍压轴,加唱的是《草桥关》。1949年底,老舍先生由美国回国,1950年元旦,文艺界在北京饭店开了一次盛大的新年联欢会,欢迎老舍归国。余兴开始后,又是老舍唱戏,这次他唱的是《审李七》。"① 在京剧行当中,老舍喜欢唱老旦,他最拿手的是唱老旦戏《钩金龟》,他在不同场合多次唱过《钩金龟》。在我看来,他喜欢《钩金龟》一是因为这出戏是宣扬孝文化的,老舍本身即是个大孝子,他对母亲特别尽孝,从思想情感上与这出戏产生共鸣;二是他的好嗓音适合唱老旦,再加上他唱的是龚云甫的调儿,这就更能显示老舍唱老旦戏的本领。但是,他又不局限于老旦,京剧的生、净等行当,也都能来一手。三十年代,老舍从国外回来,到达上海,在郑振铎家小住,其间结识赵景深,据赵景深说:"老舍听我说起,要在1930年4月19日与李希同结婚,他就毛遂自荐,要替我做司仪,他说他自己的喉咙很好,不用未免可惜。的确,他那晚清唱《黄鹤楼》,一赶三,使人能从他的声音中辨别出谁是周瑜、孔明和张飞。"② 他唱京剧一赶三,一人唱老生(诸葛亮)、小生(周瑜)、花脸(张飞),真了不起! 老舍50岁以后,唱京戏的水平达到了与京剧名家同台演出的程度。1953年,他随贺龙任总团长的第三届中国人民赴朝慰问团抵达朝鲜。在一次慰问演出中,马连良开场唱了《马鞍山》和《三娘教子》,接着周信芳唱了一段《追韩信》,梅兰芳演唱了一段《玉堂春》,这些都是大师们的拿手戏,此时,老舍也不示弱,唱了一段《钩金龟》,成龚云甫的腔儿。我常常想:如果老舍从小即投京剧名家学艺,定能成为京剧名角儿乃至京剧大师。当然,天命不可违,天上的文曲星下凡,早已规划好了的:他是个大作家而不是京剧名角儿。

---

① 舒乙:《老舍的关坎和爱好》,中国建设出版社1988年版,第37页。
② 赵景深:《我所认识的老舍》,载舒济编《老舍和朋友们》,生活·读书·新知三联书店1991版,第343页。

第三节　老舍与京剧名家的交往

老舍与京剧名家交往较多,和他们结下较深的京剧情谊。在与京剧名家的交往中,他们亲切交谈,合影,互赠诗词,同台演唱京戏。老舍还为京剧名家写戏、改编京剧,充分显示他的儒雅风范、艺术才华。1950年5月17日,北京市文学艺术工作者联合会成立,老舍任文联主席,梅兰芳任副主席,他们同在主席台上合影。1953年9月,北京文联召开第二次代表大会,代表团合影中有老舍与程砚秋的合影。1953年10月,随贺龙任总团长的第三届中国人民赴朝慰问团赴朝鲜,老舍任副总团长,在一次慰问演出中,他和梅兰芳、马连良同台演唱京戏。1954年6月,全国人大一届一次会议中,老舍与梅兰芳合影。1956年,老舍应马连良之邀,将昆曲《十五贯》改编为同名京剧,改编本《十五贯》于1956年10月由北京出版社出版。1957年7月5日,全国人大一届四次会议中,老舍与梅兰芳亲切交谈合影。1957年11月4日,中国人民代表团参加苏联十月革命40周年纪念活动,刘宁一为团长,老舍、梅兰芳等为副团长,老舍后来在文章中特意写道:在这次的行旅中,梅兰芳"总是把下铺让给我,他睡上铺。他知道我的腰腿有病"[①]。1958年8月,老舍出席第一届全国曲艺汇演大会期间,书赠荀慧生诗一首:"荀公胸有好山川,笔下风流胜自然。赠我云林一段景,长松巨瀑接青天。自注:慧生老友为画扇吟此为谢,1958年8月时全国曲艺代表在首都会演。""四大演员于剧艺多所创造,复精绘事,真艺术界之多面手。予藏有梅、程、尚三公作品,今得荀公笔墨,交映生辉,可傲人矣。"[②]在获荀慧生画扇之前,老舍已收藏有梅兰

[①] 老舍:《梅兰芳同志千古》,《老舍文集》第14卷,人民文学出版社1989年版,第373页。

[②] 老舍:《赠荀慧生》,《老舍文集》第13卷,人民文学出版社1988年版,第459页。

芳、程砚秋、尚小云画的扇子。据舒乙介绍，老舍和一些京剧演员非常熟悉，"其中有几位是莫逆之交，包括梅兰芳、马连良、荀慧生等。他们经常在一起，下小馆喝喝酒。通过这种接触，他知道这些人都会画画……于是，老舍开始特意收集他们所画的扇子，多数能叫得出名字的名家、名角的都有"①。老舍收藏了大量京剧名家所画的扇子，计有163把，其中有梅兰芳、王瑶卿、陈德霖、奚啸伯、裘盛戎、叶盛兰、侯喜瑞等人的，足够开一个名伶画扇展了。1959年，老舍为马连良和北京京剧团写了一出京剧《青霞丹雪》，同年3月9日，该剧由北京京剧团首次演出，主要演员有：马连良、谭富英、张君秋、周和桐等。1960年7月23日，中国文学艺术工作者代表大会，毛主席接见大会主席团时，与老舍、梅兰芳等握手合影，老舍与梅兰芳亲切交谈合影。1961年立夏日，老舍作诗赠马连良："淮河营外火牛阵，天水关头白蟒台，三字经陈十道本，状元谱上百花开。"②诗中所言《淮河营》、《火牛阵》(又名《乐毅伐齐》)、《天水关》(又名《收姜维》)、《白蟒台》(又名《云台观》)、《三字经》、《十道本》、《状元谱》(又名《打侄上坟》)，都是马派常演的剧目，老舍将马派名剧以诗集成，表现了他对马派艺术的高度赞赏之情。1961年7月，老舍等人观看京剧武生盖叫天的演出后，和梅兰芳、盖叫天合影。1961年，老舍等人观看郝寿臣勾脸后合影，同年9月写《〈郝寿臣脸谱集〉序》。1961年12月，著名京剧表演艺术家麒派创始人周信芳在庆贺自己舞台生活60周年纪念日子里，又喜收四位高徒——中国京剧院李少春和李和曾、云南京剧院徐敏初、常州京剧团明毓琨。老舍出席拜师会，即席赋诗祝贺："同心同

---

①舒乙：《父亲老舍的藏画》，《新民晚报》2013年9月4日。
②老舍：《再集马派名剧——赠马连良》，《老舍文集》第13卷，人民文学出版社1988年版，第461页。

德,春风桃李;包教包学,状元师徒。"①这四位高徒,当时都是京剧界著名文武老生,像李少春已是京剧表演艺术家了,故老舍称他们师徒是"状元师徒"。老舍生来喜交友、善交友,他人缘广泛,尤其在与京剧名家的交往中,增进了友情,加深了对京剧名家及其流派艺术的了解,促进了国粹艺术的继承发展。

第四节 老舍评京剧

评戏要懂戏,不懂戏的人去评戏,往往说不到点子上,让人见笑。老舍懂京戏,深谙京剧的各行当,各流派的唱、做、念、打的技艺、技法,对京剧的服装、道具(砌末)的类别、特点,乃至名家表演的艺术细节、脸谱的勾画,尤其是剧目版本的改编、变化等等,他都了然于心。

老舍评京剧,重名家、重流派、重名剧。他评《将相和》,先从戏的原本说起。他说这出戏是由《完璧归赵》、《渑池会》与《负荆请罪》三段戏串在一起的。而且这三段戏原本就有个"好根底",都曾被名演员唱红过:"《完璧归赵》是已故刘鸿声的,《将相和》(即《负荆请罪》)是二十年前女名角恩晓峰的拿手戏。《渑池会》虽然近二十年来不大演出,可是大家还都记得'扑油锅'那一场。"②老舍不仅把《将相和》改编的来龙去脉说得一清二楚,而且从京戏的形式着眼,评价其艺术特色:《完璧归赵》一段是唱工戏,《渑池会》和《负荆请罪》是做工戏,三段合起来,有唱有做,不单调。"唱、做、念、打,都应有尽有,看着顺眼、痛快",观众喜欢看,"叫座",它在艺术形式上的成功,也带来了"营业成功"。同时,这艺术上的成功,更能说明它的改编的成功。老舍说,"这出戏是在尽量保留旧本子所有的东西的宗旨下,设法使文

---

① 老舍:《为四位京剧演员拜周信芳为师贺诗》,载张桂兴编注《老舍旧体诗辑注》,中国矿业大学出版社 1994 年版,第 143 页。
② 老舍:《谈〈将相和〉》,《老舍文集》第 16 卷,人民文学出版社 1991 年版,第 234 页。

武同心,共御强敌的思想教育特别显明"。而且改编了的《将相和》,充分调动演员的长处,它留有"弹性,演员可灵活运用",演员可根据自己的长项而"各有增减,谭富英与李少春所演的不完全相同,裘盛戎与袁世海所演的也不完全相同。结果是各展所长,异曲同归"①。

老舍既赞赏京剧名家对艺术精益求精、一丝不苟的精神,又张扬他们各自的艺术个性、表演风格。他常用"精益求精""一丝不苟"等赞美之词突出京剧艺术大师们追求艺术完美的精神。作为四大名旦之首的梅兰芳大师,特别注重艺术锤炼,对艺术精益求精:《贵妃醉酒》《霸王别姬》"已演过不知多少次了。可是,他仍然要用半天的时间去准备。不,不仅准备,他还思索在哪一个身段,或某一句行腔上,有所改进"②。荀慧生、尚小云两位大师"都六十多岁了,可是上得台来,生龙活虎,念,做,唱,打,一丝不苟,令人多么感动啊!"③他评郝寿臣扮演《打渔杀家》里的倪荣,和《失街亭》里的马谡等等,"不管您扮演什么角色,哪怕只有一两句唱儿,或一点点武打,您总是全力以赴,一丝不苟"④。他评盖叫天,说盖老的《武松打店》已演了几十年,几十年来"都是随演随加工","精益求精,日见完整"⑤。他说马连良"不仅在唱、念、做上都有独到之处,连人物的扮相与行头亦精心设计"⑥。"精益求精""一丝不苟"是大师们的共同的艺术追求,可具体到每位

---

① 老舍:《谈〈将相和〉》,《老舍文集》第16卷,人民文学出版社1991年版,第237页。
② 老舍:《梅兰芳同志千古》,《老舍文集》第14卷,人民文学出版社1989年版,第374页。
③ 老舍:《观戏简记》,《老舍文集》第16卷,人民文学出版社1991年版,第538页。
④ 老舍:《敬悼郝寿臣老先生》,《老舍文集》第14卷,人民文学出版社1989年版,第384页。
⑤ 老舍:《从盖老的〈打店〉说起》,《老舍文集》第16卷,人民文学出版社1991年版,第593页。
⑥ 老舍:《〈马连良演出剧本选集〉序》,《老舍文集》第16卷,人民文学出版社1991年版,第673页。

大师那里,又有着不同的艺术形式和艺术风格。

以四大名旦为例,他们"都能画都能写","他们的行头做得那么好看",都追求艺术的美!徐兰沅先生曾给梅大师伴奏了几十年,他送给老舍一份礼物:梅大师画的扇面,上面画的是菊花,工工整整题着"梅兰芳"三个字。这幅扇面是当年梅兰芳演《晴雯撕扇》时用过的。梅兰芳每次演这出戏,必先精心画一扇面,画好了拿到台上把它撕碎,徐老先生送给老舍的那份扇面,即是他把梅大师撕碎的扇面捡起来,把它裱好后,送给老舍的。梅先生能写能画,所以他的行头、戴的花,以及舞台布景,都得益于他的艺术审美,"他懂得配色","他戴的花,不是插满了头,像个大花篮似的。他懂得什么叫美"①。有一次演《贵妃醉酒》,他发现有一位宫娥,面部的化装很好,而耳后略欠明洁,他马上代她重新敷粉。他不许舞台上有任何敷衍的地方,"舞台是一幅画,一首诗,必须一笔不苟"②。这就是梅兰芳,他精、细、雅、美!他综合了青衣、花旦和刀马旦的表演方式,在唱、念、做、舞、音乐、服装、扮相等各个方面,进行不断的创新和发展,将京剧旦行的唱腔、表演艺术提高到了一个全新的水平,达到了完美的境界。他不仅在旦行中开创了"梅派"艺术,而且小生、武生戏都能演,老舍说:"梅大师也学过小生戏,《黄鹤楼》《辕门射戟》,他都能唱,有时还反串武生戏。"③真正是一位博大精深的京剧艺术大师。

不仅梅兰芳在京剧艺术上追求全与博、精与细、雅与美,荀慧生、尚小云也在全与博、精与美上,表现出极深厚的工力。他们的"念,做,唱,打,一丝不苟"。老舍评荀慧生,说他在《荀灌娘》中,"先扮闺门旦,而后改扮武旦,最后改扮小生。随着形象的改变,他须唱不同

---

① 老舍:《戏剧漫谈》,《老舍文集》第16卷,人民文学出版社1991年版,第666页。
② 老舍:《戏剧漫谈》,《老舍文集》第16卷,人民文学出版社1991年版,第668页。
③ 老舍:《戏剧漫谈》,《老舍文集》第16卷,人民文学出版社1991年版,第668页。

的腔儿,而且要耍枪,驰马,表现武工。好不容易呀!"①荀慧生一生对京剧的传统技法有所发展,对唱腔、身段、服装、发饰都进行了革新与创造,从而形成了长于表演,长于刻画人物,声情并茂的"荀派"艺术风格。老舍评尚小云:"扮演的双阳公主,始终是武旦,单说耍雉鸡翎(特别是那一只手掏两支翎子),就需要极深厚的工力,他还须边舞边唱,而且是高唱入云!真是功夫啊!"②尚小云在艺术实践中,创造了"文武并重,歌舞兼长,清新英爽,洒脱大方"的京剧尚派艺术,对后世影响深远。

老舍特别赞赏京剧艺术大师们的改革与创新精神。他称赞郝寿臣的花脸艺术,及其对传统剧目的整理和对唱腔、脸谱的改革创新。郝寿臣开创了"架子花脸铜锤唱"的郝派艺术,以气魄取胜,唱念韵味浑厚,工架凝练,表演浑然天成。《审李七》《长坂坡》是他的拿手好戏,人们都称他是黄三老夫子的继承人,管他叫"活曹操"。他的花脸已驰誉京津,仍精益求精,"不满足已得的声誉,活到老,学到老"。他把"已将失传的剧目整理出来,和群众见面,如《打督邮》《打曹豹》《打龙棚》《黄一刀》"。他"不止挖掘老剧目,而且与杨小楼、高庆奎、马连良诸名家共同钻研,整理出武生与花脸,老生与花脸合演的名剧"。老舍赞扬郝寿臣的"大胆改革与创新精神"。他的改革与创新,在"唱腔、脸谱,乃至一冠一带,都既根据传统,又加以改革。承前启后"。老舍说按照传统,京剧的净角必须会演《醉打山门》《火判》《嫁妹》等昆曲,郝继承了这个传统。他演《醉打山门》继承了传统,"也改造了鲁智深的形象","别出心裁,推陈出新"③。郝大师的改革创新精神,

---

① 老舍:《观戏简记》,《老舍文集》第16卷,人民文学出版社1991年版,第538页。
② 老舍:《观戏简记》,《老舍文集》第16卷,人民文学出版社1991年版,第538页。
③ 老舍:《敬悼郝寿臣老先生》,《老舍文集》第14卷,人民文学出版社1989年版,第385页。

还表现在他的脸谱艺术上。老舍为郝寿臣《脸谱集》写了序言,盛赞郝老的勾脸艺术,评价其脸谱艺术风格:"他的勾脸与绘画有不少相通之处。他很注意章法:如曹操的壮年和衰年两谱有高勾与低勾的区别,李逵脑门的圆光稍小以便显出天庭饱满,都很有讲究。他也注意笔法,连勾个眉子或眼窝,亦层层施墨,深浅有序;小至画几根鼻须,也将笔伸入鼻孔,由内而外,用力挑出。他的笔墨时时变化,演染则泼墨生晕,勾勒则惜墨如金。这是民族风格极强,务期表现人物性格的艺术。"①

盖叫天对传统剧目进行艺术上的改进、磨炼,他将那些保留下来的节目,"一丝不苟地磨成无瑕的美玉"。"盖老之所以为盖老,就是在于他每一出戏的武打都是按照剧情与人物性格去安排的,他创造了自己的风格,也重视每一出戏的风格",武打而外,"腔调创造必须依据剧情与演员才能,依词置腔"。他的武戏不仅运用舞台上的开打套数,而且将他学过的许多本领融入其中。比如他的"《打店》从武术中吸取营养,而后融会贯通成为自己特有的技巧"②。梅兰芳在评价盖叫天时说过(大意):一位演员的表演技术是由少到多,又由多到少。盖老对武戏的改进创造,即体现了这一艺术规律。

第五节　老舍致力于戏曲(京剧)改革

从1949年至1951年,为了适应新体制下的文化艺术建设的需要,全国文化系统开展了戏曲改革运动。当时文化部下设专门从事戏曲改革组织领导工作的戏曲改进局,1950年7月11日,成立了中

---

①老舍:《〈郝寿臣脸谱集〉序》,《老舍文集》第16卷,人民文学出版社1991年版,第608页。
②老舍:《从盖老的〈打店〉说起》,《老舍文集》第16卷,人民文学出版社1991年版,第596页。

央人民政府文化部戏曲改革委员会,老舍是43位委员之一。同年11月27日在北京召开了全国戏曲工作会议,老舍为会议的主席团成员之一,并在大会上做了题为《新文艺工作者对戏曲改进的一些意见》①的发言。继之,老舍在1950年12月1日《文艺报》上发表了《略谈戏改问题》。1951年5月5日,中央人民政府政务院颁发了《关于戏曲改革工作的指示》文件,文件提出了戏曲改革的中心任务是发扬人民新的爱国主义精神,鼓舞人民在革命斗争中和生产劳动中的英雄主义,反对鼓吹奴隶道德、野蛮恐怖或猥亵淫罪行为,反对丑化或侮辱劳动人民。文件规定要用主要力量审定流行最广的旧有剧目,对其中的不良内容和表演方法进行必要的和适当的修改。老舍在戏曲改革中,除了积极参加各种戏改活动,发表两篇关于戏改的重要文章,还写了《六十八出京戏"戏改"剧目提纲》。

老舍的戏改文章,从总体上充分体现了中央《关于戏曲改革工作的指示》精神,并对戏改工作提出了具体意见和可操作性的办法。他认为,戏改"所应注意的不简单的只是演技等等问题(艺人们从多少年前就会干这个),而是思想问题。在这里所谓的思想问题,包括着艺人思想的改进,与戏剧的思想教育。"关于思想教育,老舍提出不能单靠"说教",要把传播的新思想"消化在艺术形式中"。在改编旧戏上,老舍提醒大家注意:"不必看见皇帝就杀,遇到大臣即斩;把皇帝大臣都杀光,也许历史就不像历史了。"因为古代就是有皇帝、大臣的存在,那是历史,因而要尊重历史。但剧本的内容并不都是"以正确的历史事实为根据的,大多数根据史书演义,传奇,传说,与小说",所以不能把人与事"都返归历史"。在编新戏上一定要小心,"别用今天新闻纸上的资料与道理,假充作历史","我们须从历史故事中取得教

---

① 老舍的大会发言收录在1952年2月上海晨光出版公司出版的老舍曲艺作品集《过新年》。

训,而不能把它说得和今天的新闻一模一样";要正确地对待神话故事,"神话是幻想,是寓言,是讽刺,并不提倡迷信","必须把神话与迷信分别清楚"。老舍还对旧戏革新、演员的生活体验提出要求,他告诫旧戏艺人"没有生活的体验,就创造不出新的角色的形象与动作来,而旧戏的革新是必须创造工农兵等角色的"。①

老舍的《六十八出京戏"戏改"剧目提纲》(以下简称《提纲》),据舒乙考证,写于 1950 年,一直没有面世。直到 2012 年 10 月第六届老舍国际学术研讨会上,收藏家徐国卫提供了自己收藏的《提纲》手稿,舒乙先生在会上详细论述了《提纲》的时代背景,老舍对戏改所做的理论、艺术贡献,以及《提纲》的内容特色及其价值。徐国卫先生又以老舍戏改手稿为主线,融合了书法艺术、国画艺术、京剧及各种戏曲艺术等国粹,策划并于 2017 年 8 月 5 日在济南举办了"一带一路中国文化行——《老舍点戏》大型画册暨弘扬国粹展",齐鲁书社于同年 8 月出版了《老舍点戏》这一大型画册。老舍的《提纲》中每一出京戏介绍都有老舍的手稿,展现了老舍的书法艺术,每一出京戏都配有戏画、篆刻、剪纸等传统艺术,生动传神,全面展示了老舍对戏改尤其是对京剧改革的重要贡献。以下是《提纲》中 68 出京戏剧目:

1.战樊城 2.伍申会 3.文昭关 4.浣纱记 5.鱼藏剑 6.刺王僚 7.伐子都 8.摘缨会 9.宇宙锋 10.霸王别姬 11.盗宗卷 12.取洛阳 13.捉放曹 14.连环记 15.白门楼 16.大战濮阳 17.辕门射戟 18.战宛城 19.神亭岭 20.群臣宴 21.长坂坡 22.群英会(借东风) 23.战长沙 24.甘露寺 25.黄鹤楼 26.芦花荡 27.两将军 28.金雁桥 29.木

---

① 老舍:《新文艺工作者对戏曲改进的一些意见》,《老舍文集》第 16 卷,人民文学出版社 1991 年版,第 251、255、256、258 页。

兰从军 30.打瓜园 31.打龙袍 32.铡美案 33.问樵 34.三岔口 35.穆柯寨 36.枪挑穆天王 37.辕门斩子 38.扈家庄 39.打渔杀家 40.白水滩 41.二进官 42.春香闹学 43.水帘洞 44.定军山 45.连营寨 46.空城计 47.铁龙山 48.秦琼卖马 49.打登州 50.锁五龙 51.罗成叫关 52.望儿楼 53.白良关 54.凤凰山 55.摩天岭 56.汾河湾 57.彩楼配 58.三击掌 59.投军别窑 60.母女会 61.马上缘 62.芦花河 63.徐策跑城 64.四杰村 65.巴骆和 66.金沙滩 67.李陵碑 68.雁门关

对这 68 出京戏剧目,舒乙做了解说:从内容上看,它们是老舍认为"可以肯定的好戏,是健康的,符合历史真实的,对观众有教育意义的";"老舍先生在提纲中简要地书写了该剧的故事情节和主要人物",只在《伐子都》《木兰从军》《白门楼》《白水滩》《望儿楼》5 出戏的提纲中"写了一些客观的评语,做了一些定性的结论,或交代了一些出处,穿插着用了一些学术论文的定语"比如老舍介绍《木兰从军》:"木兰是古乐府《木兰辞》里的人物,后来有人说她是北魏的人,有人说她是隋朝的人,至于说她姓花,也是后人传说如此。戏里的花木兰是延安人氏,她的父亲叫花弧,姐姐叫花木蕙,弟弟叫花木棣。突厥可汗攻魏,北魏主命贺廷玉挂帅出征,向四路征兵,花弧名在军籍。花木兰因父亲老病,女扮男装,代父从军,在营中累立战功,突厥大败逃去。贺廷玉奏凯回朝。北魏主封木兰尚书郎的官职,木兰却愿归故里。木兰回家见了父母姊弟,换了女装,北魏主特颁盔甲马剑缎匹金银,命贺廷玉押送往花家酬功,却发现木兰原来是女子。戏里情节和《木兰辞》大致相同。"这些京剧,从内容来源上分类,"三国演义戏:二十出;北宋杨家将戏:九出;东周列国戏:八出;隋唐戏:六出;征西戏:

六出;西汉戏:四出;水浒戏:三出;征东戏:三出;明朝戏:二出;飞龙传戏:一出;三侠五义戏:一出;西游记戏:一出;薛家将戏:一出;绿牡丹戏:一出;东汉戏:一出;其他戏:一出。"这六十八出京戏剧目"涉猎甚广","反映了老舍先生的多知博学和兴趣广泛,确实是一位百科能手,这在现代文人中已不多见"。① 总之,《提纲》与老舍的戏改文章均遵循中央戏曲改革"推陈出新"的总体精神,以正确的思想教育人,以保留和改革了的艺术形式感染人,充分体现了老舍对戏曲改革尤其对京剧改革所做的贡献!

第六节 老舍写京剧

老舍一生创作了 8 部京剧。抗战时期(1938 年 3 月至 6 月)创作并发表了 5 部抗战京剧:《新刺虎》《忠烈图》《薛二娘》《王家镇》《忠贤会》②。五六十年代改编、创作了 3 部京剧历史剧:《十五贯》(1956)、《王宝钏》(1963)、《青霞丹雪》(1959)。抗战时期的需要,民族的呼唤,爱国热情的激荡,促使作家从事抗战京剧的创作,而这些抗战京剧又表现了鲜明的时代特征:以爱国主义为主体的民族精神。当新中国成立后,老舍又在从事戏曲改革运动和对戏曲改革的理论探讨基础上,进行京剧的旧戏改编和历史题材的京剧创作,从历史中发掘民族精神,从而实现思想教育的主题。因此老舍的抗战京剧和历史题材的京剧创作,都具有鲜明的时代特征和思想价值。同时,他的 8 部京剧均遵循京剧艺术创作规律,在人物描写,角色配置,"唱、做、念、打"的艺术形式上,创造了独特的审美艺术价值。(前章已有《论

---

① 舒乙:《老舍六十八出京戏"戏改"剧目提纲手稿》,载徐国卫著《老舍点戏》,齐鲁书社 2017 年版,第 1—9 页。
② 老舍的抗战京剧《忠贤会》,李斌新发现的原载香港《东方画刊》1938 年第 1 卷第 6 期,新载《新文学史料》2017 年第 3 期。

老舍的京剧创作》,故本节从略)

第七节 老舍小说中的京剧

我早在1994年出版《老舍小说艺术心理研究》那本书的时候,就说过老舍精通京剧,他的小说中的人物随口就能说出一些京剧段子,小说中涉猎京剧剧目很多,《赵子曰》中有5出:《王佐断背》《斩黄袍》《辕门斩子》《八大锤》《秋胡戏妻》。《四世同堂》涉及的京剧更多了,有22出:《四郎探母》《空城计》《宁武关》《连环记》《连环套》《九更天》《蒋干盗书》《单刀会》《火烧红莲寺》《杀子报》《纺棉花》《打樱桃》《汾河湾》《红鸾禧》《红门寺》《铁公鸡》《青石洞》《彩楼配》《祭塔》《大溪皇庄》《天官赐福》《奇双会》。其他小说中还有7出:《玉堂春》《东皇庄》《孤王酒醉》《得意缘》《西厢》《截江》《审头刺汤》。据我初步统计,老舍小说中涉及的34出京戏剧目中只有3出《空城计》《连环计》和《辕门斩子》在老舍写于50年代的《提纲》里,其他31出均不在,但是这31出也都是京剧经典。另外,他的小说中还时常出现较多的京剧界名流、泰斗,比如高庆奎、马连良、程砚秋、杨小楼、谭叫天、梅兰芳等。而且他小说中的人物随时都能说出精通京戏的内行话来,比如:文怕《西厢》,武怕《截江》,半文半武《审头刺汤》。可见,老舍真正具有较深的京剧艺术素养。

老舍小说中出现的京戏剧目不是作家心血来潮随意而发的,而是与小说的人物描写、叙事情节等紧密相连的,具有多方面的艺术功能。《四世同堂》中的京剧,即具有描写人物、叙述情节、渲染气氛、增强京腔京味地方特色的艺术功能。小说中有的京剧剧目是用来刻画人物心理,展示人物性格的。比如小说写祁瑞宣在北平沦陷后"他看过一回《宁武关》,他受了极大的感动。他觉得一个壮烈英武的战士,在殉国之前去别母,是人世间悲惨的极度,只有极大的责任心才能胜过母子永别的苦痛,才不至于马上碎了心断了肠"①。《宁武关》又名《别母乱箭》或《一门忠烈》,是余叔岩、言菊朋的代表作。剧中讲母亲为了让儿子周遇吉力抗敌军,令儿媳、孙子自杀,而后自焚,最后儿子周遇吉在抗战中死去。瑞宣被周遇吉精神感动,他为没有像周遇吉那样"殉国别母",没有走出家门去参加抗战而感到痛苦、内疚。老舍用这个剧目深入透视了瑞宣的自省心理。

《四世同堂》中的京剧剧目,有不少是用来暴露汉奸丑恶嘴脸及其卑鄙、虚荣、无聊无耻心理的。小说中的冠招弟为了投靠日本人,学唱京剧,"得点虚荣,也是享受",她没有什么京剧艺术细胞,学了好长时间,"才只学会了两出戏,一出《汾河湾》,一出《红鸾禧》"。她唱戏是为了享受,得点官能刺激,听戏也为了寻得"强烈的刺激","以听戏说,她慢慢的能欣赏了小生,因为小生的尖嗓比青衣的更直硬一些,更刺耳一些。她也爱听了武戏,而且不是杨小楼的武戏文唱的那一种,她喜欢了《红门寺》《铁公鸡》《青石洞》一类的,毫无情节,而专表现武工的戏。……遇到《彩楼配》与《祭塔》什么的唱工戏,她会打起瞌睡来。连电影也是如此,她爱看那些无情无理,乱打乱闹的片子"②。她学戏、唱戏、听戏都是为了得到"强烈的刺激",同时还能和一些"身体强,行动轻佻,言语粗俗"的男友鬼混。

冠晓荷和冠招弟唱戏是为了寻找刺激不同,他"很会作戏",在外面、在家时都会"作戏",显得非常庸俗、无聊与无耻。小说写道:大赤包为了巴结当了汉奸处长的李空山,鼓动招弟去敷衍李空山,结果招弟真的把自己给了李空山,这使大赤包很气愤,冠晓荷看到大赤包要

---

①老舍:《四世同堂·惶惑》,《老舍文集》第 4 卷,人民文学出版社 1983 年版,第 352 页。

②老舍:《四世同堂·偷生》,《老舍文集》第 5 卷,人民文学出版社 1983 年版,第 357 页。

把气愤迁怒到自己身上,于是"装出也很关心招弟的样子。他的心里可是正在想:有朝一日,我须登台彩唱一回,比如说唱一出《九更天》或《王佐断臂》;我很会作戏!"①《九更天》讲的是老仆马义舍女救主而平反冤案,《王佐断臂》讲的是王佐断臂报国、为国效力的事,两出戏所表现的思想精神与冠晓荷的所作所为形成巨大反差,照见了冠晓荷毫不关心女儿,假装"丢失了女儿和丢失了国家"一样,其"作戏"的虚伪、庸俗与无聊,昭然若揭。同样,用京剧剧目讽刺汉奸的,像高亦陀为李空山出谋划策要他先将招弟占了然后再将她送给日本人,他和李空山的一番言说策划:"象想出一出《蒋干盗书》那类戏似的那么有趣!"②以《蒋干盗书》计谋"有趣"来戏弄高亦陀的歹毒、无耻。那个死心塌地为日本人卖力的汉奸蓝东阳,为讨好日本人而搞了场庆祝太原陷落的演艺会,去的人不少,美中不足的是戏目没有排好。因为他们在商议戏目时,"没有一个人的戏剧知识能够分得清《连环计》与《连环套》是不是一出戏的"③。《连环套》又名《盗御马》,故事出自《施公案》一书,是讲绿林好汉故事的。《连环计》是三国戏,司徒王允为除董卓而设连环计:先将貂蝉许给吕布,再将貂蝉献给董卓,让两人因貂蝉而产生争斗,借吕布手刺杀了董卓。这两出戏完全不同,而蓝东阳们竟没有一个能分得清是不是一出戏,可见蓝东阳真是一个无知无识、臭不可闻的汉奸。

《四世同堂》中的京剧剧目,有的用来暴露日本侵略者屠杀艺人、"毁灭艺术"的罪行。小说写道:日本人喜欢看淫戏,"象《杀子报》,

---

① 老舍:《四世同堂·偷生》,《老舍文集》第5卷,人民文学出版社1983年版,第124页。
② 老舍:《四世同堂·偷生》,《老舍文集》第5卷,人民文学出版社1983年版,第134页。
③ 老舍:《四世同堂·惶惑》,《老舍文集》第4卷,人民文学出版社1983年版,第358页。

《纺棉花》《打樱桃》等等都开了禁"。日伪政权下的新民学会成立了剧团,"专上演日本人选好的剧本。电影园不准再演西洋片子,日本的和国产的《火烧红莲寺》之类的影片都天天'献映'"。老舍借着瑞宣这一人物发出感慨:"战争毁灭了艺术。"①像文若霞"有真本事"的京戏名角,"她的秀丽,端庄,沉稳,与适当的一举一动都使人没法不沉下气去",她一亮相,一个碰头好了过后,戏园里反倒非常的静,"即使是特来捧场的也不敢随便叫好了"②。就是这样一位京剧名角儿,却被日本人随意杀害了。这又让人看到"战争毁灭了艺术"。

《四世同堂》中的京剧剧目,较多集中在第二部《偷生》中,从时间叙事上看,《偷生》的叙事背景是从1937年12月13日南京陷落到1941年12月8日太平洋战争爆发,4年的时间,与第一部《惶惑》比较起来,叙事整体上显得比较舒缓,故有利于插进京剧剧目。同时,舒缓的叙事,也便于老舍展示京剧一些重要的常识和京剧的表演艺术技巧。小说写道:汉奸们搞了一次义赈游艺会,戏码"倒第三是文若霞的《奇双会》,压轴是招弟的《红鸾禧》,大轴是名角会串《大溪皇庄》"③。论京戏的演唱水平,招弟远不及文若霞,文若霞应唱压轴戏,是冠晓荷从中活动,让招弟唱了压轴戏。作为大轴的《大溪皇庄》取材于《彭公案》,人物有四五十个,生、旦、净、丑,行当俱全,是一出非常热闹的武戏,能给人以艺术的满足,也叫"送客戏"。老舍这里将倒第三、压轴、大轴用得非常贴切,说明具有较深的京剧艺术素养。

老舍懂京剧的艺术素养在《赵子曰》中已有充分的表现。赵子曰

---

① 老舍:《四世同堂·偷生》,《老舍文集》第5卷,人民文学出版社1983年版,第340页。
② 老舍:《四世同堂·偷生》,《老舍文集》第5卷,人民文学出版社1983年版,第429页。
③ 老舍:《四世同堂·偷生》,《老舍文集》第5卷,人民文学出版社1983年版,第429页。

为女权发展会唱戏募捐,他预备的戏是《八大锤》《王佐断臂》。为演好《王佐断臂》,他提前练习:地上垫上三尺多厚的麻袋,又铺上三尺地毯,评主人就从床上脊背朝下往地上硬摔,学着古人王佐把胳臂割下来还闹着玩似的摔个"抢背"。这里出现的"抢背"是京戏表演的跌扑动作。演员身体向前斜扑,就势翻滚,以左肩背着地。赵子曰演练王佐摔完"抢背"后,手里拿着割下来的那只臂(其实是一根木棍),向着镜子摇头耸鼻地哆嗦一阵,一边哆嗦,嘴里一边念:"呛,呛,呛,吧嗒呛"。他还挂上黑胡子,穿上高靴,向着镜子朝天地扭。呛!一摸胡子。哒!一甩袖。呛哒!一拐腿腕向前扭一步。"这样从锣鼓中把古人的一举一动形容得惟妙惟肖"。除了挂胡子,穿靴子之外,他头上又扎上了网巾。他用被子当门帘,在被子后面唱倒板,随着唱声和锣鼓点,然后轻轻一掀被子,斜着身扭出来。又唱了一段原板二簧。武端看了赵子曰这些演练,评价说"你那一摸胡子,一甩袖子,纱帽翅一颤一颤的动,叫我没法子形容,我只好说真看见了古人,看见了古代的美!""就是'岳大哥'的'岳'字没有顿住,滑下去了!"欧阳天风撇着小嘴说:"那看那一派!谭叫天永远不把'岳'字顿住!"①这一段关于赵子曰的《王佐断臂》的表演,其中的唱、做、念、打,锣鼓点的配合,以及对表演功夫和念词的有关流派的评价,均来自老舍的较深的京剧艺术修养。小说中的人物的表演其实是老舍在表演,小说中的人物对表演技艺的评价,其实也是老舍的评价。

[写于 2017 年 11 月至 2018 年 2 月]

---

① 老舍:《赵子曰》,《老舍文集》第 1 卷,人民文学出版社 1980 年版,第 323 页。

第十五章　老舍与青岛

老舍于1934年9月15日应聘在青岛山东大学中国文学系任教,至1937年8月13日只身到济南,8月15日全家至济,他在青岛生活了3年时间,连同在济南生活的4年,老舍在山东共生活了7年时间,故有研究者把山东视为老舍的"第二故乡"。而在"第二故乡"济南与青岛中,老舍似乎更亲近青岛些。他在《我的理想家庭》一文中,记述了他的理想家庭:"要有七间小平房","院子必须很大","人口自然不能很多;一妻一儿一女就正合适。""这个家庭顶好是在北平,其次是成都或青岛,至坏也得在苏州"①。此文发表九年后,老舍在《"住"的梦》一文中,再次谈理想的住处仍然是"北平与青岛"②。你看,老舍生在北平长在北平,他是北京人,北京是他的故乡,而他认定的第二故乡就是青岛。青岛的绿树红瓦,碧海蓝天,清静优美的自然风光,灵秀典雅的城市文化,虽然吸引着老舍,但是老舍更钟情于山东大学的教学和黄县路小楼的文学创作,这样就形成了老舍与青岛文化文学建设的三大特色:青岛的小楼产生了北平的祥子,从《文学概论讲义》到《老牛破车》,丰富多彩的文学讲演。

第一节　青岛的小楼产生了北平的祥子

谈起老舍享誉海内外的文学经典《骆驼祥子》,人们不会忘记这

---

①老舍:《我的理想家庭》,《老舍文集》第14卷,人民文学出版社1989年版,第553—554页。

②老舍:《"住"的梦》,《老舍文集》第14卷,人民文学出版社1989年版,第597页。

部经典是在青岛黄县路一座小楼里诞生的,青岛的小楼产生了北平的祥子。从老舍《我怎样写〈骆驼祥子〉》一文中看到,小说的创作动机产生于青岛。他说,1936年春天,山东大学的一位朋友跟他闲谈,"随便的谈到他在北平时曾用过一个车夫。这个车夫自己买了车,又卖掉,如此三起三落,到末了还是受穷。听了这几句简单的叙述,我当时就说:'这颇可以写一篇小说。'紧跟着,朋友又说:有一个车夫被军队抓了去,哪知道,转祸为福,他乘着军队移动之际,偷偷的牵回三匹骆驼回来"。① 这样,车夫与骆驼便成了《骆驼祥子》故事的核心。而且《骆驼祥子》是老舍辞去山东大学教职后,做职业作家的"第一炮",这一"炮"至关重要,老舍说"这一炮要放响了,我就可以放胆地作下去,每年预计着可以写出两部长篇小说来"。为了写《骆驼祥子》,老舍做了充分的创作心理准备,他说他构思祥子的故事"酝酿的时间相当的长,搜集的材料相当的多"。② 1936年从春天到夏天,他入迷似的去搜集材料:老舍住处从黄县路右拐,就有一个叫"东安市场"的集贸市场,东安市场旁的小树林是车夫们休息的地方。老舍常到这里跟车夫们聊天、拉呱。闲谈中老舍了解了车夫们的生活、遭遇、精神状态,观察他们的一言一行,一招一式。老舍还经常把一些聊得意犹未尽的车夫请进家里,像亲戚似的接着聊。老舍在青岛搜集了相当多的祥子的材料,更加上他从小就积累下来的北平的车夫们的生活素材,创作出《骆驼祥子》这样的经典作品。

经典长篇《骆驼祥子》产生于青岛,中、短篇经典《月牙儿》《阳光》《我这一辈子》等也产生于青岛。而《骆驼祥子》和《月牙儿》则代表着

---

① 老舍:《我怎样写〈骆驼祥子〉》,《老舍文集》第15卷,人民文学出版社1990年版,第205页。

② 老舍:《我怎样写〈骆驼祥子〉》,《老舍文集》第15卷,人民文学出版社1990年,第207页。

老舍的"两条创作道路"①,即现实主义道路和现实主义与象征主义相结合的道路。这些作品正好显示了老舍写"人"最出色之处:车夫、巡警、不像妓女的妓女。同时,老舍在青岛还创作了两部短篇小说集《樱海集》《蛤藻集》。老舍在这两部短篇小说集的序言中,充分表露了他对青岛的审美愉悦之情。在《樱海集·序》中说:"五月的青岛,红樱绿海都在从南方来的小风里",小说集名曰"'樱海'岂不美哉!"②在《蛤藻集·序》中说:小说集取名"蛤藻,无非是见景生情;住在青岛,看海很方便;退潮后,每携小女到海边上去;沙滩上有的是蛤壳与断藻,便与她拾着玩"③。以"蛤"与"藻"象征此集,也显示了老舍编辑此集时对青岛的热爱之情。

更重要的是老舍在《樱海集·序》中说出了此集中的小说在风格上的变化,"这里的幽默成份,与以前的作品相较,少得多了。笑是不能勉强的。文字上呢,也显着老实了一些,细腻了一些"④。老舍此间的短篇也包括长篇《骆驼祥子》在风格上都有了变化,《骆驼祥子》的"幽默是出自事实本身的可笑,而不是由文字里硬挤出来的",而且在语言文字上"给平易的文字添上些亲切,新鲜,恰当,活泼的味儿"。《骆驼祥子》"可以朗诵,它的言语是活的"⑤。

老舍认为作品的好坏,与"作家当时的生活情形是很要紧的"⑥,他的小说的风格的变化"是由我的环境而决定的",而且"这个变动与

---

①[苏]费德林:《老舍及其创作》,载舒济编《老舍和朋友们》,生活·读书·新知三联书店1991年版,第441页。
②老舍:《〈樱海集〉序》,《老舍文集》第8卷,人民文学出版社1985年版,第153页。
③老舍:《〈蛤藻集〉序》,《老舍文集》第8卷,人民文学出版社1985年版,第3页。
④老舍:《〈樱海集〉序》,《老舍文集》第8卷,人民文学出版社1985年版,第154页。
⑤老舍:《我怎样写〈骆驼祥子〉》,《老舍文集》第15卷,人民文学出版社1990年,第207—208页。
⑥老舍:《我怎样写〈牛天赐传〉》,《老舍文集》第15卷,人民文学出版社1990年版,第201页。

心情是一致的"①。因为青岛"非常安静","安静,所以适于写作,这就是我舍不得离开此地的原因"②。适于写作的安静的环境,催生了老舍的小说经典,再加上他此时的家庭应属于他心中的"理想家庭":"人口自然不能很多,一妻一儿一女就正合适"③,在"理想家庭"里写作,有时也受到家务和子女的干扰,但更多的是享受到有子女的"乐趣","小孩会带来许多快乐",使他的"生命至少不显着空虚"④,这样的心情又使他的小说风格发生了变化。总之,老舍在青岛创作了多部小说经典,也在青岛促成了小说风格的变化发展。

第二节 《从文学概论讲义》到《老牛破车》

老舍说他读过一些文艺理论著作,但他不太擅长理论。其实他发表的文艺理论文章计有 385 篇,而最能代表他的文学理论成就的是他于 30 年代发表的论文、著作,标志性的成果即在济南齐鲁大学任教时的著作《文学概论讲义》和作于青岛的文学理论集《老牛破车》。仅从这两部著作,就可领略到老舍作为文学理论家的风采。《文学概论讲义》的前半部,对中国文学的传统理论体系作了富有变革精神的批评,借以建立以文学为本体的理论基础。他首先批评了中国历代文人评论文学时所犯的"以单字释辞""取古语作证"毛病,以及"文以载道明理"的实用道德标准。接着他对先秦以来的重要文论,逐一评论。他特别赞赏陆机、袁枚的情感心灵说。他认为五四文学革命中的"无病呻吟"与"言之无物"的作品,仍然是因为作者"没有在'文学是什么'上多多的思考过"。而革命文学的倡导者们,也是

---

① 老舍:《〈樱海集〉序》,《老舍文集》第 8 卷,人民文学出版社 1985 年版,第 154 页。
② 老舍:《这几个月的生活》,《老舍文集》第 14 卷,人民文学出版社 1989 年版,第 85 页。
③ 老舍:《我的理想家庭》,《老舍文集》第 14 卷,人民文学出版社 1989 年版,第 554 页。
④ 老舍:《婆婆话》,《老舍文集》第 14 卷,人民文学出版社 1989 年版,第 550 页。

"太重视'普罗'而忘了'文艺'"。经过这样对中国历代文论的纵横比证和思考,他认为"感情,美,想象,是文学的三个特质",以此建立了老舍文学理论体系的基本点。《文学概论讲义》的后半部对文学的起源、文学的创造、文学的风格、文学的形式、文学的倾向、文学的批评,以及文学的体裁,都做了极深刻的论述。这是一本富有创新性的文学理论著作。

老舍对文学理论的构建,从《文学概论讲义》对文学理论的全面观照、论析到《老牛破车》对小说理论的专门探究,显示其文学理论向小说理论上的深化。《老牛破车》内收《序》《我怎样写〈老张的哲学〉》《我怎样写〈赵子曰〉》《我怎样写〈二马〉》《我怎样写〈小坡的生日〉》《我怎样写〈大明湖〉》《我怎样写〈猫城记〉》《我怎样写〈离婚〉》《我怎样写短篇小说》《我怎样写〈牛天赐传〉》《谈幽默》《景物的描写》《人物的描写》《事实的运用》和《言语与风格》。这部书不是一般的创作经验谈,他谈自己的创作,具有对小说本体艺术理论的探索和独到的真知灼见。我在《中国小说理论发展史》(人民出版社,2009年)专门设了一章论述30年代的小说理论批评家,为老舍专设一节,把他的小说理论定格为《老舍——小说本体艺术的积极探索者》,《老牛破车》则凸现其小说理论的经验性特点。

第三节　丰富多彩的文学讲演

老舍小学时就"擅长作文与演说"。在京师第三中学读书时,同班同学胡奎泽就说他"演说出色"。从北京师范学校毕业后,老舍多次参加讲演活动,1922年10月10日在南开学校全体师生庆祝"国庆"的集会上,做了题为《双十》的讲演。30年代,他在济南的四年作了9次讲演,而在青岛的三年就作了12次的讲演(1934年10月3日在山东大学的讲演、10月8日在青岛设立中学的讲演、10月22日在山东大学的讲演,1936年1月20日在山东大学的讲演、2月21日在青岛狮子会的讲演,1937年1月10日、1月24日、2月14日在青岛青年会的讲演、3月8日在四方铁路中学的讲演、4月12日在市立中学的讲演、5月29日在青年会的讲演、7月上半月在莱阳简易乡村师范的讲演)。老舍的这些讲演,以文学讲演为主体,又有学术讲演、教育讲演、学校讲演、文化讲演等。

老舍讲演的主要内容:一是谈文学理论、文学批评。比如他在1934年10月3日为山东大学中文系学生讲演的《诗与散文》,谈了诗的特质和散文的特质,诗与散文的区别,这一讲演的内容与《文学概论讲义》中的第八讲《诗与散文的区别》基本相同。他在1936年1月20日山东大学礼堂的学术讲演,题为《文艺中的典型人物》,介绍他的为人生的文学观,强调文学是人学,"以人为中心","文学使人们明白什么是人,和人与人的,人与社会的,人与自然的种种关系。典型人物是足以代表一团体,一个阶级,或一个社会"[①]。

二是谈创作经验。老舍在1934年10月8日青岛市立中学讲演《我的创作经验》,首先谈了自己的"脾气与家境有关","因为穷,我很孤高,特别是在十七八岁的时候。一个孤高的人或者爱独自深思,而每每引起悲观",慢慢养成了"冷笑的态度"[②]。其次谈了他的《老张的哲学》和《牛天赐传》等长篇及短篇小说的艺术特点和创作经验。最后强调要做一个文学家,除了天赋以外,很重要的是要下功夫。1936年2月21日在青岛狮子会讲幽默的真谛,同年8月即发表了《谈幽默》一文,也是他小说风格的经验之谈,更是他对幽默特质的真知灼见。

三是探讨国民性,张扬中华民族精神。老舍于1934年10月22

[①] 张桂兴:《老舍年谱》(上册),上海文艺出版社1997年版,第158页。
[②] 老舍:《我的创作经验》,《老舍文集》第15卷,人民文学出版社1990年版,第291页。

日在山东大学讲演《中国民族的力量》,这是一篇高扬民族精神的爱国主义的讲演。老舍以自身在南洋新加坡的见闻为引子,大谈中国人的伟大、中华民族的伟大。他说:"现在是西洋人立在中国人的头上,可是,一切事业还仗着我们中国人。中国人虽在西人之下,但在其他民族之上的。""没有了中国人,便没有了南洋。""树是我们栽的,田是我们垦的,房是我们盖的,路是我们修的,矿是我们开的,一切都是我们做的。毒蛇猛兽,荒林恶瘴,我们都不怕。我们是赤手空拳打出一座南洋来,这是中国人开发南洋的功绩,是我们民族的伟大。""中国与其他民族相比较,的确是伟大。"[1]老舍是在赞扬中国民族的力量,在1935年11月1日发表的《我怎样写〈小坡的生日〉》中具有同样的内容及精神的表达。

老舍的讲演,不仅在内容上给人以思想教育、精神力量,而且在演讲艺术、演讲技巧上,树立了讲演的艺术典范。他的每一场讲演,都非常精彩,场场爆满。比如他在青年会讲《断魂枪》,该会为限制人数,特印入座券200张,听众到有300余人,无座位者只好站着听讲。老舍的讲演的受欢迎程度足以显见广大受众对老舍的崇敬、对老舍作品的热爱;老舍的讲演也扩大了青岛文化的声誉和影响力。

总之,老舍在青岛创作的文学经典、文学理论、文学演讲,为青岛文化增加了灵秀、典雅的风采,是青岛文化建设更是中华文化建设的宝贵财富。

〔此文写于2016年11月25日至27日,系在青岛举办的"老舍与城市文化——纪念《骆驼祥子》创作发表80周年学术交流会"上的发言〕

---

[1] 张桂兴:《老舍年谱》(上册),上海文艺出版社1997年版,第130页。

第十六章　老舍与内蒙古

1961年7月29日至9月23日,应内蒙古自治区主席乌兰夫之邀,国家文化部、民族事务委员会、民族文化工作指导委员会和中国文学艺术界联合会共同组织的作家、画家、音乐家、舞蹈家、歌唱家、摄影家访问团到内蒙古参观访问。老舍与叶圣陶、曹禺等20余人组成的访问团,于7月29日离北京,经哈尔滨、满洲里,到达海拉尔,先在内蒙古的中部、东部参观访问,后又去内蒙古中部、西部参观访问,至9月23日返回北京,历时57天。老舍一行参观了内蒙古林区、牧区、农区、渔场、风景区和工业基地,并看了一些古迹、学校和展览馆。

老舍在内蒙古参观访问期间,创作并发表了28首旧诗、1首新诗以及《新城喜见百花新》《内蒙风光》《可爱的内蒙古》等散文。从老舍发表的诗文看,其内蒙古之行,心情舒畅,情绪昂扬,充满对内蒙古以及对祖国大好河山的热爱之情。他看到了内蒙古的美,他看到了内蒙古的建设发展,他看到了内蒙古人民建设美好内蒙古的热情。《内蒙风光》记述了大兴安岭的"林海",在那里,"哪里都是绿的,的确是林海,群岭起伏是林海的波浪"。"每条岭都是那么温柔",这让作家感到非常"亲切、舒服"。落叶松和俏丽的白桦,"在阳光下,一片青松的边沿,闪动着白桦的银裙,不像海边上的浪花么?"兴安岭的美丽、可爱,并不是"空洞"的,"它的千山一碧,万古长青,又恰好与广厦、良材联系起来"①,它的美丽和建设结为一体,这让老舍感到更加"温暖""亲切""舒服"。

---

① 老舍:《内蒙风光》,《老舍文集》第14卷,人民文学出版社1989年版,第378页。

到了草原,老舍说"那里的天比别处的天更可爱,空气是那么清鲜,天空是那么明朗",天底下一碧千里,绿毯上流动着羊群,"到处翠色欲流,轻轻流入云际",这样的境界,"既使人惊叹,又叫人舒服"。在陈巴尔虎旗的牧业公社,老舍一行受到广大牧民的热烈欢迎,"大家的语言不同,心可是一样。握手再握手,笑了再笑。你说你的,我说我的,总的意思都是民族团结互助!"奶茶、奶酒、手抓羊肉,"祝福频频难尽意,举杯切切莫想忘!"饭后小伙子们表演套马、摔跤,姑娘们跳起民族舞蹈,客人们也随着舞的舞,唱的唱,真是"蒙汉情深何忍别,天涯碧草话斜阳"[①]。同样,草原也给了老舍"温暖""亲切""舒服"。

在满洲里不远的达赉湖,水美鱼肥。老舍的《达赉湖》一诗,足以表现湖的美、诗人的情:"丘原青未了,又到绿波前。湖阔三江水,鱼肥百草原。白鸥翔紫塞,碧浪映霞天。回望满洲里,边疆最北边。"[②]

扎兰屯是塞上的"一颗珍珠","它独具风格,幽美的迷人"。它是"那么纯朴的,大方的,静静的,等待着游人"。扎兰屯四面都有小山,它们"静静地在青天下绣成一个翠环",环中间有条小河,岸边自然生长着绿柳白杨。"岸是绿的。高坡也是绿的。绿色一直接上了远远的青山。这种绿色使人在梦里也忘不了,好象细致地染在心灵里"[③]。这里,老舍写扎兰屯仍然用他平身偏爱的绿色,画出了一个"自自然然,幽美而亲切"的图景,这幅美丽的图景改变了人们以往所谓的"关外""口外"的"八月飞雪""万里流沙"的看法,使人们陶醉于它的自然美的怀抱。老舍把扎兰屯与苏杭相比,认为它们虽各有个性,但扎兰屯却幽绝天方。请看《扎兰屯》一诗:

[①] 老舍:《内蒙风光》,《老舍文集》第14卷,人民文学出版社1989年版,第380页。
[②] 老舍:《达赉湖》,《老舍文集》第13卷,人民文学出版社1988年版,第468页。
[③] 老舍:《内蒙风光》,《老舍文集》第14卷,人民文学出版社1989年版,第382页。

老舍文学经典新论

> 诗情未尽在苏杭,
> 幽绝扎兰天一方;
> 深浅翠屏山四面,
> 回环碧水柳千行。
> 牛羊点点悠然去,
> 凤蝶双双自在忙。
> 处处泉林看不厌,
> 绿城徐入绿村庄。①

扎兰屯的确像老舍所描绘的那样美,它被群山所环绕,雅鲁河水犹如一条仙女手中飘舞的彩带,两岸风光如画。出吊桥公园乘车北行两公里,即到秀水风景区。这里青山叠翠,碧水回环,林木葱茏,碟恋蜂紫,一湾河水衬着青山,远远望去,恰似低眉垂首的含羞少女,平静的水面映衬着她那楚楚动人的风姿。黄昏,一片余晖洒入河水,像有人撒了一把胭脂,飞光浮彩,染红河水,人们便将这一带湖光山色称为秀水。

在扎兰屯市区西南185公里处的柴河风景区,是探险旅游者的好去处。柴河风光气势磅礴、雄浑壮观,有野兽出没的原始森林,也有月亮湖、水帘洞等景点。而到扎兰屯市区北部32公里处的雅鲁河漂流,则是"北国第一漂"。不知当年老舍是否到这里漂流过?老舍当年对内蒙富有那么深的情感,我如今也在老舍留足的地方,仿佛看到了他的身影,心中不禁升起仰慕先生热爱内蒙古的无限深情!

[写于2016年3月1日]

---

① 老舍:《扎兰屯》,《老舍文集》第13卷,人民文学出版社1988年版,第468页。

第十七章　　老舍与黄山

1964年8月初,老舍应安徽作家协会主席陈登科之邀,偕夫人胡絜青到黄山等地参观访问。黄山位于徽州行署的屯溪市(今为黄山市)境内。老舍和夫人到了屯溪市,下榻于华山宾馆,随即开启了对黄山的文化考察;随之又在地区负责同志陪同下参观了茶厂、徽墨厂;还接待了徽州师范学校的教职工,和他们亲切交谈、合影留念;在宾馆还为文艺爱好者做了关于文艺创作的演讲。老舍在黄山度过了为期一个月的修养观光、采风写生的欢乐时光,留下了多首咏黄山的旧诗墨宝,培养了他与黄山人民的情缘。

第一节　老舍与黄山的亲情

老舍与黄山的亲情,充溢于老舍考察黄山、咏黄山的诗情诗境中。他游览黄山,带有诗家的情怀、作家的细微观察。他登黄山,全身心浸入黄山的美景名胜之中,他诗情大发,吟咏小诗以赞美黄山。他的黄山诗,既有对黄山胜境的总览歌咏,以赞美黄山之奇、之美:

> 人间多少佳山水,
> 独有黄山胜太华。
> 云海横空潮彩浪,
> 天峰绝顶落松花。
> 千重烟树蝉声翠,
> 薄暮晴岚鸟语霞。

怪石飞泉诗境里，
溪头吟罢饮丹砂。①

在老舍心目中，人间那么多佳山佳水，唯独黄山最美，黄山最奇，黄山的优美壮观胜过西岳华山。这正像徐霞客登临黄山时所赞："薄海内外之名山，无如徽之黄山。登黄山，天下无山，观止矣！"徐霞客的赞美被后人引申为"五岳归来不看山，黄山归来不看岳"。黄山有四绝：奇松、怪石、云海、温泉。还有玉屏楼、云谷寺、半山寺、慈光阁、始信峰、天都峰、莲花峰、仙人洞、白鹅岭、百丈瀑等名胜，风景秀丽。这些都是黄山胜太华之处。诗的颔联即凸显了黄山云海之美和三大主峰之一的天都峰之险：云海横空翻动着层层彩浪，那最险的天都峰顶的奇松更显得挺拔壮观。颈联别具一格，呈现薄暮中的黄山：层层重重云雾缭绕的绿树枝头传递着鸣蝉的清脆之歌，薄暮晴岚鸟语花香，真是人间仙境！尾联以怪石飞泉嵌入诗境，在诗情画意中，诗人的吟咏再配上朱砂画笔，岂不成了一幅绝美的黄山游乐图。

黄山七十二峰，素有"三十六大峰，三十六小峰"之称，那蔚为壮观的三大主峰：莲花峰海拔 1864.8 米，天都峰海拔 1810 米，光明顶海拔 1860 米，历来为游人观赏的胜境。老舍对黄山三大主峰情有独钟，他挥毫作《黄山小诗》以赞美之：

天都奇峰海云幽，
莲蕊莲花高入秋。
欲识黄山真面目，
风华半在玉屏楼。②

---

① 老舍：《老舍文集》第 13 卷，人民文学出版社 1988 年版，第 491 页。
② 老舍：《老舍文集》第 13 卷，人民文学出版社 1988 年版，第 493 页。

诗中突出天都峰之险,莲花峰之高,以此显示黄山三十六大峰的优美壮观特征。而玉屏楼是黄山集奇景之大成的绝处。著名的迎客松就在玉屏楼的右侧。玉屏楼的后面即是玉屏峰,著名的"玉屏卧佛"就在峰顶,头左脚右,惟妙惟肖。所以老舍用"欲识黄山真面目,风华半在玉屏楼"以赞美之。苏轼《题西林壁》:"不识庐山真面目,只缘身在此山中",老舍这里巧妙地借用苏轼诗句,从正面抒情:要想认识黄山的真面目,风华半在玉屏楼,那里有观不尽的美景,明代徐霞客曾称它为"黄山绝胜"。其实黄山的"绝胜"之处,岂止在玉屏楼。老舍和夫人由光明顶到始信峰,又到了一个人间仙境之处。始信峰巧石争艳,奇松林立,三面临空,悬崖千丈,云蒸霞蔚,风姿独秀。相传,明代黄习远自云谷寺游至此峰,如入画境,似幻而真,方信黄山风景奇绝,并题名"始信"。后来名传遐迩,"始信"之名,千载叫绝。峰腰西侧有参天的大松树沿坡丛生,苍劲多姿,奇态万状,故俗称:"不到始信峰,不见黄山松。"老舍和夫人在始信峰上留影,并以《自光明顶至始信峰》为题赋诗一首:"玉柱擎天云海开,登峰始信胜蓬莱。石猿无语歌声起,人自光明顶上来。"[1]诗人赞美始信胜蓬莱,人自光明顶上来,似入人间仙境中。黄山七十二峰美景,尽收老舍心中,给他留下了美好记忆:"奇景惊心语自奇,登游何必苦寻诗。眼前云海波澜阔,七十二峰游咏之。"[2]黄山的奇松、怪石、云海、温泉,奇景奇情,汇成老舍咏黄山诗的奇妙佳句,充满着诗情画意,装满了诗人对黄山大自然、对黄山人民的热爱之情,体现着爱自然的老舍,爱国的老舍,爱人民的老舍的精神情怀。

---

[1] 舒济、舒乙、金宏:《老舍》画册,北京燕山出版社1997年版,第276页。
[2] 老舍:《老舍文集》第13卷,人民文学出版社1988年版,第492页。

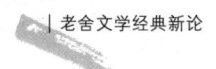

第二节　老舍与黄山人民的情谊

老舍和夫人在徽州屯溪逗留期间,还应邀尽兴游览了屯溪古镇、徽州墨厂和屯溪茶厂等,写下了《赞屯溪》《咏茶》《咏墨》等诗作。在《赞屯溪》诗中,他热情赞扬徽州的茶香与墨香,抒发了诗人热爱屯溪古镇的真诚之情:"热爱江南鱼米乡,屯溪古镇更情长。小华山下桃花水,况有茶香与墨香。"①《咏茶》:"春风春日采新茶,生产徽州天下夸,屯绿祁红好姊妹,淡妆浓抹总无瑕。"②此诗作于盛夏之季,诗意却是"春风春日采新茶"的和煦清新;"屯绿""祁红"等均为徽州两大名茶,被诗人拟人化作"好姊妹",又为诗作平添和谐亲切之韵味;尤其是诗作的结句,堪称神来之笔。《咏茶》诗老舍于1964年8月24日应邀书成立轴墨宝"题赠屯溪茶厂",至今仍珍藏于茶厂的陈列室中。作为中国文房四宝之一的徽墨名扬天下,老舍在《咏墨》诗中高赞之:"徽墨精品久名扬,代代云烟流异昔,高举红旗今胜昔,图画作字倍芬芳。"③他应邀欣然挥墨,将此诗书成立轴墨宝"题赠屯溪胡开文墨厂",该墨厂的陈列室里一直珍藏着老舍的《咏墨》诗墨宝。名茶、名墨经现代文学大师、人民艺术家、世界文化名人老舍的《咏茶》《咏墨》的咏唱,更增添了绚丽光彩。

老舍还应邀在华山宾馆会议厅为青年文学爱好者做了一场畅谈文学创作的演讲。当时亲聆老舍演讲的周吾,于1982年发表《文章盖世,人品千秋——追忆老舍大师在徽州》一文,回忆了老舍文学演

---

① 老舍:《赞屯溪》,载张桂兴编注《老舍旧体诗辑注》,中国矿业大学出版社1994版,第220页。

② 老舍:《赞屯溪》,载张桂兴编注《老舍旧体诗辑注》,中国矿业大学出版社1994版,第220页。

③ 老舍:《赞屯溪》,载张桂兴编注《老舍旧体诗辑注》,中国矿业大学出版社1994版,第220页。

讲的具体内容："舒老在徽州的那次演讲中对我辈青年传授了'多读、多看、多想、多商讨、多写作'的五多要诀，他论述每一个'多'，都结合着亲身的经历。在讲到多读时，他说：他除掉眼疾严重的时候，没有一天不读书、看报。读书，不可能时时选择精当，但开卷有益丝毫不假。他当年对有些书购买无力、久借不成，就索性自己动手抄，抄一遍也等于吟诵了几遍。他并不痛惜抄书耗费的时间，却把它视为对自己毅力的一种考验。在讲述多看时，他列举了不少事实，说明生活乃创作之源泉。他说1950年夏天，他刚回国不久，又患有坐骨神经痛的病症，但有感于人民政府建设新北京的诸多事项中，修'龙须沟'特别值得歌颂，便冒着炎阳，拄着手杖，深入到沿沟一带的居民中去采访。又说《无名高地有了名》那部长篇小说，如果不是亲赴朝鲜，跟志愿军指战员一起共同生活了5个月，蹲在国内舒适的写字间里，是怎么也编造不出的！在多想方面，他列举了许多生动事例，尤以《骆驼祥子》创作经过感人至深。他说，起先只听到一个骆驼和一个车夫的故事，用什么办法把它揉在一起？怎样才能把那点简单的故事扩大写成长篇小说？从春到夏，心里老在盘算。由于搜集的资料相当多，酝酿的时间相当长，到动笔时毫不费劲，一气呵成。这篇东西之所以能被翻译成七八种文字出国，就是因为想好了才动笔的，不是硬挤硬凑的东西。在讲解多商讨时，他说他久已养成一个职业性习惯，不时尽可能接触各方面人物，广交朋友，把自己心想塑造的人物及时讲给别人听，请大家评论、欣赏。他说他的《茶馆》写了那么多人，有些人只有一二句台词，但这话能跟他的身份、性格吻合，单靠自己多想、多看还办不到，而要集中众人的智慧。在多写方面，他只说自己几十年养成这么个习惯，除非医生下命令决不停笔，哪天不写就觉得浑身难受。干任何事也比不上写作愉快。他说他写的不多，其实他久已被公认是一位高产优质作家。"①老舍常作创作经验谈,但他结合自己的创作,以"五多"的要诀传授文学创作经验,是他在黄山演讲的独特所在。

作为作家、人民艺术家的老舍,每到一处,都以普通人的身份亲近民众,与民众交谈。他在黄山还满足了黄山师范学校教职工的心愿,和他们交谈,和他们留影。在和老师们的交谈中,他以幽默亲切的话语,不时引起人们阵阵欢笑。老舍声称教师是人类灵魂的工程师,教师就是塑造人类灵魂的,"人的灵魂有美有丑,通过我们的工作,把那些丑恶的灵魂转化为美丽的灵魂,不容易啊"。他告诉大家:"我也做过教员,做老师好。做师范老师的条件高啊,才高为师,德高为范。我和你们做同样的工作——塑造人的灵魂。我用笔,你们用嘴,但都用才智,都用语言,去塑造人的灵魂。"②这一席话,对黄山师范的教师们是莫大的鼓舞,他们把老舍塑造人的灵魂的话,作为师范教师的最光荣最神圣的责任担当,一直坚守下来。汪晓东还在文章中记述了老舍和黄山师范学校教职工交谈、留影时的神态、心情:"先生极目远眺,望着云雾飘绕着峰峦,还有峭壁上盘根兀立的虬松,似乎在思考着什么:'黄山清静,隔绝了人世的烦恼,亦能净化人的灵魂。登上黄山,就感到造化的伟大,人的渺小,灵魂似乎也得到升华,还有谁个你争我夺,钩心斗角……''你来这儿,有事干了',他深情地对夫人胡絜青说。胡絜青最初是受新安画派宗师汪采白的影响,之后再拜齐白石而成为画家的。而师古人不如师自然,'黄山乃吾师'正是汪采白的艺术基石,也是艺术家们不尽的创作源泉"③。是的,胡絜青这次到黄山,兴致所至,她挥动画笔,画了一幅画——《白鹇》。

---

① 周吾:《文章盖世,人品千秋——追忆老舍大师在徽州》,《黄山》1982年冬季号。
② 汪晓东:《老舍留给黄山的记忆》,《江淮文史》2010年第4期。
③ 汪晓东:《老舍留给黄山的记忆》,《江淮文史》2010年第4期。

白鹇是黄山的珍稀动物,是很受喜爱的观赏鸟。老舍为夫人画作题诗:"台石杂花隐白鹇,看图仿佛入黄山。东风吹散峰头露,一缕幽香去复远。"①真是夫唱妇随,妇画夫赞,书画璧合,此情此景,乐于其中。

老舍和夫人游黄山后,是年9月,又赴马鞍山、合肥等皖地参观访问,在马鞍山,他登太白楼,赋诗:"酒涌大江流,人登太白楼。诗歌光万丈,今古各千秋。"②在合肥,作《游合肥包公祠》诗:"祠前游侣赏秋莲,冷淡包公岂偶然。今日人民作了主,红旗飘处是青天。"③诗人由眼前的游人都在品赏莲花而冷淡了包公的情景,联想到红旗飘飘,青天长在,人民当家做了主,冷淡包公岂偶然,从而抒发了对祖国对人民的热爱情感。

第三节 老舍黄山行的心理透视

老舍从60年代初,陆续到全国各地参观访问,多留下墨宝和诗文。1961年7月至9月,访问内蒙古,作旧体诗《内蒙东部漩》《内蒙即景》《内蒙风光》《包头颂》等,共28首。1962年春,赴广东访问,作旧体诗《游海门》。1962年4月,至汕头,作《游汕头》诗6首。1962年4月到上海访问,作春游小诗4首。1963年8月至秦皇岛,作《游秦皇岛》。1963年9月,赴湖南参观访问,作《登岳阳楼》诗,为湖南留诗5首。1963年11月,赴北戴河,作《游北戴河》诗4首。老舍均与那里的自然风光、人文地理、文学艺术、人民情感融为一体,以诗文抒发爱自然、爱生命、爱国爱民之情。但是,老舍1964年的黄山之行,

---

①老舍:《白鹇》,载张桂兴编注《老舍旧体诗辑注》,中国矿业大学出版社1994版,第223页。

②老舍:《登太白楼》,载张桂兴编注《老舍旧体诗辑注》,中国矿业大学出版社1994版,第222页。

③老舍:《赞屯溪》,载张桂兴编注《老舍旧体诗辑注》,中国矿业大学出版社1994版,第224页。

与以往参观访问时的心情又有些不同,这个不同就是老舍欲与当时文艺界的纷争保持一段距离,以避免卷入文艺斗争的洪流之中。

1964年7月,文艺界掀起一股大批判的浪潮,一大批小说、电影、戏剧、美术、音乐作品被否定,一大批文艺界代表人物和领导干部被批判。老舍也就是在这种文艺界大批判浪潮兴起之际赴黄山访问的。在黄山访问期间,看到阳翰笙的《北国江南》遭"围剿"后,老舍给阳翰笙写了多封信,只谈参观访问的行踪,不谈文艺界斗争之事,这在阳翰笙《我所认识的老舍》一文中有记载:"一九六四年下半年,康生、江青等人对我写的《北国江南》展开围剿。那时,老舍被陈登科同志请到安徽访问去了。他看了批判《北国江南》的文章后,接二连三地写信给我。他在信中只字不提报纸上的批判,也没有一句安慰我的话,只谈他在安徽的行踪,到了什么地方,有什么活动,看见了什么等等,此外,就是要我保重身体。有一封信写得很长。详细叙述了他观山玩景时的舒畅心情。这几封信很使我感动。从字里行间,我看出他的内心的不平,看出他对我的处境和健康的关心。他那些信的弦外之音,是在安慰我,鼓励我。危难之中见交情,这也表现了老舍的为人,表现了他一贯的正义感,对邪恶、淫威、暴虐的蔑视和无畏。"[1]由此可见,老舍此次的黄山之行,拟借山水风光,自然美景,保持以往天生不爱打架的心态,不愿卷入文艺界你争我斗之中,但他对《北国江南》等有价值的作品遭批判,怀有不满与不平,关心被批判的朋友的处境与健康。"危难之中见交情",这是他一贯的处世风格。他希望文艺界平和,文艺创作自由、健康地发展!

[写于2019年10月]

---

[1] 阳翰笙:《我所认识的老舍》,《阳翰笙选集》第5卷,四川文艺出版社1989年版,第409页。

第四编
"老舍学"展示

第十八章　日本汉学家伊藤敬一的"老舍学"

伊藤敬一①是日本著名的汉学家、老舍研究专家、日中友好使者。他是日本最早开展老舍文学研究的学者之一,也是日本"老舍学"的首倡者。他的"老舍学"随着老舍作品在日本的传播与研究的发展而发展。他首倡的"老舍学"包括研究论文、翻译论著、年谱,老舍传记资料、随笔以及对老舍研究的历史与现状的审视等。

第一节　伊藤敬一"老舍学"的历史演进

伊藤敬一的"老舍学"随着老舍作品在日本的传播与研究的发展而发展。日本是翻译传播老舍作品最早的国家,1939年即有短篇小说《大悲寺外》日文译本,40年代陆续翻译出版了《小坡的生日》《赵子曰》《牛天赐传》《骆驼祥子》等,同期还有十余篇介绍评论老舍及其《离婚》《骆驼祥子》《四世同堂》等的文章。40年代的伊藤敬一正在学校读书,还未涉足老舍作品的传播与研究。到了50年代初中期,老舍作品在日本的传播与研究,形成了第一次的"老舍热"。也就在这第一次的"老舍热"中,伊藤敬一贡献了自己的"热力"。1953年,他写

---

①[日]伊藤敬一(1927—2017)生前系东京大学、中京大学教授,日本著名的汉学家、老舍研究专家,日中友好使者。1950年3月东京大学文学部中国文学毕业,1952年至1964年在东京都立大学人文学部中国文学科任助教、讲师、助教授,1970年4月任东京大学教养学部外国语科中国语教室助教授,1974年4月任教授。1987年4月至1997年4月,任中京大学教养部中国语教室教授。1999年5月,被选为日中友好协会会长。2007年5月,他辞任会长,被选为日中友好协会名誉会长。出版著作11部、译著10部,在各类期刊发表论文、散文43篇,在海外交流、国际学术会上的发言、演讲共18篇。

了长篇小说《牛天赐传》和短篇小说集《东海巴山集》的书评(《日本读书新闻》第703号,1953年7月13日);1954年7月由竹内好、冈崎俊夫编的《现代中国的作家们》(和光社1954年7月出版),收入伊藤敬一的论著《老舍论》,他认为老舍在贫民环境中长大,对贫民怀有深厚的同情,因而成为庶民阶层的代言人;1955年,翻译《断魂枪》;1956年翻译了老舍谈创作的理论文章《青年作家应有的修养》。可以说,从1951年铃木择郎等翻译《四世同堂》,到1955年前后《老张的哲学》《离婚》《龙须沟》等一大批小说、戏剧作品被译成日文出版,形成老舍作品在日本传播的第一次热潮,伊藤敬一在此间的贡献不仅在翻译传播老舍作品上,而且在介绍评论老舍及其有关作品上,尤其是他的《老舍论》具有较高的学术价值。

50年代前半期老舍作品在日本出现传播热之后,随着老舍于1965年的访日和1972年之后的中日邦交正常化,日本文艺界于六七十年代又掀起了第二次的"老舍热"。从1960年至1979年,各类报刊发表的相关文章约有80余篇。这些研究文章显示出"老舍热"的两个特点。一是对老舍人格精神的赞赏和对老舍之死的悼念。老舍访日期间,访问了诸多著名作家,做演讲、文化交流,他以平易近人的"庶民"作风,和对日本友人的亲和态度,给日本文艺界留下了深刻的印象,受到日本朋友的热情称赞。正因为如此,在特殊时期老舍被迫害致死,才在日本引起了强烈震动。二是对老舍文学思想、创作道路的综合研究,以及对《二马》《猫城记》《离婚》《骆驼祥子》《四世同堂》等文学经典的评论,其中最富有特色和深度的是伊藤敬一的《关于

〈离婚〉》①《老舍的世界》②《老舍年谱》③等。在《老舍的世界》中,作者将老舍置于前近代(现代前期)的背景下,系统地探究了两个老舍形象和他内心深处的火焰以及不传的文学。论文分6节,依次是"一、两个老舍形象;二、对近代主义的判断;三、前近代的世界;四、内心的火焰;五、不传的世界;六、老牛破车"。伊藤敬一的论文与实藤远对老舍人道主义的论述,新开高明对老舍文学发展道路的考察,杉本达夫关于老舍和"文协"关系的论证和《老舍年表》的编撰,一起彰显了此间"老舍热"的演进态势。

改革开放初期,中国的老舍研究取得了划时代的长足的发展。老舍作品的广泛传播以及"老舍学"的建立,又一次兴起了中国国内的"老舍热"。伴随着中国国内"老舍热"的兴起,日本则掀起了第三次的"老舍热"。在日本八九十年代的第三次的"老舍热"中,伊藤敬一的"老舍学"研究进入一个辉煌阶段。从老舍作品的日文翻译考察,80年代出版的日译本有20种,伊藤敬一翻译出版的有2种:《离婚》《火车上的威风》。从发表的论文、词条、小传、年表、访谈文章方面考察,"据日下恒夫、仓桥幸彦编《日本出版老舍研究文献目录》(1984年)、《近十年来日本老舍研究简介》(1992年)所提供的资料,加上近四年的有关资料,日本老舍研究的论文、词条、小传、年表、访谈文章等,总数不下四百篇之多"④;伊藤敬一发表的论文、文章有30余篇。21世纪以来,伊藤敬一的主要精力放在日中文化交流和日中

---

①[日]伊藤敬一:《关于〈离婚〉》,收入《中国现代文学选集》第6卷,平凡社1962年版,第1275—1277页。

②[日]伊藤敬一:《老舍的世界》,东京大学《外国语科研究纪要》1973年1月第20卷2号。

③[日]伊藤敬一:《老舍年谱》,东京大学《外国语科研究纪要》1978年3月第25卷4号。

④曾广灿:《老舍研究在日本和南洋》,《社会科学战线》1996年第6期。

友好社会活动上。他的老舍研究内容一是和中山时子等翻译郑万鹏的《中国当代文学史》,他翻译介绍的是《龙须沟》和《茶馆》;二是和藤井荣三郎、平松圭子、布施直子等做学术座谈《中国当代文学史》;三是出版了《老牛破车 伊藤敬一论文散文集》(光阳出版社,2007年);四是2016年发表论文《中国前近代买卖婚姻的严重悲剧 老舍和老舍的决心》(《老舍研究会会报》第30号,2016年9月3日第5—7页)。

第二节 伊藤敬一"老舍学"的内涵特色

伊藤敬一首倡的"老舍学"包括研究论文、翻译、年谱和老舍传记资料、随笔,以及对老舍研究的历史与现状的审视等。首先考察伊藤敬一翻译传播老舍作品的特色。从50年代至80年代中期,老舍作品在日本得以广泛传播。老舍作品日译本在50年代出版的有14种;60年代至70年代出版的有11种;80年代出版的有20种。他的主要著作基本上都有了日译本,尤其是《骆驼祥子》《四世同堂》《茶馆》等,译本种类之多实为罕见,如《骆驼祥子》日译本多达十几种。当日本学界专注于老舍文学经典的翻译时,比如竹中伸、杉本达夫等专注于《骆驼祥子》的翻译,铃木择郎等翻译《四世同堂》等,而伊藤敬一则翻译出版了老舍的文学经典《离婚》(收入平凡社1962年12月出版的《中国现代文学选集》第6卷),并附有《关于〈离婚〉》的论文;1955年9月翻译出版了老舍短篇经典《断魂枪》(收入青木书店1955年7月出版的《老舍作品集》);1956年翻译了老舍谈创作的理论文章《青年作家应有的修养》;他注释、翻译老舍的独幕剧《火车上的威风》作为广播大学教材广为流传(1987年3月1日,放送大学教育振兴会第7至10课),这部独幕剧是老舍根据自己的小说《马库先生》改编的,作品讽刺意味浓厚。伊藤敬一翻译的老舍作品并不多,可他关注的是长篇和短篇中的经典,且欣赏老舍的幽默与讽刺的艺术品位,这一翻译特色正好与他对老舍文学世界的艺术风格的论述相呼应。在伊藤敬一看来,老舍的"饶舌,夸张,过度的谐谑幽默"屡屡被人指责,而他恰恰是一位具有"乐天常识性,义理人情性,感伤性,饶舌性,幽默的大作家"①。

其次考察伊藤敬一对老舍年谱、文献资料研究的特色。日本的老舍研究以单篇介绍老舍生平事略的文章较多,而真正以《老舍年谱》问世的著述并不多,从50年代到80年代中后期,也只有4部,它们分别是:柴垣芳太郎的《老舍年谱》(学会[文学篇]8号,1954年2月出版,后来于1982年又出了修订本);铃木择郎等的《老舍年谱》(《现代中国文学全集》第6卷1954年5月);伊藤敬一的《老舍年谱》(《外国语科研究纪要》第20卷2号,1978年3月);黎波的《老舍年谱》(1982年12月)。伊藤敬一在制作《老舍年谱》之前,他说:"关于老舍,我写过两次。1966年秋天接到了有关老舍自杀的报道,并写了包含安魂曲意思的文章,当时,作为副物制作了比较详细的老舍年谱。"为制作《老舍年谱》,他参考的文献主要是柴垣芳太郎《老舍年谱》和铃木择郎等的《老舍年谱》,而且将参考的文献做比较研究,在此基础上,"又进一步使用后来调查的老舍的著作和老舍关系的各种资料进行了修改。之后,在大学的课堂上,小谷一郎和代田智明等学生们一起去找了很多琐碎的资料,并为我们补充了这些资料。本文就是这样完成的"②。可见伊藤敬一的《老舍年谱》不仅注重文献资料的搜集考证,资料翔实,而且融入作者对老舍及其作品的独特识见,

---

① 濑户宏《老舍〈茶馆〉和满族意识试论》介绍了伊藤敬一在《老舍的世界》里所论及的老舍作品的特征,见《演剧博物馆ダローバルCOE纪要 演剧映像学2011》第二集,2012年3月第175页。

② [日]伊藤敬一:《老舍年谱》,东京大学教养部外国语科《外国语科研究纪要》1978年3月20日,第25卷第4号。

真正体现了一个文学研究者的史才、史学、史识。伊藤敬一这种重实证、见史识的特点,也表现在他参与的有关老舍事典的撰写中。1985年出版的《中国现代文学事典》,他撰写了《老舍》条目[①];1989年出版的《日本大百科全书》,他执笔写了《老舍》(1899—1966)、《龙须沟》、《骆驼祥子》、《四世同堂》[②];1997年出版的《世界文学大事典》收有他执笔的《老舍》简介,《骆驼祥子》《四世同堂》《茶馆》梗概。[③] 这些事典都成了日本老舍研究者、老舍爱好者的工具书和珍贵的文献资料。

　　日本的老舍研究重史料的搜集、考辨、整理,像伊藤敬一,他特别重文献、重实证、重考据。在这方面,他不仅做功精细,而且还为了走近老舍,更真切地体味老舍作品,多次到中国参加学术会议,做研究老舍的各种旅行,巡游与老舍有关的地方。比如他于1982年到中国参观了八宝山革命公墓,在老舍墓前祭奠老舍,走访了与老舍及其作品有关的街道和兵营;他从王行之的《老舍夫人谈老舍》中,认识了老舍夫人谈老舍的故事的真实性,认为这是最值得信赖的资料;他走访了老舍故居和老舍在北京和济南生活工作过的地方;他在北京还和作家协会进行座谈,观看话剧和京剧。伊藤敬一这种在现实中访问和实地巡游、考察老舍及其作品的做法,为他的"老舍学"增添了新鲜感、亲切感。

　　然后考察伊藤敬一的老舍研究论著的特色,可以说老舍研究论著是其"老舍学"最精彩、最具创见和最显成就的地方。他在《我的中国文学研究》中说:"我的研究是以中国近现代文学特别是以一位名

---

　　① [日]伊藤敬一:《老舍》(1899—1966),《中国现代文学事典》,东京堂出版社1985年版,第1210—1212页。

　　② [日]伊藤敬一执笔的事典《老舍》(1899—1966)、《龙须沟》、《骆驼祥子》见《日本大百科全书》(24)小学馆1989年版,第465、28、610页;《四世同堂》见《日本大百科全书》(10)小学馆1989年版,第797页。

　　③ 世界文学大事典编辑委员会:《世界文学大事典》(4),集英社1997年版,第865页。

叫老舍的作家为中心，思考和写作了很多。因此，我想，对于研究者来说，最重要的是找到适合自己的，有意义的研究课题。"①当他找到了适合自己的研究老舍的课题后，他就抱着这个课题深入耕耘，连续发表高质量研究论文。如果说日本的老舍研究是从介绍、评价老舍及其作品开始的，那么伊藤敬一于1954年对老舍及其作品的评价与一般读者、社会文化人对老舍的介绍、评价不同，其著作《老舍论》则明显地带有"学院派"学者学术研究的价值取向，以严谨考证、深入探讨钻研问题见长。在《老舍论》中，他认为老舍不是革命文学主流的作家，因为他未曾直接参加革命运动，他在贫民窟长大，受北京市民、家庭的传统文化和义理人情的熏陶，在市民环境中孕育的庶民性的"安逸主义"，"对贫困的不满而产生的发迹欲，对阶级的不彻底而暧昧的同情心，中学毕业程度的学龄前自卑感等，剥夺了他进入革命主流的条件"。他认为老舍是以庶民的立场和情感创作《骆驼祥子》的，小说"对奴隶制的个人主义的严厉警告，也是迫于现实认识的大众的呼声"，"这本书让1954年的日本读者也深受感动"②。从1951年至1954年，全日本发表的介绍、评点老舍及其作品的文章有30多篇，但真正像伊藤敬一的以论著《老舍论》出现的却是凤毛麟角。据不完全统计，日本老舍研究从50年代到80年代中期出版的专著有20余部，而伊藤敬一就有1954年出版的《老舍论》、1972年出版的《老舍 曹禺 中国的革命与文学》以及70年代问世的《老舍的世界》《老舍年谱》等4部。

伊藤敬一的老舍研究起点高，发展到20世纪八九十年代至21世纪的前十年，他的"老舍学"进入高峰期。此间发表的老舍研究论著主要有：《老舍的小说和戏曲》(《中哲文学会报》6号，1981年6

---

① [日]伊藤敬一：《老牛破车 伊藤敬一论文散文集》，光阳出版社2007年版，第46页。
② [日]仓桥幸彦：《伊藤敬一先生的"老舍学"》，好文出版社2018年版，第8—9页。

月)、《老舍研究之旅》(《中国研究》137－140号,1982年7－11月)、《论老舍的〈茶馆〉》(《中国研究》152号,1983年12月)、《老舍作品中的世界》(高鹏译,中国社会科学院文学研究所编《国外中国文学研究论丛》,中国文联出版公司1985年7月)、《关于老舍的〈微神〉》(日中友好协会学术研究杂志《季刊中国》第4号春季号第12－14页)、《〈微神〉小论》(中文本)(《民族文学研究》1986年第4期)、《〈微神〉与老舍的文学》(东京大学教养学部外国语科编,《外国语科研究纪要》第35卷第5号,1987年3月23日第17－32页)、《老舍文学私论》①(东京大学教养学部外国语科编,《外国语科研究纪要》第34卷第5号,1987年3月23日第1－16页)、《我的中国文学研究》(日本科学者会议编《日本的科学者》,本泉社1987年5月,第263－267页)、《老舍短篇小说研究》(日本老舍研究会第5次年会,1988年7月16日)、《读老舍的〈微神〉》(精读)(《中国语》第364号,内山书店1990年4月15日第37－40页)、《老舍笔下的知识分子》(《中国语》第390号,内山书店1992年6月15日第1页)、《老舍的初恋》(《中国语》第391号,内山书店1992年7月15日第7页)、《老舍的死》(《中国语》第392号,内山书店1992年8月15日第1页)、《关于老舍文学的原点》(日本老舍研究会第15次年会,1998年7月24日)、《老舍三个作品的演出》(《老舍研究会会报》第13号,1999年7月21日第1－4页)、《老牛破车　伊藤敬一论文散文集》(光阳出版社2007年11月20日)、《中国前近代的买卖婚姻的深刻悲剧——老舍的场合和老舍的决意》(《老舍研究会会报》第30号,2016年9月3日第5－7页)。从以上论著中,可以看出伊藤敬一的"老舍学"之博大精深,这里既有对老舍其人的总体审视,又有对老舍作品的分类评析;既有对老舍经典

---

①《老舍文学私论》是伊藤敬一先生于1986年11月6日在北京大学作的学术报告,之后于1987年3月在日本东京大学《外国语科研究纪要》发表。

的细读探微,又有对老舍精神情感世界的心理把脉;既显示了对老舍研究的执着坚守,更显见对老舍的亲近、热爱和对中国的亲近友好。现将伊藤敬一研究论著的精深见解、独特贡献概括如下:

第一,伊藤敬一是理解老舍最深的日本专家。他在《我的中国文学研究》中说:"我感兴味的是老舍,与鲁迅、茅盾、丁玲等革命文学主流的作家不同,老舍被看做是文坛的支流、不太喜欢的作家,他内心很不痛快。"①他透视到了老舍内心对文坛将自己视为"支流"而感到"不痛快",因而对中国现代文学的研究,也就不以"主流"和"支流"为界去认识分析老舍,而以客观冷静的实证方法去认识老舍其人,认为老舍"在北京和那里居住的热爱贫穷的平民,和平民一起用牛一样的力量在革命的道路上不断前进的努力家、爱国者、民族主义者,还有乐天常识性、义理人情好的好人,感伤性、饶舌性、幽默的大作家"②;并"对老舍文学的问题点也给予新的关注,通过真实的观察和定位,更加明确了具有人情味的老舍像"③;而且他还从老舍作品中看到了老舍的形象、创作风格:"老舍作家表面上看,是一位在日本就像江户后期的游戏作者一样有趣味的作家,他的饶舌和谐谑幽默背后隐藏着可怕而清醒的现实主义之眼,以及中国贫穷平民的悲伤。饶舌中的沉默寡言,在幽默的哄笑背后,隐藏着极其内向的黑暗的悲伤,愤怒和讽刺,我开始认识到,这是一位以大众的民间形式,以负面的形式表现自我的相当有实力的作家。"④濑户宏在《老舍〈茶馆〉和满族意

---

①[日]伊藤敬一:《我的中国文学研究》,载日本科学者会议编《日本的科学者》,本泉社1987年5月,第263—267页。

②[日]伊藤敬一:《老舍的世界》,东京大学教养学部《外国语科研究纪要》1973年第20卷2号。

③[日]伊藤敬一:《我的中国文学研究》,载日本科学者会议编《日本的科学者》,本泉社1987年版,第263—267页。

④[日]伊藤敬一:《我的中国文学研究》,载日本科学者会议编《日本的科学者》,本泉社1987年版,第263—267页。

识试论》中对伊藤敬一对老舍的认识作了高度评价,说他较早地"在老舍作品中发现了与通论不同的要素,伊藤先生对老舍的理解之深值得关注"①。

第二,伊藤敬一将老舍与鲁迅放在传统与现代的关系上进行比较研究,既突出老舍对传统的延续,认为老舍"是不是以与鲁迅不同的形式,以故事性文学这一传统的民族形式为基础,开拓了中国独特的大近代文学的人呢？中国唐宋以来的旧小说,到了清代才以《红楼梦》的形式,模仿了自己独特的近代自我表现,老舍站在其传统的延长线上,试图以中国独特的传统形式创造反帝反封建文学"②；又确立了老舍对中国讽刺文学的贡献:"鲁迅是中国几千年来站在士大夫文学传统之上的封建宗法社会的反叛者,是一位优秀的讽刺作家,老舍是一位以平民阶级的屈折的讽刺文艺的传奇人物,被誉为中国独特的新近代讽刺文学的开拓者"③。

第三,伊藤敬一对老舍与宗教的关系的新认识与新评价。他在《老舍笔下的知识分子》中论及老舍与宗教的关系,认为不应该将宗教对老舍的影响简单化。老舍是基于对基督教正义精神的认识而走进教堂的,他要改造教堂。老舍作品中有关于教堂的批判性描写。从《大悲寺外》中黄先生这一形象身上还可以看到佛教"舍身救人"精神对老舍的影响④。

第四,伊藤敬一对老舍小说和戏剧的研究,既以翔实的史料作基

---

① [日]濑户宏:《老舍〈茶馆〉和满族意识试论》,《演剧博物馆グローバルCOE纪要 演剧映像学2011》第二集,2012年3月,第175页。
② [日]伊藤敬一:《老舍的世界》,东京大学教养学部《外国语科研究纪要》1973年第20卷2号。
③ [日]伊藤敬一:《我的中国文学研究》,载日本科学者会议编《日本的科学者》,本泉社1987年版,第263—267页。
④ [日]伊藤敬一:《老舍笔下的知识分子》,《中国语》第390号,内山书店1992年版,第1页。

础,又有独特的新发现、新见解。他的《老舍的小说与戏剧》主要内容一是对老舍的总体评价,二是作了详细的《老舍戏剧一览表》,抗战时期计13部(4部京剧、9部话剧),新中国成立后计20部(话剧、歌剧、京剧等)。对抗战时期和内战时期的小说创作也作了详细的《一览表》(从1937年的《我这一辈子》到写于1946至1949年的《鼓书艺人》,一共21部(篇)),以形成同时期小说和戏剧创作的对照,并对抗日战争时期和新中国成立后的老舍戏剧均作了简要的点评,认为抗战时期的话剧是老舍戏剧创作的准备阶段,没有小说的艺术质量高,那时他基本上是小说家;而到新中国成立后作为戏剧家再度创作话剧,在戏剧艺术上则有了大的发展。三是突出老舍由小说而戏剧的特点:"老舍原本是一位通过短小的动作和会话的描写,巧妙地将人物的特色刻画在眼前的作家,特别是在他的短篇小说中,有不少作品极端地说出来,如果把其他的句子写成文章,去掉会话的部分,就会直接成为话剧的剧本。"①四是对中国"文革"前出版的几部文学史和某些论文提出批评和看法:它们以政治思想的框子去套老舍的创作,或者以先入为主的偏见将老舍早期作品说成是"林语堂式的幽默","旁观""温情""思想性弱"等,这种对老舍评价上的偏颇痕迹一直保留到1978年为老舍开追悼会期间发表的一些文章中。伊藤敬一对《正红旗下》有独到的阐释,他指出:"这部小说对老舍来说,犹如沙子龙手中那杆在夜深人静后挥舞的断魂枪。他的这一说法,把握住了老舍艺术绝技的民族独特性。"②评《龙须沟》和《方珍珠》,认为它们写了旧社会市民的苦难和获得解放后的新生,并将它们和《老张的哲

---

① [日]伊藤敬一:《老舍的小说与戏剧》,《老牛破车 伊藤敬一论文散文集》,光阳出版社2007年版,第190页。
② 关纪新:《老舍创作个性中的满族素质》,《民族文学研究》2013年第1期。

学》《骆驼祥子》等联系起来进行思考,认为在题材上写北京的市民生活,呈现"故都的景象",又回到了老舍文学的"原点"①。他肯定了《西望长安》和《茶馆》的讽刺性,在评点《茶馆》时,说它描写了"过去三个时代"的"小人物"的悲苦辛酸,主人公最后上吊死去,也暗含了他以后的"不吉"的预感②。

第五,伊藤敬一对老舍文学经典的细读、体悟深刻,尤其在细读《微神》时有独特的思考、表达方式,能从细枝末节中窥视出丰富的情感内涵。他连续发表 4 篇《微神》相关论文:《关于老舍的〈微神〉》《〈微神〉小论》《〈微神〉与老舍的文学》《读老舍的〈微神〉》(精读)。还有一篇《老舍的初恋》,将《微神》与老舍的初恋联系起来,由《微神》印证老舍的初恋,小说中的女主人公即是老舍初恋的对象,刘大叔(宗月大师刘寿绵)的女儿。伊藤论《微神》,从解题开始,有点像文献学家作考证似的,他说:"'微神'这两个字,是英文的 vision 的音译,在日本翻译成'幻想'和'幻影'等,但我觉得这两个字里头还有如'幽微的女神'这样汉字之含义乃至神韵。"③他在《读老舍的〈微神〉》中说:"这部作品是把作者的初恋寄托在梦里而写的短篇小说,通过无数的象征和多样的色彩描绘了自己内部的印象风景,非常难理解。如果能把整体分成五个部分,并能发现它们:1. 春天的花园,2. 梦想的入口,3. 在小房子里的回忆,4. 在小房子里的相遇,5. 挽歌。由于版面的关系,可能会出现断蜻蜓,但前半部分的 1 和 2 特别难解,所以要

---

① [日]伊藤敬一:《老舍的小说与戏剧》,《老牛破车　伊藤敬一论文散文集》,光阳出版社 2007 年版,第 198 页。
② [日]伊藤敬一:《老舍的小说与戏剧》,《老牛破车　伊藤敬一论文散文集》,光阳出版社 2007 年版,第 200 页。
③ [日]伊藤敬一:《关于老舍的〈微神〉》,《老牛破车　伊藤敬一论文散文集》,光阳出版社 2007 年版,第 321 页。

详细叙述,其余的也许要一泻千里。"①以特别难解的第二段为例,可以看出伊藤对《微神》细读之精之深。他说第二段中最初出现的那个"不甚规则的三角","表示着作者的心脏,是漂浮在流动的黑暗时间上的"。"左边灰紫色的花园,好像暗示作者的母亲,因为这里有这样的话:'我爱这个似乎被霜弄暗了的紫色,像年轻的母亲穿着暗紫长袍'。金黄和大红的一角象征着作者青春洋溢的热烈爱情,而浅粉色美丽的一角象征着那位少女,她就是还活在作者心中这一角的小草房里。"②象征主义、进入内心,发细微的神秘的初恋的春梦之情,由"微神"象征的世界又联系起老舍的文学世界,从而让人看到老舍创作的"故事和现实""现实主义和象征主义""诗一般的结构"相融合的特点。

第六,对老舍之死的关注、研究,兼及对"文革"的沉思,显示其"老舍学"的人情味和人文关怀。他在《老舍年谱》中记述:"关于老舍,我写过两次。1966年秋天接到了有关老舍自杀的报道,并写了包含安魂曲意思的文章,当时,作为副物制作了比较详细的老舍年谱。"③从老舍于1965年3月访问日本之后,日本作家和老舍研究者更加关注老舍的动向,尤其关注老舍在特殊时期的命运。伊藤敬一是最为关注老舍命运的一位,他在《老舍的死》一文中,以散文似的笔调抒发了悲痛与叹惜。

第七,对日本老舍研究的历史与现状的审视。伊藤敬一对日本出版的关于老舍的著名的事典、专著,都能及时予以推荐、评论。中山时子主编的《老舍事典》分前后两编,前编主要解释老舍著作中涉

---

①[日]伊藤敬一:《读老舍的〈微神〉》(精读),《中国语》第364号,内山书店1990年版,第37—40页。

②[日]伊藤敬一:《〈微神〉小论》,中国《民族文学研究》,1986年4期。

③[日]伊藤敬一:《老舍年谱》,东京大学教养部外国语科《外国语科研究纪要》1978年3月20日,第25卷第4号。

及的北京街道、胡同、公园、河湖、古迹、交通、动植物和北京自清朝到当代各阶层人物的职务、生活、社会、经济、风俗、宗教、教育等方面的知识。后编则主要是老舍传略、年表、家居生活、著作翻译情况、著作中方言土语诠释等。伊藤将这部《老舍事典》评为"百科全书"式著作,很受读者欢迎。《老舍小说全集》出版时,他特意介绍本书的特点:老舍是描绘北京贫民生活与人生哀欢的大众作家、风俗作家,他的小说幽默诙谐,深入浅出,并具有尖锐的社会批判性①。他在《老舍作品在日本的评价问题》中说:日本一般读者对《骆驼祥子》《四世同堂》等老舍作品都很喜欢,而"在日本越是文学专家,对老舍作品的评价就越低一些"。为何存在这种现象,他指出,这些文学专家一是用近代文学的观点评价老舍文学的,认为老舍描写大杂院的作品不是"自我表现的文学",而是"近代以前的说书、讲史传统文学差不多"。二是他们是用"比较狭隘的政治观点来评价老舍文学的",认为老舍"过火的幽默","有温情主义倾向","不参加革命","对党和革命运动,时有不正确的观点等等"。针对第一种观点,他提出老舍写大杂院的故事,是"通过中国传统的艺术形式来间接地表现自己激烈感情的"。针对狭隘的政治观点说,他提出应该用历史主义的观点评价老舍,30年代的革命运动是伟大的,但也存在弱点,一般穷苦人民也不了解革命道理,这样的情况是普遍存在的事实,"《骆驼祥子》的结尾不是写光明,是当时社会真实情况的反映",如果简单地写了光明,那就变成"个人主观的伪作品了"。他充分肯定了老舍写大杂院故事的生活基础、表现方法、幽默趣味、艺术技巧。②

第八,伊藤敬一的"汉学""老舍学"的集大成之作:《老牛破车

---

① [日]伊藤敬一:《老舍小说全集》(介绍),《中国语》1982年7月270号。
② [日]伊藤敬一:《老舍作品在日本的评价问题》,《外国语科研究纪要》1984年3月31卷4号。

伊藤敬一论文散文集》。《老牛破车》是老舍的理论文集,主要收入作者谈创作经验的文章,伊藤敬一借用老舍这一书名,作为自己论文集的题名,有与老舍文心相通之处。为凸显伊藤氏的《老牛破车》特色,他特意标明"老牛破车之歌——为促进日中友好而作",又体现了他以"汉学""老舍学"为载体而促进日中友好所做的努力!老舍在《老牛破车》开篇《我怎样写〈老张的哲学〉》开头就说"七月七日刚过去,老牛破车的故事不知又被说过多少次;小儿女们似睡非睡的听着;也许还没有听完,已经在梦里飞上天河去了"①。伊藤也在他的散文集的开篇对"老牛破车"做了解释,在陈述"七夕"的故事后,他说:"在幸福与温柔的很多生命被扭曲的军国主义时代,特别是从7月7日卢沟桥事件,延伸了一个悲惨的战争,造成许多人的牺牲,而两次战争的回归,使满天的明星也都发出怨恨的声音。"②《老牛破车 伊藤敬一论文散文集》,是一本以"老舍学"为主体的"汉学"大书,它由三个部分组成。一是散文、书评,收集了《我的中国文学研究》《汉语初学时期断片》和一些书评;二是研究论文,《〈文艺讲话〉的世界》《老舍的文学世界》《老舍的小说与戏剧》《关于老舍的〈微神〉——老舍描写女性群像的原型》《对金仁顺短篇小说的评论》《汉语的逻辑和接续关系——主谓语法序说》《涉及日本人和日本文化的徐福和徐福集团之谜》,附录为中文《老舍的文学世界》、中文《关于老舍的〈微神〉》;三是《日中关系的现状和展望》。可见,此书充分展示了伊藤先生的"汉学"、"老舍学"、语言学、日中关系学的成就。其中的"老舍学"中最系统、最具有创新价值的论著是《老舍的文学世界》。这部论著是由其

---

① 老舍:《我怎样写〈老张的哲学〉》,《老舍文集》第15卷,人民文学出版社1990年版,第164页。

② [日]伊藤敬一:《老牛破车 伊藤敬一论文散文集》,光阳出版社2007年版,第10页。

50年代的《老舍论》、70年代的《老舍的世界》深化发展而来,是他长期研究老舍思想情感、作品内蕴的结晶。论著分为6节:1.两个老舍形象。由老舍自杀的消息引起的两种观点:一种观点认为"简直难以想象老舍会自杀",另一种观点认为"以他的本质考虑就可以肯定他的自杀"。两种观点背后存在着两种截然不同的老舍形象。前一种观点背后的老舍形象:"老舍是一位热爱北京、热爱北京的人民群众、并和他们一起像黄牛一般顽强地走向革命道路的实干家、爱国者、民族主义者;既是一位学识渊博、通情达理的乐天派善良人,又是一位伤感而饶舌的平民作家。"后一种观点背后的老舍形象:"老舍却是一位极其悲观的老舍,他对中国社会和人民怀着绝望悲痛和惴惴不安的心情、却又一直默默地忍辱偷生,是位内向型而又神经质、拙嘴笨舌而又感觉敏锐的作家。"两个老舍形象"又是以表面和里面的关系相互依存着"。2.依照现代主义标准所做的片面评论。伊藤认为老舍作品和现代主义之间存在着本质的不同,依照现代主义标准来评论他的作品,势必会把他的作品逐次否定无遗,只有用"前近代"(现代前期性)和"群众化"的观点评价老舍及其作品,才能充分认识老舍作品的价值。那么老舍作品的"现代前期"世界又是什么样子呢?3.现代前期(日语的"前近代")的世界。现代前期的文学是"大众性故事文学"。其特点一是所写的生活、事实要有趣味;二是注重叙述技巧、语言技巧;三是人物描写"采用街谈巷议中介绍人物","即它是建立在共同的感情和通常的经验以及判断的基础之上,通过这些故事叙述以求得人们的共同理解、赞成和共鸣"。4.内心的火焰。伊藤引用了老舍的话"一方面用感情咂摸着世事的滋味,一方面又管束着感情",认为老舍"管束着感情"就要进入内心,呈现"内心的火焰",这即第二个老舍形象——内心的老舍形象,所以他的作品中的"许多幽默的描写,但实际内容是阴暗的","幽默描写的背后存在着一种忧郁而阴暗、悲愤而绝望的因素"。5.不传的世界。由对《歪毛儿》《黑白李》《断魂枪》等短篇小说的分析,尤其从沙子龙的"不传!不传!"的声音中,而得出的"不传"的世界,其实就是作家将"往昔事物"作为内心幻境已经结晶化了,"往昔"是一个"更为具体的少年时代的世界",这是老舍还在"歪毛儿"的童年时代所生活成长的大杂院里的世界,这个世界里住着人力车夫、江湖艺人、戏子、侠客、巡警等形形色色的人物,这就形成了老舍童年少年时代的"故乡的幻象"或曰"北京的幻象",但这一"北京的幻象"在现实中再也无法返回了,只好在作品中加以述说,有时还用逆态表现的方法,像《猫城记》所说的"我"想念的故乡是"光明的中国、伟大的中国",这明显的是"逆态表现",而现实中的猫城则是"一百分的黑暗",所以这里的"逆态表现",也就是"不传"的世界。6.老牛破车。由老舍在《老牛破车》篇首所讲的"天河配"的故事而悟出这是一个象征性的题名。牛郎拉着老牛和破车,"象征着老舍作品的外观","织女却是老舍向往的初恋少女之幻象",也是"北京的幻象"。"牛郎等于老舍","织女象征刘寿绵的女儿、已去世而难忘的幼时女友,《微神》的'她'或许象征已故的母亲"①。以上这6节的内容,都结合着老舍的具体作品进行细致的分析,透视出伊藤敬一的新颖独创的见解,新鲜别致的学识。

[原载《现代中国文化与文学》2021年第1期,收入本书时有部分修改]

---

①以上论述的引文均来自《老牛破车 伊藤敬一论文散文集》,光阳出版社2007年版,第286—320页。

第十九章　海外传播视域下的世界"老舍热"

中国现代著名作家老舍,不仅在英国、新加坡、美国、苏联、日本等许多国家,留下了文学交流的足迹,而且以其鲜明的民族性、现代性的文学作品,被翻译成数十种文字,在全世界获得了广泛的传播,并不断地兴起传播与研究老舍的"热潮"。这一世界传播与研究老舍的"热潮",从20世纪三四十年代一直"热"到21世纪的现在,更出现《四世同堂》英译本回译的新景观:2017年8月,上海东方出版中心出版了《四世同堂》的完整版(103段);接着又有天津人民出版社的《四世同堂》完整版;2018年6月,人民文学出版社出版了《四世同堂》完整版(103段)。这就形成了老舍文学经典传播与研究的独特的文化现象:各种文学版本均以"完整"和后16段的翻译出色而竞放光彩,从而推动学界对《四世同堂》以及老舍文学创作研究的深入发展。

第一节　20世纪三四十年代:走进英美世界

老舍是较早走出国门的作家。他从1924年至1929年在英国伦敦大学东方学院任中文讲师,在此期间创作了三部长篇小说《老张的哲学》《赵子曰》《二马》。他用小说《二马》传播了英国人和伦敦形象,伦敦又传播了老舍事迹、老舍形象:他帮助艾支顿翻译《金瓶梅》,在1939年出版的英译本《金瓶梅》扉页上写着"舒庆春"名字;在东方学院做"唐代的爱情小说"的讲演;在东方学院讲学编写一套汉语教材《言语声片》,在世界上广为流行;老舍在英伦的故居,英国遗产委员会于2003年正式镶上陶瓷制成的蓝牌,上面书写着"老舍,1899—

1966，中国作家"；40年代英译本《骆驼祥子》在伦敦出版，至80年代以来文人学者对老舍及其作品的传播与研究，形成了老舍在英国传播的历程。

老舍在海外的传播以英国为起始，但在英国并未兴起"老舍热"。世界"老舍热"的第一次兴起是在40年代的美国。早自1939年，高克毅首次把老舍介绍到美国文学界，1944年王际真首次把老舍小说翻译到美国。至老舍于1946年4月至1949年9月在美国讲学期间，与美国友人组成了一道精英传播老舍作品的靓丽风景线。这其中包括老舍与浦爱德合作翻译的《四世同堂》第3部《饥荒》，与郭镜秋合译的《鼓书艺人》以及郭镜秋的英译本《离婚》。尤其是伊·文金英译本《骆驼祥子》，1945年版1946年再版，成为美国家喻户晓的畅销书。由《骆驼祥子》在美国的轰动，也带动了西方其他国家对老舍的关注和翻译，后续有瑞典、法国、捷克、波兰、匈牙利、苏联、德国等国的翻译文本。

第二节　20世纪50年代至70年代：在日本、苏联形成热潮

世界第二次"老舍热"是以50年代的日本、苏联为主体。日本是世界传播老舍作品的最早的国家之一，1939年就有《大悲寺外》的日译本问世，40年代陆续翻译出版了《小坡的生日》《赵子曰》《牛天赐传》《骆驼祥子》等，同期还有十余篇介绍评论老舍及其《离婚》《骆驼祥子》《四世同堂》等文章。到了50年代初中期，老舍作品在日本的传播与研究，形成了第一次的"老舍热"：《四世同堂》《老张的哲学》《离婚》《龙须沟》等一大批小说、戏剧作品被译成日文出版，并有《老舍论》《老舍年谱》等一批高质量论著出版。在苏联，随着老舍50年代的三次访问兴起了翻译传播老舍的"热潮"：共出版了近30部老舍作品，其中包括：1953年出版的《中国作家短篇小说选》，1956年的

《老舍短篇小说、剧本、散文选》;1957年的两卷本《老舍文集》第一卷12篇小说,第二卷4剧本4散文。大批的翻译成果带来了大量的研究论著,据统计,仅1953年至1989年的30多年,苏联共发表、出版了老舍研究论文、论著约120篇(部)。

世界第三次"老舍热"是在六七十年代的日本兴起的。从1960年至1979年,在各类报刊发表的文章约80余篇,由这些研究文章显示出"老舍热"有两个特点。一是对老舍人格精神的赞赏和对老舍之死的悼念;二是对老舍文学思想、创作道路的综合研究,以及对《二马》《猫城记》《离婚》《骆驼祥子》《四世同堂》等文学经典的评论。

第三节 20世纪80年代至世纪末:广泛传播 大放异彩

80年代以来至世纪末的欧美、日本及东南亚等国兴起了第四次世界"老舍热",此次"老舍热"有两个特点。一是老舍作品翻译传播范围广,涉及20余个国家或地区。以《骆驼祥子》为例,多达20余种不同的文字译本,仅日文译本就有10种以上。在日本,80年代出版的老舍作品日译本有20种,尤以1981年至1983年学研社出版《老舍小说全集》(共10卷本)为重;1984年3月,全日本老舍研究会成立,从成立时一直坚持下来,每年一次全国性老舍研讨会,并出版《老舍研究会会报》。除了举办学术研讨会,还举办老舍作品读书会,将精英传播与大众接受结合起来,扩展了老舍的影响力。在美国,翻译界也掀起重新翻译老舍作品的热潮,如《骆驼祥子》的重译、《猫城记》的翻译。至1981年,《骆驼祥子》在美国已有3个重译本。在韩国,80年代以来,仅《骆驼祥子》译本就有5种;在泰国,有《骆驼祥子》泰文版本和多次的再版版本。二是老舍研究深入发展,构建了"老舍学"经典专家库,呈现丰富多彩的精致成果。从80年代初至90年代中期,在日本发表的论文、小传、年表、访谈等文章有400余篇,出版老舍年谱10余种。日本老舍研究资深专家伊藤敬一首倡"老舍学"后,日本的"老舍学"不断发展壮大。在"老舍学"的宝库中,有中山时子主编的百科全书式的《老舍事典》;伊藤敬一发表15篇有关研究老舍小说、戏剧的系列论文,后收入其汉学、老舍学集大成之著《老牛破车 伊藤敬一论文散文集》;伊藤敬一对《微神》的细读、阐释;日下恒夫对《猫城记》的考释;杉本达夫对老舍与抗战文学及"文协"的考论,等等,形成了日本学派以实证、考辨以求精细的研究特点。在苏俄,从安季波夫斯基的《老舍的早期创作:主题、人物、形象》、博洛京娜的《老舍战争年代的创作(1937—1949)》、司格林的《伟大的幽默大师》、谢曼诺夫的《论老舍的话剧》到新世纪罗季奥诺夫的《老舍与二十世纪中国文学中的国民性》等,已经形成了一个比较完整的老舍研究系列,凸现了苏俄学派从社会学视角研究老舍的宏观大气。在美国,有王德威的博士论文《现实主义叙述的可能性——茅盾和老舍的早期小说研究》、陶普义的专著《老舍:中国讲故事大师》、夏志清《中国现代小说史》对老舍早期小说艺术成就的独特审视、李欧梵的《老舍〈黑白李〉的心理结构解读》等,显示了美国学派对老舍研究的方法多样、视角新颖、注重审美观照的特点。德国的凯茜对老舍作品女性形象的研究,格哈德·罗德对《茶馆》的论述;法国的保罗·巴迪对老舍小说的文化史、风俗史的探讨;波兰汉学家斯乌普斯基的《老舍小说分析》;匈牙利的冒寿福的博士论文《〈骆驼祥子〉中所运用的语言》;新加坡王润华的《老舍小说新论》等。组成了世界"老舍学"最精致的学术文库。

第四节 21世纪以来:戏剧演出带火老舍作品

21世纪以来的世界"老舍热"除了保持老舍传播与研究的延续外,尤其出现了老舍作品改编与演出的新景观。早在50年代中期,日本即将《骆驼祥子》改编成名为《一个名叫骆驼的人》的广播剧在东京电台广播,使得祥子、小福子的名字家喻户晓。2002年11月,京剧《骆驼祥子》在日本演出7场,场场爆满;2015年9月,中国原创歌剧《骆驼祥子》意大利巡演,受到意大利广大观众热烈好评。尤其是《茶馆》的演出,创造了世界"茶馆"热""老舍热":1980年,《茶馆》在西德、法国、瑞士进行了巡回15个城市的访问演出,掀起了欧洲"《茶馆》热",被誉为"东方舞台上的奇迹"。1983年,《茶馆》在日本演出,掀起了日本第三次的"老舍热"。1986年4月至5月,《茶馆》在加拿大演出12场,2016年,《茶馆》又一次在加拿大演出,均创造了加拿大的"老舍热"。1986年6月,《茶馆》在新加坡演出6场。更令人瞩目的是2005年10月,《茶馆》在美国华盛顿、旧金山、休斯敦、洛杉矶、纽约5座城市的16场演出,再次掀起美国的"老舍热"。而到了孟京辉执导的先锋戏剧《茶馆》于2018年10月在乌镇首演,开启了德国、法国、北美洲等世界各地巡回演出。可见,不同版本的《茶馆》一次次在国外的演出,不仅掀起了老舍在不同国家和地区的传播与研究"热",而且更将老舍的戏剧融入世界三大演剧体系中,从而显示老舍戏剧美学无限丰富的艺术魅力。

总之,从老舍走出国门到英国伦敦讲学开始,历经20世纪40年代的美国的"老舍热",50年代日本、苏联的"老舍热",六七十年代的日本"老舍热",80年代以来的欧美、日本及东南亚等国的"老舍热",21世纪以来的世界"老舍热"的新景观,老舍的海外传播与研究经历了85年的历史,世代传承,历久弥新,凸显了老舍及其文学艺术创作的永久的生命力。

[此文以《老舍的世界与世界的老舍》为题载2021年1月14日《人民日报·海外版》]

第二十章　运用传统学术方法　创作与研究老舍传记
——以徐德明著述老舍传记为例

在老舍研究领域,老舍传记迄今已有近 20 种。徐德明著述老舍传记,开始于 20 世纪 90 年代中期,在此之前已有多部老舍传记问世,可他编著的《老舍自传》一登场,即以崭新的面貌,打破了老舍自身未写过正格的自传以及学术界也未曾有过的《老舍自传》的格局。徐德明的《老舍自传》于 1995 年由江苏文艺出版社出版;2006 年湖北人民出版社再版,更名为《老舍自述》;2018 年广东人民出版社出版的《老舍自传》未标明"徐德明编著"。徐德明在《老舍自传》写作之后,又推出两部创新之作,一是《图本老舍传》(长春出版社 2012 年版),二是《老舍自述:注疏本》(现代出版社 2018 年版)。这 3 部老舍传记,足以显示徐德明对老舍传记写作与研究的独特贡献。这 3 部著作有一定的关系,下面我将对它们作综合及版本比较的评论。

第一节　老舍对 20 世纪 30 年代"自传热"的反应

20 世纪 30 年代初中期,文坛曾兴起自传写作"热"。胡适 1930 年开始写自传《四十自述》,他自己写自传,还动员老朋友们写自传,比如他曾劝林长民、梁启超、蔡元培、张元济、陈独秀、熊希龄、高梦旦等写自传。在他倡导带动下,形成了 30 年代的"自传热"。上海第一出版社推出"自传丛书",先后有 1933 出版的《从文自传》,1934 年出版的《巴金自传》《钦文自传》《庐隐自传》《资平自传》,1936 年出版的中文版《林语堂自传》,等等。30 年代的自传有两大类,一类是偏重于传记的历史属性的自传,像胡适、郭沫若的自传;一类是偏重于传记文学属性的自传,像郁达夫、沈从文的自传。老舍没有在30年代"自传热"中写自传,他在1934年1月《大众画报》第3期发表了《自传难写》一文,可以视为他对30年代"自传热"的回应:他不愿写自传,不愿以自传而"留名千古";他说写自传要有"好材料",可到哪里去找"好材料"呢?他还对自传流行的写法加以奚落,头一章要叙述家庭谱系,可他家既非名门,家族里又无"英雄";第二章要写如何降生且富有传奇色彩,"怎么产房闹妖精,怎么天上落星星,怎么生下来啼声如豹",可他生下来,母亲无奶,"常吃糕干",无法写;第三章幼年入学光景,即使写出,"又不体面";第四章写青春时期"更难下笔"。思来想去,自传难写,他写不成。① 到了1938年他才在《宇宙风》上发表《小型的复活——自传之一章》,其写法不像胡适、郭沫若自传那样从家族、出生、童年写起,而是写他在青春期如何克服不良"嗜好"度过"二十三,罗成关"的,从类型上看它不以史实记述为主,用的是小说的笔法,带着感情写那时的"苦闷",是属于文学属性的自传,在具体的记述中有描写有故事有细节,生动有趣!但从严格意义上讲,《小型的复活》还算不上自传,说它是回忆散文更贴切些。由于老舍生前没有写过正格的自传,这就为撰写《老舍自传》设置了莫大的难度,再加上学界迄今只有老舍的他传、评传、传略等,而未有一部《老舍自传》,更显示出徐著《老舍自传》的重大价值了。

第二节 《老舍自传》

这是一个非常有趣的自传写作现象,从表面看,《老舍自传》是基础,为后面的《图本老舍传》和《老舍自述:注疏本》奠定了坚实的基础,但从内质上看,它们各有特色,各有创新,每部著作都有说不尽的精彩。自传一般成为"老人对自己青壮年往事的重新阐释甚至塑

---

① 老舍:《自传难写》,《大众画报》1934年第3期。

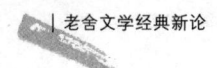

造",这就难免带上主观色彩,自己写自己,哪有那么冷静客观的。徐德明把《老舍自传》视为"准自传",是他从老舍自述的所有文本,包括生平自述、回忆散文、创作谈、自叙小说中去搜罗自传材料,按照时间顺序加以编著,这样就避免了自传中的主观色彩与失误,有着"准自传"的客观真实与生动。徐德明在《〈老舍自传〉后记》中记述了编写原则:"我将老舍的自传材料作了适当的调度、合并、删节、组合。但我的准则是:尽可能保持作品原貌。除删节、组合外,我仅仅加了极有限的几个贯通语气的字,用括号标出,想必能获读者理解。"①全书以老舍的《昔年》与《今日》两首诗作为"序诗",呈现其"童年习冻饿","壮岁饱酸辛","晚年逢盛世","滚滚横流水","茫茫末世人"的一生情景。用诗引领读者进入老舍人生的主要时段,按照时间顺序设置了八章:第一章:童年习冻饿(从出生、童年到入学读书,1899－1918);第二章:糊口四方(1918－1924,从北京师范学校毕业到社会上做教育事业,再到英伦讲学1924.9－1930.2);第三章:壮岁饱酸辛(1930.3－1937.11,济南、青岛期间的教书、创作);第四章:八方风雨(抗战时期在武汉、重庆的生活与创作1937.11－1946.3);第五章:旅美译介(1946.3－1949.12);第六章:晚年逢盛世(1949.12－1966.4);第七章:滚滚横流水;第八章:茫茫末世人(从1966年5月开始"文化大革命"到同年8月24日离世)。以上各章括号内的文字为笔者所加,由此可以看到此书按时间顺序选取老舍自述文本,体现自传的史实性、真实性,更加之选取的老舍自述文章所具有的文学性、艺术性、审美性,比如第一章写童年时期老舍的出生,选取了《正红旗下》的一段文字,有记述,有描写,尤其是"洗三"的风俗:从"添盆"开始,把"我"放到盆里,白姥姥边洗边说些吉祥话儿;洗完后"我"发出了的哭声,这叫作"响盆";"响盆"后白姥姥又用大葱打了我三下,口中念念

---

① 徐德明:《〈老舍自传〉后记》,江苏文艺出版社1995年版,第307页。

有词:"一打聪明,二打伶俐",后来应验了"我"和"大葱一样聪明"[①]。整个情节生动有趣,一开始就紧紧地抓住了读者的阅读兴趣。这一章的最后一节写老舍的初恋,选取的是老舍的一篇散文《无题〈因为没有故事〉》。这篇散文其实用的是小说的写法,有对初恋者眼神的描写,有内心情感富有层次的波动,呈现了一个初恋者的"甜美的梦"[②]。还有像第六章第四节:找到自己位置,编者在此加了必要的注释:"这是1966年春老舍与英国人斯图尔特·格尔德、罗玛·格尔德的谈话(舒悦译)。是他对自己一生思想、对中国革命认识的总结。这里有老舍深刻的历史反思,有一丝几乎从未有过的对自己的信心不足。"[③]老舍在五六十年代经过思想改造,找到自己位置,将自己定位"资产阶级老人"。这样的选文与注释,使该书在文学性、审美性之外又具有可贵的学术价值。因此,这本《老舍自传》融文学性、艺术性、审美性、学术性于一炉,不仅为普通读者提供认识老舍的生动史料,而且为研究者提供必要的参考资料,具有独特的实用价值。

第三节 《图本老舍传》

在《老舍自传》问世后,徐德明又推出《图本老舍传》。在此书出版之前,虽然已有几部或以画集以显老舍简传或在《老舍评传》中配以若干幅图的著述,而真正标明"图传"的是关纪新著、舒济供图的《老舍图传》(广东教育出版社2005年版)。段煜在评价此书时认为:"此书的文字部分是关纪新《老舍评传》的缩编,图片部分则取材于《老舍》画册,可以看作是对两部著作的精选。但是,这种加工过于粗浅,由于关著在写作时是纯文字的,因此,无论是用现成的文字去找

[①]徐德明:《老舍自传》,江苏文艺出版社1995年版,第3页。
[②]徐德明:《老舍自传》,江苏文艺出版社1995年版,第24页。
[③]徐德明:《老舍自传》,江苏文艺出版社1995年版,第286页。

图片还是根据图片来截取与之相关的文字,都会存在契合度较低的问题。这种直接摘编的写法使得本书的图文之间缺乏有机联系,难以充分发挥图文配合的优点。"①徐德明的《图本老舍传》又是对老舍图传写作与研究的突破。在我看来,徐著的突破意义不仅在于图文并茂、图文的有机联系所凸显的文学张力和审美情趣,更让我欣赏的是它的学术价值。它颇似一本老舍评传和老舍传论,凝聚了作者数年来研究老舍的成果,比如对老舍宗教态度与创作的研究,对老舍小说中西诗学的实践的研究,对《离婚》及老舍小说叙事艺术的研究,对《骆驼祥子》和现实主义批评的研究等,还有对老舍着装、老舍与书画的研究等,那么多的研究成果都融入画传中去了。

从《老舍自传》到《图本老舍传》,又可以看到徐德明的老舍传记写作与研究对自身的发展与突破。如果说《老舍自传》系"准自传",那么《图本老舍传》属他传,自传与他传的写法,当然不一样。两本书的章节标题不尽相同,图本的章节标题不仅文学审美色彩浓郁些,而且扣紧与图的联系,但在以时间为序的时段上大抵相近。由于是一个作者既写"准自传"又写"图本传",再加上作者是老舍研究著名专家,对老舍全部著作熟稔于心,因而《图本老舍传》与《老舍自传》有着一定的内在联系。比如在《图本老舍传》的章节中,文字部分除了有作者的评论外,还用了一些《老舍自传》中的老舍自述文章,比如第一章选用了《〈神拳〉后记》《我的母亲》等文,第三章《英伦记略》选取了《东方学院》《写与读》等文。可这里用老舍自述文章与《老舍自传》又有不同,在《老舍自传》里是将选取的自述文章列出后加以简略地注释,而《图本老舍传》是在记述、评论中自然融入所选取的老舍自述文章。比如在记述老舍的"入学"经历时,最让老舍感恩的是宗月大师

---

① 段煜:《老舍传记写作的回顾与思考》,《纪念老舍诞辰120周年暨第八届国际学术研讨会论文集》,第65页。

(刘寿绵),于是此节配有宗月大师的图像,在评述文字中,则融入了老舍纪念宗月大师的文章《宗月大师》。老舍感激宗月大师对他的引导:"没有他,我也许一辈子也不会入学读书。没有他,我也许永远想不起帮助别人有什么乐趣与意义。"①

第四节 《老舍自述:注疏本》

《老舍自述:注疏本》是《老舍自传》的升华,它们在章节的设置上基本相同,章节标题的文字相同,每章每节选取的老舍自述文也基本相同,只是《注疏本》将《自传》的第六章也即新中国成立后的老舍篇,分成二章,形成第六章《晚年逢盛世》和第七章《文章太平》,这比《自传》更科学些,更贴近老舍在新中国成立后的思想、创作的发展历程。尤其是第八章的《滚滚横流水》变化较大,选取了老舍自述文《下乡简记》,删除了《自传》的《滚滚横流水》这一章中有关老舍对外国文化大革命的"从来都是破坏文化的"评价,以及老舍对暴风雨到来的"又要死人了"的预感。最后一章《茫茫末世人》,两书都用"再见"二字结束全书,但《自传》附录舒乙的《再谈老舍之死》,而到了《注疏本》再用这一附录那就不合时宜了。但《注疏本》的"再见"配有老舍于1966年与孙女舒悦的照片,更有在生动形象背后的说不尽的情感和道不完的耐人寻味!由最后一章的文与图的有机结合,再看看前面几章,也有自述文与图的结合(正文配图15幅,插页13幅),可见《注疏本》与《图本老舍传》的有机联系。更让人称赏的是作者将《图本》中的老舍研究的精华成果用于《注疏本》,增添了《注疏本》"注疏"的更多亮色。

是的,《老舍自述:注疏本》的突出特色即在它的"注疏"上。其"注疏"特色主要有:

一是难度大。在《老舍自传》中,作者已经对老舍自传材料做了

---

① 徐德明著、舒济供图:《图本老舍传》,长春出版社2012年版,第20页。

选择、调度、合并、删节、组合的工作,但这本书中的注释较少且较简略。即是说《老舍自传》只为《老舍自述:注疏本》提供了必要的老舍自述材料,而没有为"注释""注疏"提供什么帮助,奠定什么基础,所以《注疏本》完全是开拓创新。更为艰难的是,"注疏"的对象是多才多艺的并在创作文体上无所不包的伟大作家老舍,是老舍的一生各个历史时期和生活的各个方面,史料涉及面广,注疏难度大。正像舒济先生在本书的《序》中所言:"这些需要注释的词汇涵盖老舍先生一生各个历史时期和生活的各个方面。词汇名目繁多,涉及大量历史、地理、习俗和人名,有些注释的资料是很难搜集到的。"①比如老舍著作中涉及的古今中外人名太多,仅现代人名就有475人,当然,书中的老舍自传材料没有涉及这么多现代人名,但在抗战时期的老舍,作为"中华全国文艺界抗敌协会"的总负责人,他交往的现代作家、文化人特别多,有的可以在《老舍文学词典》或《简明老舍词典》中找到参考资料,但找到了也要作剪裁、组合,有的人名不见于"严格"的史书,徐德明只得去搜集整理,作"古籍整理"工作了。因此,老舍的"历史化"和其生活、创作时空的广阔性,为作自传的"注疏"增添了莫大的难度。

二是具有严格的史实性、科学性。注疏对人名、地名、文学期刊、出版社、社团流派、作品发表或出版的时间等,均做到了博考文献、言必有据,注释科学、准确无误,为研究者提供了必要的参考资料,具有较高的史料价值。以人名的"注释"为例,比如对艾支顿的"注释"即突出其是英文版《金瓶梅》译者,并疏证直到此译本诞生54年后才有另一译本的出现,还引用了艾支顿感谢老舍对他译此书的"慷慨的帮

---

① 徐德明、易华:《老舍自述:注疏本》,现代出版社2018年版,第2页。

助"①。不仅让读者了解了艾支顿其人,而且也照见了老舍与艾支顿之间的亲切关系,以及老舍对英文版《金瓶梅》所做的贡献。对人名的注释突出重点,兼顾一般,比如第四章第四节,对抗战时期的老舍自述中涉及的人名,像冯玉祥、郭沫若、茅盾、吴组缃、胡风等的注释较翔实,有四五百字,而注一般作家或政府官员则用墨较少,比如注方治只用了87个字。还有对地名的注释,也都经得起实地考证,像老舍旅英期间的伦敦住所,不仅注明其具体方位:"在伦敦西部的荷兰公园区圣詹姆花园街31号",而且对"注"作"疏":由于老舍在中国文学艺术方面的杰出贡献,经英国文化部评定,老舍居所已列为名人故居。②

三是以评论代注疏,凸显独到的学术价值。作者将自己多年来研究老舍的成果带进"注疏"中,以评代注,疏出新意。对老舍最早于1923年写的短篇小说《小铃儿》,除注明小说发表的时间、刊物,点评小说背景、主要情节外,还引用老舍《儿童主日学和儿童礼拜设施的商榷》的话,以印证老舍是一个明经通义的宗教活动家,从而得出结论:"小说的主旨是以宗教精神纠正教育偏颇"③。对《断魂枪》的注疏,将其视为"反武侠类小说",并论述其"反武侠"的特征④。将这一条注疏与《图本老舍传》"另类武侠"一节连起来读,更觉得作者对《断魂枪》从情节、想象、人物性格和动作描写等方面所做的评论格外精彩。对《骆驼祥子》的注疏,不仅从接受美学角度去阐释《骆驼祥子》的读者定位,而且将其视为"一个现代人类生存的寓言",并突出小说

---

① 徐德明、易华:《老舍自述:注疏本》,现代出版社2018年版,第66页。
② 徐德明、易华:《老舍自述:注疏本》,现代出版社2018年版,第66页。
③ 徐德明、易华:《老舍自述:注疏本》,现代出版社2018年版,第69页。
④ 徐德明、易华:《老舍自述:注疏本》,现代出版社2018年版,第115页。

的情感主调"仍然是叔本华的悲观主义哲学:人的一切努力都是白费"①。全面审视本书,有诸多注疏均似独到的评论,属作者多年学术成果的结晶,它们具有文学性、学术性。

四是以自述注自述,显示注疏的审美性。在选取的老舍自述《我怎样写〈赵子曰〉》一文中有这么一句话:"《赵子曰》便是这点高兴的结果。"作者选取了老舍《写与读》的内容对这句话作注②,共有1000多字,以证实老舍系统阅读了欧洲文学作品,促进了其创作的发展。在选取的老舍自述《我怎样写〈离婚〉》一文中,有"故都景象"一词,注疏全录老舍的《想北平》以呼应"故都景象",也说明北京对于老舍创作的重要性,这样的注疏显得非常机智巧妙。第四章"八方风雨"篇,抗战全面爆发后,老舍自述离开济南时的内心复杂情感,注疏则用老舍致陶亢德的信呼应老舍当时的复杂心情。像这样以自述注自述,正文篇"自述"是美文,注疏中的"自述"也是美文,让人感到真实亲切,享受美文的审美魅力!

五是以谐趣取胜,增强注疏的可读性。老舍在抗战时期的重庆,因治肠胃病,医生严嘱他戒酒,第四章"八方风雨"第七节选取老舍自述文《戒酒》,注疏则节选了台静农《我与老舍与酒》一文,此文妙趣横生,写出了老舍以酒待人与朋友相处的真挚情感;再加上老舍在《抬头见喜》一文中非常风趣幽默地谈了自己三次戒酒的情景,呈现出一位真性情的幽默写家老舍形象。也是在这一节的老舍谈"衣"的文章中,作者在注疏中特别将老舍的着装(中装、西装、中山装)的变化与社会政治的互动联系起来,以阐明"老舍着装,中装标志不了其社会身份,而西装略微标志着文化选择,中山装体现身份与政治认同"。

---

① 徐德明、易华:《老舍自述:注疏本》,现代出版社2018年版,第134页。
② 徐德明、易华:《老舍自述:注疏本》,现代出版社2018年版,第70—71页。

这里的注疏融入了作者的论文《老舍着装的历史内涵与精神表征》。我记得关于老舍的着装,徐德明好像在第六届老舍国际学术会上做过演讲。在第六章第四节的家居生活,"儿女们"体现了"家"的温馨,父母儿女们的亲情;"花草"体现老舍的生活情趣、生活的艺术;"看画"凸显老舍看画、懂画、评画的精湛的艺术修养;"怀人"则选有老舍自述文章《白石夫子千古》,注释"齐白石"的文字与前面扉页配画:黄永玉的套色版画《齐白石像》,这幅画像上有老舍"一代风流老画家"的题词,正文与注释与画图连起来读,美趣无限,读兴无穷。

六是以阐释问题见长,显示注疏的"小学"特征。所谓"注疏"是注解与解释注解的文字合称,作者在《后记》中言此书"注疏""虽不谈小学训诂,也要言必有据"①,其实在"言必有据"中已显示出"小学训诂"特征了。书中不少"注疏"不仅注明"是什么",还疏证"为什么",这就使得"注疏"似带着问题在做"考证"。比如老舍在旅美期间,为《离婚》译著的版权问题,注明老舍被迫集中精力与伊文·金理论,由此还将老舍此间的复杂心情展示出来,从而得出结论:老舍维护著作权益而不得,因而心里"苦闷",这"苦闷"促成他"不能一直待在这样的国家里"②。又比如新中国成立后,在第六章第二节由老舍致劳埃得的十封信,注明老舍进入新社会生活,很少写个人生活的文章,并疏证老舍不愿写个人生活的三个原因。又比如第三章第五节的老舍自述《我怎样写〈二马〉》中有"报章文学"一词。何为"报章文学",作者博考文献。首先注释了复旦大学新闻系首任主任谢六逸的"报章文学"观,他从新闻与文学之间的密切关系及文学对新闻的影响出发,"通过辨析两者各自的含义、性质,认为从广义上讲报纸上所有的

---

① 徐德明、易华:《老舍自述:注疏本》,现代出版社2018年版,第389页。
② 徐德明、易华:《老舍自述:注疏本》,现代出版社2018年版,第262页。

文章都可以当成文学形态来看,文学涵括新闻,从而充分阐述了'报章文学'的思想";其次阐释了朱光潜关于"报章文学"观是"一种纯文艺的界定";最后疏证老舍多有认同朱光潜之义,"表达的是一种纯文艺的界定"①。又是一篇阐释问题的"考证"。

第五节　徐德明著述老舍传记的方法论的启示

徐著3部老舍传记主要运用了中国传统学术方法:文献研究方法,考据方法,义理阐释方法,直觉体悟方法。这些传统学术方法是在文本的章节设置、内容阐释、注疏条目中自然显露出来的,而不是先以某种传统方法去套用文本中的某些内容。文献研究方法主要体现在作者对老舍自述文本的搜集、鉴别、整理上,它要从《老舍全集》(共19卷)中选取老舍自述文本,包括生平自述、回忆散文、创作谈、自叙小说等,对其进行适当的调度、合并、删节、组合,形成老舍自传材料,并通过对这些自传材料的研究形成对老舍其人的科学认识。考据方法主要体现在注疏对人名、地名、传说、历史典故的考证上。比如老舍自述文中说他是在全北京的人"都在欢送灶王爷上天的时刻降生的",注释便注明了灶王爷是玉皇大帝的"东厨司命灶王府君",保护和监察一家。每年到了腊月二十三(中国北方腊月二十三,南方腊月二十四)灶王爷升天,向玉皇大帝汇报这家人的言行善恶,并把这家来年吉凶命运带回。因此,人们通过祭灶的方式希望他能"上天言好事,下界保平安"②。这就把灶王爷的传说注释得清清楚楚。又如对儒家经典的注释,老舍自述文中出现"鲁卫之政",对此加以注释:语出《论语·子路》:"鲁卫之政,兄弟也"。鲁是周朝周公的

---

①徐德明、易华:《老舍自述:注疏本》,现代出版社2018年版,第73页。
②徐德明、易华:《老舍自述:注疏本》,现代出版社2018年版,第9页。

封国,卫是周公之弟康叔的封国,两国的政治情况也像兄弟一样差不多①。再如对道家典故的注释,老舍自述文中有"阴骘文",注云:《文昌帝君阴骘文》简称《阴骘文》,道家重要典籍。作者不祥。劝善之书。以通俗的形式劝人行善积阴德,以得到神灵赐福②。义理阐释方法主要用于对老舍自述文本中的关键词句、重要作品进行阐释、评论,比如老舍自述他是如何度过"二十三,罗成关"的。注云:旧时民谚,大抵是受《说唐演义全传》和据此而编的戏曲《罗成叫关》的影响,并阐述了罗成战死的故事情节。罗成战死时年二十三岁,故民间青年男子忌讳二十三岁(虚岁),认为它是人生第一个关口③。直觉体悟方法主要体现在作者将自己对老舍人生及其作品的细读、体悟融入注疏,往往以注出新意见长。比如说《骆驼祥子》的主旨是"一个现代人类生存的寓言",《断魂枪》属"反武侠"类小说,《茶馆》是老舍"反思一生经验的现代语境的结晶"④。这些传统学术方法的科学运用,为中国现代文学研究提供了方法论上的启示、借鉴。

[原载《安庆师范大学学报》(社会科学版)2020 年第 6 期]

---

① 徐德明、易华:《老舍自述:注疏本》,现代出版社 2018 年版,第 72 页。
② 徐德明、易华:《老舍自述:注疏本》,现代出版社 2018 年版,第 112 页。
③ 徐德明、易华:《老舍自述:注疏本》,现代出版社 2018 年版,第 43 页。
④ 徐德明、易华:《老舍自述:注疏本》,现代出版社 2018 年版,第 385 页。

附录：人民心中的老舍——为老舍逝世50周年而作

老舍先生辞别人世50年了，50年中的每时每刻，人民都没有忘记他，都在阅读他，学习他，研究他，纪念他。他是世界级的文学大家，他是中国人民心中的永远的老舍！他的光辉的文学艺术精神永照人间，他的高尚的人格品质、道德风范永照人间！

人民心中的老舍是中华民族伟大的小说家。他一生给我们留下了17部长篇小说(含未完成的5部)，5部短篇小说集计71部中、短篇小说。他的小说既吸取了西方小说的叙事技巧和人物个性刻画的艺术方法，又取法中国传统小说、民间说书的"说"故事的"说"的艺术，达到"说"与"写"的融合统一，深受人民的欢迎和喜爱。从《老张的哲学》开始"大胆放野"地去写，留有狄更斯式的"粗犷"的叙事特点，到《赵子曰》在结构上"显得紧凑了许多"，《二马》无论在叙事和人物描写上，都向着"细"处发展，有着康拉德式的叙事的灵动和法国小说叙事写人的"细腻"。到了《离婚》《骆驼祥子》，小说艺术更加精致、成熟。老舍说《骆驼祥子》"是一本最使我自己满意的作品"，它在"说"与"写"的巧妙结合上，是民间化、民族化的，它在揭显人物心理奥秘上，则留有俄国文学的"伟大"处。到了《四世同堂》，老舍则创造了反映北平人民抗战生活面貌和精神状态的史诗，这是他小说艺术发展的顶峰。所以从小说艺术上看，他的长篇大多是经典，包括未完成的《正红旗下》，没有人能够写出像他那样的那么多的艺术精品。从小说的文化传播上看，他的长篇小说在海外传播之广，外文译本之多，在中国现代作家中鲜有所见。他的每部长篇均有外文译本，尤其是《骆驼祥子》有日、朝、英、法、德、意、俄、亚美尼亚、匈牙利、捷克、丹麦、瑞典、俄、拉脱维亚、哈萨克等16种文字的译本，大抵开创了中国现代作家外文译本之最。而且他的小说又具有戏剧影视传播的隐性要素，因而被改编成戏剧影视艺术作品的最多，像《二马》《离婚》《骆驼祥子》《四世同堂》等，还有中短篇小说《月牙儿》《微神》《阳光》《我这一辈子》《马裤先生》等，大都成了戏剧影视改编的经典。尤其是《骆驼祥子》的戏剧影视传播的种类之多、数量之大、艺术之精，在中国现代文学史上堪称第一。你看：话剧《骆驼祥子》、电影《骆驼祥子》、电视剧《骆驼祥子》、京剧《骆驼祥子》、曲剧《骆驼祥子》、歌剧《骆驼祥子》、舞剧《骆驼祥子》等，每一种艺术门类都放射出经典的艺术光辉！

人民心中的老舍是现代作家中被人民政府授予"人民艺术家"的艺术大师。他一生创作了24部话剧，数量惊人，经典纷呈。老舍写话剧始于抗战时期，抗战时期的老舍爱国热情、民族精神空前高涨，战时的人民需要、民族的需要是他创作的宗旨，他为了宣传抗战、服务抗战、激励民气、振兴民族精神而从事话剧创作。此间的话剧有暴露、讽刺陪都社会中的民族败类丑恶的(《残雾》)，有歌颂抗战将领、民族英雄张自忠的(《张自忠》)，有宣扬回族民众抗日报国的(《国家至上》)，有全面审视"东方文化"的过去、现在与将来的(《大地龙蛇》)，有批判不顾抗战现实而一味讲究"面子"的思想行为的(《面子问题》)，有表现沦陷区北平的志士杀敌除奸、以身殉国的(《谁先到了重庆》)，有赞扬教师在抗日斗争的艰苦环境下始终保持民族气节和操守的(《桃李春风》)，有以人与人、事与事对照而写出人性多重的(《归去来兮》)，有书写普通农民逐步成长为抗日战士的(《王老虎》)，等等。这9部话剧均以"歌颂"与"暴露"为主调，贯穿着强烈的爱国情怀和民族精神。老舍在新中国成立后创作的话剧则以"歌颂"为主调，往往以新旧对比的形式，歌颂新社会、新制度、新事物、新人物。《方珍珠》以北京鼓书艺人在新旧社会的不同经历以及他们的生活和思想的巨大变化，表达了人民对新社会的热爱。《龙须沟》以人民政府修填"龙须沟"的真实事件为题材，以"人"与"沟"的关系结构剧情，以性格化的人物、语言，充分表达了人民政府为人民，人民热爱新社会的思想感情。老舍凭借《龙须沟》的巨大成就，获得了北京市人民政府授予的"人民艺术家"荣誉称号。同时，《龙须沟》也赢得了世界声誉，被翻译成多种文字，还在日本作了多场公演。在《龙须沟》之后，老舍的话剧在文学性、艺术性、舞台技巧上不断创新，从而成就了中国话剧也是世界话剧舞台上的一颗明珠——《茶馆》。《茶馆》是老舍话剧艺术的高峰。它以北京裕泰茶馆为中心，用人物展览式戏剧结构，通过七十多个出入茶馆的人物从清末至解放战争爆发前的近五十年历史变迁，从而表现埋葬旧时代，预示新时代、新社会必然到来的历史发展趋势。戏剧的人物、结构、语言，均为艺术经典，不仅成为北京人民艺术剧院久演不衰的保留剧目，而且登上德国、法国、瑞士、日本等国的话剧舞台，掀起了面向世界的《茶馆》热，创造了"东方舞台的奇迹"。

　　人民心中的老舍是人民喜爱的散文大家，为人民创作了 400 多篇散文。他写人，心怀人文关爱，写人的道德、人的品格、人的操守，像《我的母亲》《宗月大师》《怀念罗常培先生》《敬悼许地山先生》等，均为写人佳作。他咏物，尤其是写小动物，将小动物人格化、人性化了，特别动人。比如他写小麻雀，非常细腻生动地刻画了小麻雀的形体、动作、神情、心理，表达对弱小生命的同情与关爱（《小麻雀》）。同样，他写鸽子，不仅让人们了解鸽子的种类、各自的习性特点，而且融入作家对生命的怜爱之情（《小动物们》）。他写景，格外精彩，富有情趣，流动着作家热爱大自然的脉搏。像《五月的青岛》《大明湖之春》《济南的冬天》等，景中有诗，诗中有画，充溢着意境之美。老舍的美文，曾有多篇收入中学语文课本，成为人们诵读的经典。

　　人民心中的老舍是人民喜爱的诗人。他有诗论，有新诗，更有大量的旧诗,他诗学陆放翁、吴梅村,形成较完整的诗学体系。他的诗犹如他的人,他的诗蕴含着他的高尚人格,他的坚贞气节,他的爱国精神,他的道德情操,他的审美艺术。他的旧体诗,可与鲁迅、郁达夫比美。他的新诗尤其是叙事长诗《剑北篇》,共24节,3000行,而且是全用韵,这在中国新诗史上是少见的。

人民心中的老舍是学者、大学问家。他是作家型的学者、学者型的作家。他常谦虚地说他不太擅长理论,其实他的文艺理论相当博大精深。仅从他的《文学概论讲义》《文艺思潮》讲义,你就可以看出老舍讲理论具有作家兼学者的特点,没有单纯的学究气,总是把理论、思潮与文艺创作紧密结合起来,谈自己的真知灼见。他既将西方文论、思潮中国化、民族化,又将中国古代文论、思潮现代化。他有诸多文论、小说论、诗论、剧论、曲论,还有让人看了不禁叫绝的画论。他赞齐白石,评顾恺之的《烈女图》、赵望云的人物画,评李可染、丰子恺、关山月、关良、李平等,一个个大师都在他的笔下显现出个性特色来。老舍真是全才啊!

人民心中的老舍把人民的需要视为创作的动力,人民需要什么他就创作什么。他从小就养成的平民意识,使他最能接近下层民众。他"永远爱交老粗儿",爱听爱看"老粗儿"的言谈举止(见《习惯》)。他倡导通俗文艺,他创作通俗文艺,他写相声、快板、鼓书,改编旧戏,创作地方戏曲。有人说老舍这些个创作"太杂"(这里用"杂",含有"不好"之意!),其实,它们"俗"而不"杂",它们"俗"有"俗"的价值,与那些"雅"的话剧结合起来,正好显示老舍为"老粗儿"写作的"人民艺术家"的本色。

人民心中的老舍,永远活在人民心中。

[写于2016年5月18日,原载《博览群书》2017年第2期]

后　记

《老舍文学经典新论》之所以称"新论",一是所论章节绝大部分是2015年以来写就的"新作",二是所论内容、方法力求一点儿"新意"。

此书是我的第9部专著,以老舍研究专著算,它是第3部。前两部是:《老舍小说艺术心理研究》(北京十月文艺出版社,1994年3月),《老舍与中外文化综论》(安徽师范大学出版社,2014年12月)。这部著作得以出版,要特别感谢安徽教育出版社!

2021年2月